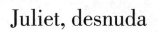

Juliet, desnuda

Nick Hornby

Juliet, desnuda

Traducción de Jesús Zulaika

EDITORIAL ANAGRAMA
BARCELONA

Título de la edición original:
Juliet, Naked
Viking
Londres, 2009

Diseño de la colección: Julio Vivas y Estudio A
Ilustración: foto © Marte Stromme / Flickr / Getty Images

Primera edición en «Panorama de narrativas»: octubre 2010
Primera edición en «Compactos»: enero 2013

ISBN: 978-84-339-7712-0
Depósito Legal: B. 31199-2012

Printed in Spain

Reinbook Imprès, sl, Av. Barcelona, 260 - Polígon El Pla
08750 Molins de Rei

Para Amanda, con agradecimiento y amor

1

Habían volado de Inglaterra a Minneapolis para mirar unos aseos. La verdad desnuda de esa realidad sólo se hizo consciente en Annie cuando de hecho estuvieron en su interior: aparte de los *graffiti* en las paredes, algunos de los cuales hacían algún tipo de referencia a la importancia de los retretes en la historia de la música, era un recinto húmedo, oscuro, maloliente y absolutamente común y corriente. Los norteamericanos eran muy buenos en lo de sacar el mayor partido al patrimonio común, pero ni siquiera ellos dos podían hacer mucho más en aquel lugar.

—¿Tienes la cámara, Annie? —dijo Duncan.

—Sí. Pero *¿qué* quieres fotografiar?

—Bueno, ya sabes...

—No.

—Bueno..., pues el urinario.

—¿Qué...? ¿Cómo les llamas a estas cosas?

—Mingitorios. Eso.

—¿Quieres salir en la foto?

—¿Hago como que estoy meando?

—Si quieres...

Duncan se puso delante del mingitorio del medio de los tres que había, con las manos frente a él en ademán convincente, y sonrió a Annie mirando hacia atrás por encima del hombro.

—¿Ya?

—No estoy segura de que haya funcionado el flash.

—Saca otra. Sería idiota haber venido hasta aquí y no conseguir una buena.

Esta vez Duncan se quedó de pie dentro de uno de los excusados, con la puerta abierta. Por alguna razón la luz era mejor allí dentro. Annie consiguió una buena fotografía de un varón en un retrete público, la imagen que cabría esperar en esos casos. Cuando Duncan se apartó, Annie pudo ver que el inodoro, como casi todos los de los clubs de rock que había visto en su vida, estaba atascado.

—Vámonos —dijo Annie—. Ése ni siquiera quería dejarme entrar.

Era verdad. Al principio el tipo de detrás de la barra había sospechado que buscaban un sitio donde meterse un pico, o incluso fornicar. Al final —y de forma bastante hiriente— había decidido claramente que no eran capaces de hacer ninguna de las dos cosas.

Duncan le dirigió una última mirada y sacudió la cabeza.

—Si los retretes hablaran, ¿eh?

Annie se alegraba de que aquél no pudiera hacerlo. Duncan habría querido quedarse charlando con él toda la noche.

La mayoría de la gente no sabe mucho de la música de Tucker Crowe, y no digamos de los momentos más oscuros de su carrera, así que tal vez no esté fuera de lugar contar otra vez la historia de lo que le pudo o no pasar en los aseos del Pits Club. Crowe estaba en Minneapolis para una actuación, y se había presentado en el Pits Club para ver a un grupo local llamado los Napoleon Solo, del que había oído muy buenos comentarios. (Algunos fans acérrimos de Crowe, entre los que se contaba Duncan, tenían una copia del único álbum del grupo, *The Napoleon Solos Sing Their Songs and Play Their Guitars*.)[1] En mitad de la actuación, Tucker fue al aseo. Nadie sabe lo que le sucedió allí dentro, pero, cuando salió, volvió directamente al hotel y llamó por teléfono a su mánager para que cancelara lo que quedaba de la gira. A la mañana siguiente empezó lo que nosotros ahora consideramos su jubilación. Eso fue en junio de 1986. Desde entonces nadie ha oído nada de él –no hay nuevas grabaciones, ni actuaciones, ni entrevistas–. Si adoras a Tucker Crowe tanto como lo adoran Duncan y un par de miles de personas diseminadas por el mundo, el aseo de caballeros de ese club tiene muchas cosas que decir. Y dado que –como Duncan observó acertadamente– ese aseo no puede hablar, los fans de Crowe tienen la obligación de hablar en su nombre. Hay quienes sostienen que Tucker vio a Dios, o a alguno de Sus Representantes; otros, que tuvo una experiencia que lo puso a las puertas de la muerte después de una sobredosis. Otra versión afirma que sorprendió a su novia haciendo el amor con el bajo de su grupo, si bien Annie consideraba esta hipótesis un tanto fantasiosa. ¿Podía la visión de una mujer follándose a un músico en un retrete haber causado realmente aquellos veintidós años de silencio? Puede que sí. Quizá Annie no había sentido nunca una pasión tan intensa. En cualquier caso... Pasara lo que pasare, lo único

1. Los Napoleon Solo cantan sus temas y tocan sus guitarras. (*N. del T.*)

que uno ha de saber al respecto es que algo muy profundo y capaz de cambiar la vida de una persona tuvo lugar en el cubículo más pequeño de un pequeño club.

Annie y Duncan se hallaban en la mitad de una peregrinación de Tucker Crowe. Habían recorrido Nueva York mirando en varios clubs y bares que tenían algún tipo de relación con Crowe, aunque la mayoría de estos sitios de interés histórico eran ahora tiendas de ropa de diseño o sucursales de McDonald's. Habían estado en la ciudad de su infancia, Bozeman, Montana, donde –de forma emocionante– una anciana salió de su casa para decirles que Tucker, de chiquillo, lavaba el viejo Buick de su marido. La antigua casa de la familia Crowe era pequeña y agradable, y ahora era propiedad del director de una pequeña empresa de artes gráficas, que se sorprendió mucho al saber que habían viajado desde Inglaterra para ver el exterior de su casa pero no les invitó a entrar. De Montana volaron a Memphis para visitar el lugar en el que había estado el viejo American Sound Estudio (demolido en 1990), donde Tucker, borracho y doliente, había grabado *Juliet,* su legendario álbum de ruptura y uno de los preferidos de Annie. Quedaba aún Berkeley, California, donde Juliet –en la vida real una antigua modelo de vida social muy activa llamada Juliet Beatty– seguía viviendo hasta el día de hoy. Se plantarían delante de su casa, como se habían plantado ante la casa del impresor, hasta que a Duncan se le agotaran las razones para seguir mirando, o hasta que Julie llamara a la policía, algo que ya le había acontecido a un par de fans de Crowe de los que Duncan tuvo noticia en un tablón de mensajes de Internet.

Annie no se arrepentía de aquel viaje. Había estado en los Estados Unidos un par de veces, en San Francisco y Nueva York, pero le gustaba que Tucker la llevara a sitios

12

que de otra manera ella nunca habría visitado. Bozeman, por ejemplo, resultó ser una pequeña y preciosa ciudad de montaña, rodeada de cadenas montañosas de exóticos nombres de los que no había oído hablar en su vida: el Big Belt, el Tobacco Root, los Spanish Peaks. Después de quedarse mirando la pequeña y anodina casa, fueron andando hasta la ciudad y tomaron té helado en la soleada terraza de un café «biológico», mientras a lo lejos un ocasional Spanish Peak, o tal vez la punta de un Tobacco Root, amenazaban con punzar el frío cielo azul. Había vivido mañanas peores que aquélla en vacaciones que habían prometido mucho más. En lo que a ella concernía, era una especie de gira por Norteamérica aleatoria, siguiendo un mapa marcado con pins. Acabó asqueada de oír hablar de Tucker, por supuesto, y de hablar de él y de escucharle y de tratar de entender las razones que había detrás de cada decisión creativa y personal que había tomado a lo largo de su carrera. Pero también había acabado asqueada de oír hablar de él en casa, y prefería con mucho acabar hasta el gorro de él en Montana o Tennessee que en Gooleness, la pequeña ciudad costera de Inglaterra donde compartía casa con Duncan.

El único lugar que no estaba en el itinerario era Tyrone, Pennsylvania, donde –se creía– vivía Tucker, aunque, como sucede con todas las ortodoxias, había también herejes: dos o tres integrantes de la comunidad de Crowe suscribían la teoría –interesante pero absurda, según Duncan– de que vivía en Nueva Zelanda desde principios de los noventa. Tyrone ni siquiera se había mencionado como posible destino cuando planearon el viaje, y Annie creía que entendía por qué. Un par de años atrás, un fan viajó hasta Tyrone y anduvo dando vueltas hasta encontrar lo que creyó que era la granja de Tucker Crowe; y volvió con una fotografía de un hombre de aire inquietantemente quejumbroso que le apuntaba con una escopeta. Annie había visto la fotografía muchas veces y le parecía penosa. La cara del hombre estaba desfigurada por la rabia y el miedo, como si todo aquello por lo que había trabajado y todo aquello en lo que creía estuviera siendo destruido por una Canon Sureshot. A Duncan no le preocupaba demasiado la violación de la intimidad de Crowe: el fan, Neil Ritchie, gozaba de un nivel de fama y respeto al estilo de Zapruder[2] entre los fieles de Crowe que Annie sospechaba que Duncan más bien envidiaba. Lo que afectó mucho a Duncan fue el hecho de que Tucker Crowe llamara «puto imbécil» a Neil Ritchie. Él nunca habría soportado algo semejante.

Después de haber estado en los aseos del Pits, siguieron el consejo del portero y comieron en un restaurante tailandés del Riverfront District, a unas cuantas manzanas de distancia. Resultó que Minneapolis estaba a orillas del Mississippi –¿quién iba a saberlo aparte de los norteamericanos y de casi todo aquel que haya prestado atención a las clases de geografía?–, así que Annie acabó viendo algo que nunca había esperado ver, aunque una vez allí, en su extremo menos romántico, el río se parecía decepcionantemente al Támesis. Duncan estaba animado y parlanchín, y aún era incapaz de creerse del todo que acababa de estar en el lugar al que tanta energía imaginativa había dedicado a lo largo de los años.

–¿Crees que es posible dar un curso entero sobre el retrete?

2. Abraham Zapruder: industrial de Dallas que en 1963 filmó con su cámara de 8 mm la caravana presidencial y el asesinato de Kennedy. *(N. del T.)*

–¿Estando sentado en él, quieres decir? No pasarías ni la inspección de Sanidad.

–No me refería a eso.

A veces a Annie le habría gustado que Duncan tuviera un sentido del humor más fino –un sentido más fino: capaz, al menos, de hacerle comprender que las cosas pueden tratarse de forma humorística–. Sabía que era demasiado tarde para esperar bromas de verdad.

–Me refería a dar un curso entero sobre los servicios del Pits Club.

–No.

Duncan la miró.

–¿Me estás tomando el pelo?

–No. Estoy diciendo que un curso entero sobre la visita de Tucker Crowe a los aseos de caballeros hace veinte años no sería demasiado interesante.

–Incluiría otras cosas.

–¿Otras visitas a retretes de la historia?

–No. Otros momentos cruciales en las carreras profesionales de las personas.

–Elvis también tuvo un buen momento en un retrete. Y también fue bastante crucial en su carrera.[3]

–Morirse es diferente. Es demasiado involuntario. John Smithers escribió un trabajo sobre esto para la página web. La muerte creativa versus la muerte real. Era bastante interesante, la verdad.

Annie asintió con la cabeza con entusiasmo, mientras al mismo tiempo abrigaba la esperanza de que Duncan imprimiera ese artículo y se lo pusiera delante al volver a casa.

---

3. Se cuenta que Elvis Presley murió de un ataque al corazón en el cuarto de baño de su casa, mientras estaba sentado en el inodoro. (*N. del T.*)

—Prometo que después de estas vacaciones dejaré de ser tan Tuckercéntrico —dijo.

—No te preocupes. No importa.

—Quería hacer esto desde hace tiempo.

—Lo sé.

—Lo expulsaré de mi sistema.

—Espero que no.

—¿De veras?

—¿Qué quedaría de ti si lo hicieras?

No había querido ser cruel. Llevaba con Duncan casi quince años, y Tucker Crowe había sido siempre parte del lote, como una discapacidad. Para empezar, esta tara no le había impedido llevar una vida normal: sí, había escrito un libro (aún no publicado) sobre Tucker, había dado conferencias sobre él, había participado en un documental de la BBC y había organizado congresos, pero de algún modo estas actividades siempre le habían parecido a Annie episodios aislados, ataques esporádicos.

Pero llegó Internet y lo cambió todo. Cuando —un poco más tarde que los demás— Duncan descubrió cómo funcionaba el asunto, creó una página web llamada «¿Puede oírme alguien?», título de uno de los «cortes» de un EP oscuro de Crowe, grabado después del fracaso hiriente de su primer álbum. Hasta entonces, el fan más cercano era un individuo que vivía en Manchester, a unos cien o ciento veinte kilómetros de distancia, y Duncan se veía con él una o dos veces al año. Ahora, los fans más cercanos vivían en su portátil, y eran centenares, de todo el mundo, y Duncan hablaba con ellos continuamente. Al parecer existía un asombroso montón de cosas sobre las que hablar. La página web tenía una sección de «Últimas noticias» que nunca dejaba de divertir a Annie, pues no se podía decir que Tucker estuviera haciendo gran cosa en la actualidad. («Que nosotros sepamos», añadía siempre Duncan.) Pero siempre había algo que pasaba por noticia entre sus fieles seguidores –una «noche Crowe» en un programa de radio por Internet, un nuevo artículo, un álbum recién editado de un antiguo miembro de su banda, una entrevista con un ingeniero de sonido–. El grueso del contenido, sin embargo, eran análisis de las letras, o rastreos de influencias, o conjeturas –al parecer inagotables– sobre su silencio. No es que Duncan no tuviera otros intereses. Poseía unos conocimientos de especialista sobre el cine independiente norteamericano de los años setenta y las novelas de Nathaniel West, y estaba desarrollando un enfoque nuevo y atractivo de las series de la HBO –pensaba que en un futuro no muy lejano estaría preparado para enseñar *The Wire*–. Pero todo esto no eran más que flirteos, comparado con su pasión principal. Tucker Crowe era el compañero de su vida. Si Crowe tenía que morir –morir en la vida real, por así decir, más que en el mundo de la creatividad– Duncan lideraría su duelo. (Ya tenía escrita su necrológica. De vez en cuando se preocupaba mucho sobre si debía enseñársela ya a un reputado periódico o esperar a que llegara el momento.)

Si Tucker era el marido, Annie tendría que ser más o menos la amante, pero, por supuesto, el vocablo no sería acertado: era demasiado exótico e implicaba un nivel de actividad sexual que en la actualidad habría horrorizado a ambos. Los habría intimidado incluso en los primeros tiempos de su relación. A veces Annie se sentía menos una novia que una compinche del colegio que hubiera llegado de visita en vacaciones y se hubiera quedado durante los veinte años siguientes. Los dos se habían ido a vivir a la misma ciudad costera inglesa más o menos al mismo tiempo; Duncan para acabar su tesis y Annie para dar clases, y los habían presentado unos amigos comunes que vieron claramente que, aunque no llegaran a nada más, podían charlar de libros y de música, ir al cine, viajar a Londres de vez en cuando para ir a exposiciones y espectáculos y conciertos. Gooleness no era una ciudad sofisticada. No había cine de arte y ensayo, ni comunidad gay, ni siquiera una Waterstone's[4] (la más cercana estaba carretera adelante, en Hull), y sintieron un gran alivio al conocerse. Empezaron a tomar copas juntos por la noche, y a quedarse a dormir uno en casa del otro los fines de semana, hasta que tales estancias se convirtieron en algo prácticamente indistinguible de la cohabitación. Y habían seguido y seguido así, estancados en un mundo perpetuo de posgraduados donde los conciertos de rock y los libros y las películas les importaban mucho más que a otras personas de su edad.

La decisión de no tener hijos no la habían tomado nunca, y nunca había habido ninguna discusión que les hubiera llevado a posponer tal decisión. El «quedarse a dormir» en casa de uno o de otro no tenía nada que ver en este asunto. Annie podía imaginarse como madre, pero Duncan no era precisamente la idea que uno podía tener de un padre, y, en todo caso, ninguno de los dos se habría sentido cómodo tratando de consolidar su relación de esa manera. No era eso lo que buscaban. Y ahora, con una irritante previsibilidad, Annie estaba pasando por lo que todo el mundo le había dicho que pasaría: se moría por tener un hijo. Y tal anhelo la acuciaba cada vez que tenía lugar cualquiera de los acontecimientos dolientes-dichosos normales de la vida: Navidad, el embarazo de una amiga, el embarazo de una completa desconocida con la que se

4. Cadena de librerías de calidad en el Reino Unido. *(N. del T.)*

topaba por la calle. Y, que ella supiera, deseaba un hijo por las razones normales por las que una mujer desea un hijo. Quería sentir el amor incondicional, en lugar del afecto condicional y tibio que podía arrancar de Duncan de vez en cuando; quería que la abrazara alguien que jamás cuestionara ese abrazo, su porqué o su quién o su durante cuánto tiempo. Y había otra razón: necesitaba saber que podía tenerlo, que había vida dentro de ella. Duncan la había anestesiado, y ella, en su sueño, había quedado asexuada.

Superaría todo esto, seguramente; o al menos lo vería convertido en una pena nostálgica, más que en una carencia punzante. Pero aquellas vacaciones no se habían planeado para confortarla. Podría argumentarse que más valía cambiar pañales que andar fisgando en urinarios de hombres. La cantidad de tiempo que tenían para sí mismos estaba empezando a ser un tanto... *menguante*.

Durante el desayuno en el hotel barato y desagradable del centro de San Francisco, Annie leyó el *Chronicle* y decidió que no quería ver el seto que ocultaba el jardín delantero de la casa de Julie Beatty en Berkeley. Había montones de otras cosas que hacer en la zona de la Bahía. Quería ver Haight-Ashbury, quería comprar un libro en City Lights, quería visitar Alcatraz, quería pasear por el Golden Gate. Había una exposición de arte de posguerra de la Costa Oeste en el Museo de Arte Moderno, a poca distancia del hotel. Se alegraba de que Tucker los hubiera atraído hasta California, pero no quería pasarse la mañana atenta a si los vecinos de Julie decidían si Duncan y ella suponían o no un peligro.

–Bromeas –dijo Duncan.

Annie se echó a reír.

–No –dijo–. Se me ocurren mejores cosas que hacer.

–¿Y lo dices ahora que hemos venido hasta aquí? ¿Por qué te pones así de repente? ¿Es que no te interesa esto? O sea, ¿que pueda salir en coche del garaje mientras estamos fuera?

–Me sentiría aún más idiota –dijo ella–. La tal Beatty me miraría y pensaría: «No me extraña, tratándose de él. Es uno de esos tíos que evitas a toda costa. Pero ¿qué está haciendo aquí una *mujer?*»

–Me estás tomando el pelo.

–No, de verdad que no, Duncan. Vamos a pasar en San Francisco veinticuatro horas, y no sé cuándo podré volver. Así que ir a la casa de una mujer... Si pudieras pasar un día en Londres, ¿lo pasarías delante de la casa de alguien, en, no sé..., Gospel Oak?

–Pero si hubieras ido a Londres a ver la casa de alguien en Gospel Oak... Y no es la casa de una mujer cualquiera, lo sabes perfectamente. Es la casa donde sucedieron las cosas. Voy a ponerme donde él se puso.

No, no era una casa cualquiera. Todo el mundo –una vez dejado a un lado casi todo el mundo– lo sabía. Julie Beatty vivía en ella con su primer marido, que daba clases en Berkeley, cuando conoció a Tucker en una fiesta en casa de Francis Ford Coppola. Dejó a su marido aquella misma noche. No mucho después, sin embargo, se lo pensó mejor y volvió a casa a hacer las paces con él. Ésa era la historia, al menos. Annie jamás había entendido bien cómo Duncan y demás cohorte de fans podían estar tan seguros sobre ciertas conmociones privadas acontecidas décadas atrás, pero lo estaban. «You and Your Perfect Life», la canción de siete minutos que pone broche al álbum, se supone que habla de la noche en que Tucker se plantó delante de la casa «tirando piedras contra las ventanas / hasta que él salió a la puerta; / ¿dónde estaba usted, señora de Steven Balfour?». El marido no se llamaba Steven Balfour –huelga aclararlo–, y la elección de ese nombre ficticio había suscitado inevitablemente multitud de especulaciones en los tablones de mensajes del ciberespacio. La teoría de Duncan era que le habían puesto ese nombre por el primer ministro británico, el hombre acusado por Lloyd George de haber convertido la Cámara de los Lores en el «caniche del señor Balfour». Julie, por extensión, se había convertido en el caniche de su marido. Esta interpretación es considerada hoy definitiva por la comunidad tuckeriana, y si uno consulta «You and Your Perfect Life» en la Wikipedia, parece que encontrará el nombre de Duncan en las notas a pie de página, con un enlace de su trabajo sobre el asunto. Nadie en la página ha osado nunca preguntarse si ese apellido se escogió simplemente porque rimaba con la palabra «puerta».[5]

A Annie le encantaba «You and Your Perfect Life». Le encantaba su ira implacable y el modo en que Tucker iba de la autobiografía al comentario social al convertir la canción en una diatriba contra la manera en que los hombres anulaban a sus mujeres. Normalmente no le gustaban los solos rugientes de guitarra, pero le encantaba la forma en que aquel solo rugiente de guitarra de «You and Your Perfect Life» parecía tan elocuente e iracundo como la propia letra. Y le encantaba la ironía del conjunto: cómo Tucker, el hombre que meneaba el dedo en dirección a Steven Balfour, había anulado a Julie más integralmente de lo que su marido había logrado anularla nunca. Era la mujer que habría de romper el corazón de Tucker para siempre. Sintió lástima de Julie, que había tenido que vérselas con hombres como Duncan, que tiraban piedras contra su ventana –metafóricamente, y es probable que incluso lite-

5. «Balfour» rima con *door* («puerta»). *(N. del T.)*

ralmente– cada dos por tres desde que la canción vio la luz. Pero también la envidiaba. ¿Quién no desearía despertar tal pasión en un hombre, tal infelicidad e inspiración? Si no eres capaz de escribir canciones, lo mejor que puedes hacer es sin duda lo que hizo Julie.

Pero Annie siguió sin querer ver la casa de Julie. Después del desayuno cogió un taxi hasta el otro lado del Golden Gate, y emprendió el camino de vuelta a pie a la ciudad, con el viento salobre avivando su gozo de estar sola.

Duncan se sintió un tanto raro yendo a la casa de Julie sin Annie. Era ella quien solía organizar el transporte a dondequiera que fueran, y era ella la que sabía volver al lugar de donde habían partido. Él habría dedicado su energía mental a Julie, la persona, y a *Juliet*, el álbum. Intentaba escucharlo dos veces de principio a fin, la primera en su forma publicada y la segunda con las canciones en el orden que Tucker Crowe había concebido originalmente para ellas –según el ingeniero de sonido que estuvo a cargo de las sesiones de grabación–. Pero eso no le iba a funcionar ahora, porque necesitaría toda su concentración para el BART.[6] Según había entendido, tenía que entrar en Powell Street y tomar la línea roja hasta North Berkeley. Parecía fácil, pero, por supuesto, no lo era, porque una vez que estuvo en el andén no fue capaz de distinguir un tren de la línea roja de otro que no lo era. Y no podía preguntar a nadie. Preguntar a alguien habría puesto de manifiesto que no era nativo, y aunque eso no tenía la menor importancia en Roma o París, o incluso en Londres, sí im-

6. Bay Area Rapid Transit: sistema ferroviario de la zona metropolitana de San Francisco. *(N. del T.)*

portaba allí, donde habían acontecido tantas cosas que a él tanto le importaban. Y, como no había podido preguntar, acabó en un tren de la línea amarilla –aunque no pudo saber que lo era hasta que llegó a Rockridge–, lo que supuso que tuvo que volver hasta la parada de la calle 19 con Oakland para cambiar de línea. ¿Qué le pasaba a Annie? Sabía que ella no era tan fan de Tucker Crowe como él, pero pensaba que en los últimos años había ido entrando más y más en esa devoción, como era de esperar. Un par de veces había vuelto a casa y la había encontrado escuchando «You and Your Perfect Life», aunque no había logrado interesarla en la infame –pero superior– versión de la grabación pirata en el Bottom Line,[7] cuando Tucker había hecho añicos la guitarra al final del solo. (El sonido era un poco turbio –hay que admitirlo–, y había un borracho muy molesto que no paraba de gritar «Rock and roll» en el micrófono –y precisamente en el último verso– de quien estaba grabando en directo, pero si lo que Annie buscaba era ira y dolor, era allí donde encontrarlo.) Él había tratado de fingir que la decisión de Annie de no ir con él era perfectamente comprensible, pero lo cierto es que estaba muy dolido. Dolido y, momentáneamente al menos, perdido.

El hecho de llegar hasta North Berkeley Station lo vivió como una auténtica hazaña, y –como premio– se permitió el lujo de preguntar qué debía hacer para ir a Edith Street. Estaba bien no conocer la dirección de una vía residencial. Ni los nativos tenían por qué saberlo todo. Claro que en cuanto abrió la boca, la mujer que había elegido para preguntarle le dijo enseguida que había pasado un año en Kensington, Londres, después de terminar la enseñanza secundaria.

---

7. Club musical y auténtica institución en Nueva York. *(N. del T.)*

No había imaginado que las calles fueran tan largas y empinadas, ni que las casas estuvieran tan apartadas unas de otras, y cuando encontró la casa en cuestión estaba sudoroso y sediento (y reventaba de ganas de hacer pis). No había duda de que habría tenido la cabeza más lúcida si se hubiera parado en algún local cercano a la estación para beber algo e ir a los aseos. Pero ya había estado sediento y con necesidad de hacer pis con anterioridad, y siempre había resistido la tentación de irrumpir en la casa de un desconocido.

Cuando llegó al 1131 de Edith Street, vio a un adolescente sentado en la acera, con la espalda apoyada en la valla, que parecía levantada sencillamente para impedirle acercarse más a la casa. Debía de tener entre diecisiete y diecinueve años, y pelo largo y grasiento, y una perilla muy delgada, y cuando se dio cuenta de que Duncan venía a observar la casa, se puso de pie y se sacudió el polvo.

—Hola —dijo.

Duncan se aclaró la garganta. No lograba decidirse a devolverle el saludo, pero le dirigió un «¿Qué hay?» en lugar de un «Hola», para darle a entender que se manejaba en un registro informal.

—No están en casa —dijo el jovencito—. Creo que es muy posible que se hayan ido a la Costa Este. A los Hamptons o a cualquier mierda de sitio por el estilo.

—Oh, vale. Bien.

—¿Les conoces?

—No, no. Yo sólo... Ya sabes, soy..., bueno, un croweólogo. Pasaba por el barrio y..., bueno, pensé que..., ya sabes...

—¿Eres inglés?

Duncan asintió con la cabeza.

–¿Has venido desde Inglaterra para ver dónde tiró las piedras Tucker Crowe?

El joven rió, así que Duncan también se echó a reír.

–No, no. Dios, no. ¡Ja! Tengo asuntos que resolver en la ciudad, y pensé, ya sabes... ¿Y tú qué estás haciendo aquí?

–*Juliet* es mi álbum preferido de todos los tiempos.

Duncan asintió otra vez. El profesor que había en él sentía la necesidad de señalar la incongruencia; pero el fan que también había en él lo comprendía perfectamente. ¿Cómo no iba a comprenderlo? Aunque él no se sentaba en la acera. El plan de Duncan era mirar, imaginar la trayectoria de las piedras, quizá sacar alguna fotografía y luego marcharse. El joven, sin embargo, parecía contemplar la casa como si fuera un lugar de gran importancia espiritual, un lugar que predisponía a una profunda paz interior.

–He estado aquí unas seis o siete veces –dijo el joven–. Y siempre lo flipo.

–Sé lo que quieres decir –dijo Duncan, aunque no lo sabía. Quizá era la edad, o el hecho de ser inglés, pero él no sentía que «lo flipaba»; aunque tampoco se esperaba nada parecido. Al fin y al cabo, estaban delante de una casa unifamiliar agradable, no del Taj Mahal. En cualquier caso, la necesidad de hacer pis le impedía una apreciación cabal del momento.

–No sabrás por casualidad... ¿Cómo te llamas?

–Elliott.

–Yo soy Duncan.

–¿Qué hay, Duncan?

–Elliott, ¿sabes por casualidad si hay algún Starbucks por aquí cerca? ¿O algo parecido? Necesito ir al baño.

–¡Ja! –dijo el jovencito.

Duncan se quedó mirándole. ¿Qué clase de respuesta era aquélla?

–Sé de un sitio aquí cerca. Pero me prometí a mí mismo no volver a usarlo.

–Ya –dijo Duncan–. Pero ¿te importaría si lo uso yo?

–Un poco. Porque sería como no cumplir mi promesa.

–Oh. Bueno, como no entiendo realmente qué tipo de promesa se puede hacer con respecto a un lavabo público, no estoy seguro de poder ayudarte en tu dilema ético.

El joven se echó a reír.

–Me encanta cómo habláis los ingleses. Dilema ético... Genial.

Duncan no le contradijo, aunque se preguntó cuántos de sus alumnos allá en Inglaterra habrían sido capaces de repetir la expresión correctamente –y no digamos utilizarla ellos por su cuenta.

–Pero no crees que puedas ayudarme.

–Oh, bueno... Tal vez. ¿Qué tal si te digo cómo ir pero no voy contigo?

–No esperaba que vinieras conmigo, si te digo la verdad.

–No. Muy bien. Te explicaré. El baño más cercano está allí dentro.

Elliott señaló el camino de entrada en dirección a la casa de Juliet.

–Sí, ya me lo imaginaba –dijo Duncan–, pero eso no me sirve de mucho.

–Sí, porque yo sé dónde dejan una llave.

–Me estás tomando el pelo.

–No. He estado dentro tres veces. Una para ducharme. Y otro par de veces para echar un vistazo. Nunca he robado nada de valor. Sólo, ya sabes, pisapapeles y porquerías de ésas. Souvenirs.

Duncan examinó la cara del joven para determinar si se trataba de una broma sutil, un sarcasmo dirigido a los croweólogos, y decidió que Elliott no había hecho una broma desde que cumplió diecisiete años.

–¿Entraste en la casa cuando ellos estaban fuera?

El joven se encogió de hombros.

–Sí. Me siento mal por haberlo hecho; por eso me resistía a decírtelo.

Duncan, de pronto, se percató de que en el suelo había un dibujo de un par de pies hecho de tiza, y una flecha que apuntaba hacia la casa. Los pies del Tucker –seguramente– y la dirección de las piedras que había arrojado. Deseó no haber visto aquel dibujo. Le dejaba menos cosas por hacer.

–En fin, no puedo hacerlo.

–No. Ya. Te entiendo.

–¿No hay ningún sitio más?

Edith Street era una calle larga y arbolada, y la siguiente calle que la cruzaba era también larga y arbolada. Era ese tipo de barrio residencial cuyos vecinos tienen que coger el coche para ir a comprar un litro de leche.

–No en un radio de dos o tres kilómetros.

Duncan infló las mejillas, un gesto –se daba cuenta, incluso mientras lo estaba haciendo– destinado a despejar el camino para una decisión que ya tenía tomada. Podría haberse ido detrás del seto, podría haberse marchado en ese mismo instante a la estación para buscar una cafetería y volver luego si lo juzgaba necesario. Que no era el caso, la verdad, porque había visto todo lo que había que ver. Ésa era la raíz del problema. Si se hubieran... *dispuesto* más cosas para la gente como él, no habría tenido que organizarse él mismo toda aquella excitante aventura. No habría sido tan letal para Julie haber señalado de alguna forma la importancia del lugar, ¿no es cierto? ¿Una discreta placa o algo semejante? No estaba preparado para la mundanidad de la casa de Juliet, del mismo modo que no había estado realmente preparado para la funcionalidad fétida de los urinarios de Minneapolis.

—¿Dos o tres kilómetros? No creo que pueda aguantar tanto.

—Tú decides.

—¿Dónde está la llave?

—Hay un ladrillo suelto en el porche. En la parte de abajo.

—¿Estás seguro de que la llave sigue estando allí? ¿Cuándo miraste por última vez?

—¿Con sinceridad? Justo antes de que tú llegaras. No he cogido nada de nada. Pero nunca acabo de creerme que estoy en la casa de Juliet, ¿sabes? ¡Jodida *Juliet*, tío!

Duncan sabía que él y Elliott no eran la misma cosa. Elliott seguramente nunca había escrito sobre Crowe —o, si lo había hecho, el resultado habría sido casi con toda certeza impublicable—. Duncan también dudaba de que Elliott poseyera la madurez emocional suficiente para apreciar el logro sobrecogedor de *Juliet* (que, a juicio de Duncan, era un álbum de temas más oscuro, más hondo, más absolutamente «redondo» que el sobrevalorado *Blood on the Tracks*); y tampoco habría sido capaz de rastrear sus influencias: Dylan y Leonard Cohen, por supuesto, pero también Dylan Thomas, Johnny Cash, Gram Parsons, Shelley, el Libro de Job, Camus, Pinter, Beckett y la primera Dolly Parton. Pero la gente que no entendía todo esto podría mirarles y concluir, erróneamente, que en cierto modo eran parecidos. Los dos tenían la misma necesidad, por ejemplo, de estar de pie en aquella acera, enfrente de la puta casa de Juliet. Duncan siguió a Elliott por el corto camino de la entrada, y cuando llegaron al porche observó cómo el jovencito hurgaba tras el ladrillo, sacaba la llave y abría la puerta.

La casa estaba a oscuras, con todas las persianas echadas, y olía a incienso, o quizá a algún otro tipo de mezcla exótica. Duncan no podría haber vivido allí, pero seguramente Julie Beatty y su familia no tenían los nervios de punta —como los tenía él— cuando estaban en casa. El olor intensificó su miedo, y le hizo vacilar ante la disyuntiva de vomitar o no.

Había cometido un gran error, pero ya no podía hacer nada para remediarlo. Estaba dentro de la casa, de modo que aunque no utilizara el cuarto de baño ya había cometido un delito. Idiota. E idiota aquel jovencito, también, por convencerle de que era una buena idea.

—Hay un pequeño aseo aquí en la planta baja, con cosas bastante interesantes en las paredes. Retratos a lápiz y mierdas de ésas. Pero en el cuarto de baño de arriba puedes ver sus maquillajes y sus toallas y demás. Da un poco de miedo. O sea, no a ella, claro. Pero resulta un poco fantasmal cuando casi ni te crees que ella exista de verdad.

Duncan entendió el irresistible deseo de fisgar en los potingues de Julie Beatty, y tal entendimiento acrecentó el odio que sentía contra sí mismo.

—Sí, pero no voy a tener tiempo para andar husmeando —dijo Duncan, con la esperanza de que Elliott no se pusiera a denunciar las lagunas obvias de su aserto—. Tú indícame dónde está el de aquí abajo.

Estaban en un gran vestíbulo con varias puertas que daban a diferentes piezas de la casa. Elliott señaló con un gesto de cabeza una de ellas, y Duncan se dirigió hacia ella con paso vivo —un inglés con citas urgentes de negocios en la Costa Oeste, que había robado unas horas a su agenda frenética para quedarse de pie en una acera y luego allanar la morada de alguien sencillamente porque sí.

Orinó tan ruidosamente como pudo, sólo para probarle a Elliott que su necesidad era genuina. Le decepcionó, sin embargo, la iconografía prometida. Había un par de retratos a carboncillo, uno de Julie y el otro de un hombre de edad mediana que conservaba el aire de las viejas fotos que Duncan había visto de su marido, pero parecían obra de alguno de esos artistas que merodean por los lugares llenos de turistas, y ninguno de los dos era de una fecha post-Tucker, lo que significaba que podían haber sido estampas de cualquier pareja norteamericana de clase media. Se estaba lavando las manos en el minúsculo lavabo cuando Elliott le gritó a través de la puerta:

–Ah, y luego está el dibujo. Sigue colgado en el comedor.

–¿Qué dibujo?

–El dibujo que Tucker le hizo a Julie, entonces.

Duncan abrió la puerta y se quedó mirándole.

–¿A qué te refieres?

–Sabes que Tucker también es dibujante, ¿no?

–No. –Y entonces, al darse cuenta de que su respuesta le hacía aparecer como un aficionado, añadió–: Bueno, claro. Por supuesto. Pero no sabía que...

No sabía qué no sabía, pero Elliott no se dio cuenta.

El comedor estaba en la parte de atrás de la casa, y tenía unas puertas vidrieras que probablemente daban a una terraza o a un césped (las persianas estaban echadas). El retrato estaba colgado en la pared de encima de la chimenea, y era muy grande, de un metro por un metro veinte aproximadamente, y representaba a Julie –cabeza y hombros– de perfil, mirando con ojos entrecerrados algo que había a media distancia a través del humo de un cigarrillo.

Parecía, de hecho, que ella a su vez miraba detenidamente otra obra de arte. Era un retrato bello, reverencial y romántico, pero no idealizado –era demasiado triste para eso, sin ir más lejos–. De alguna forma parecía sugerir el final inminente de la relación del artista con la modelo (aunque por supuesto era posible que Duncan sólo lo estuviera imaginando). Era posible que estuviera imaginando su significado; era posible que estuviera imaginando su poder y su hechizo. Y, ciertamente, ni siquiera estaba seguro ciento por ciento de no estar imaginando el retrato mismo.

Duncan se acercó. Había una firma al pie, en el ángulo inferior izquierdo, y aquella firma era tan emocionante en sí misma que justificaba una contemplación y un examen individualizados. En un cuarto de siglo de devoción de fan, jamás había visto la letra de Tucker. Y mientras miraba fijamente aquella firma, cayó en la cuenta de algo más: que, desde 1986, no había podido reaccionar ante una obra de Crowe con la inocencia de la primera mirada. Así que dejó de mirar la firma y retrocedió unos pasos para volver a mirar el retrato.

–Tendrías que verlo a la luz del día –dijo Elliott.

Descorrió las cortinas de las puertas vidrieras, y casi de inmediato ambos se vieron mirando a un jardinero que cortaba el césped. Él les vio también, y se puso a chillar y a gesticular, y antes de que Duncan se diera cuenta, ya había franqueado la puerta principal y había llegado a media calle, y corría y sudaba y le temblaban las piernas, de puros nervios, y le latía el corazón con tanta violencia que pensó que tal vez no podría llegar al final de la calle para perderse de vista.

Y no se sintió a salvo hasta que las puertas del tren rápido se cerraron a su espalda. Se había separado de Elliott casi desde el principio: él había salido corriendo de la casa como alma que lleva el diablo, pero el jovencito era más rápido y se había perdido de vista con la velocidad del rayo. No quería volver a verlo más, en cualquier caso. Aquel jovencito había tenido gran parte de la culpa, no había duda. Primero le había puesto delante la tentación y luego los medios para entrar en la casa. Duncan había sido estúpido, sí, pero su facultad de raciocinio se había visto nublada por la vejiga, y... Elliott le había corrompido, ésa era la verdad. Los eruditos como él siempre serían vulnerables a los excesos de los obsesivos, porque, sí, ambos compartían una minúscula rama del mismo ADN. Los latidos de su corazón fueron lentificándose. Empezaba a apaciguarse con las historias familiares que siempre se contaba a sí mismo cuando las dudas lo hacían tambalearse.

Cuando el tren se detuvo en la estación siguiente, sin embargo, entró en el vagón un latino que se parecía un poco al jardinero del jardín trasero de la casa de Julie; el estómago le descendió vertiginosamente hacia las rodillas mientras el corazón brincaba y le llegaba a media tráquea, y ninguna dosis de autojustificación pudo ayudarle para hacer que sus órganos internos volvieran a su sitio.

Lo que le asustaba de verdad era lo espectacularmente que su transgresión había dado réditos. Durante todos aquellos años no había hecho más que leer y escuchar y pensar, y aunque tales actividades sin duda habían resultado estimulantes, ¿qué había descubierto en realidad? Y, sin embargo, actuando como un gamberro quinceañero al que le faltaba un tornillo había logrado algo grande. Era el único croweólogo del mundo (a nadie se le ocurriría considerar croweólogo a Elliott) que sabía de la existencia de aquel retrato; y jamás podría contárselo a nadie, porque si lo hacía equivaldría a admitir que era un desequilibrado. Casi todos los años dedicados a su pasión habían sido yermos en comparación con las últimas dos horas. Pero ése, sin duda, no podía ser el camino hacia delante. No quería convertirse en ese tipo de hombre que mete los brazos en los cubos de basura con la esperanza de encontrar una carta, o un resto de corteza de beicon que Crowe pudo haber masticado con sus dientes. Cuando llegó al hotel se había convencido a sí mismo de que había terminado con Tucker Crowe.

Juliet (álbum)

De la Wikipedia, la enciclopedia libre

JULIET, aparecido en abril de 1968, es el sexto y (en el momento de escribir esta entrada) último álbum de estudio del cantante-compositor Tucker Crowe. Crowe se retiró meses después, aquel mismo año, y no ha hecho más música de ninguna clase desde entonces. En aquel tiempo recibía arrobadas críticas, pese a que las ventas eran sólo moderadas, y llegó a ocupar el número 29 en las listas de éxitos. Desde entonces, sin embargo, ha sido ampliamente reconocido por los críticos como un álbum de ruptura clásico parangonable a *Blood on the Tracks* de Dylan y al *Tunnel of Love* de Springsteen. *Juliet* cuenta la historia de la relación de Crowe con Julie Beatty, una conocida beldad habitual en la escena social de principios de la década de los años ochenta, desde sus comienzos («And You Are?») hasta su amargo final («You and Your Perfect Life»), cuando Beatty volvió con su marido, Michael Posey. La cara B del álbum se considera una de las secuencias de canciones más atormentadas de la música popular.

NOTAS

Varios de los músicos que tocaron en el álbum han hablado del estado de fragilidad mental de Crowe durante la grabación de éste. Y Scotty Phillips ha contado cómo Crowe se acercó a él con un soplete oxiacetilénico antes del incendiario solo del guitarrista en «You and Your Perfect Life».

En una de sus últimas entrevistas, Crowe expresó su sorpresa ante el entusiasmo que había despertado el disco. «Sí, la gente no para de decirme que le encanta. Y no lo entiendo, la verdad. Para mí, es el sonido de alguien a quien le están arrancando las uñas. ¿A quién le interesa escuchar eso?»

Julie Beatty declaró en una entrevista de 1992 que ya no tenía ninguna copia de *Juliet*. «No la necesito en mi vida. Si quiero a alguien chillándome durante cuarenta y cinco minutos, llamo a mi madre.»

Varios músicos, entre ellos el fallecido Jeff Buckley, Michael Stipe y Peter Buck (de REM), y Chris Martin (Coldplay), han hablado de la influencia de *Juliet* en sus carreras. Peter Buck y The Minus Five (su banda paralela) y Coldplay grabaron temas para *Wherefore Art Thou?*, el álbum-tributo aparecido en 2002.

Lista de temas

Cara A:
1) And You Are?
2) Adultery
3) We're in Trouble
4) In too Deep
5) Wo Do You Love?

Cara B:
1) Dirty Dishes
2) The Better Man
3) The Twentieth Call of the Day
4) Blood Ties
5) You and Your Perfect Life

2

Annie fue pasando las fotografías de la carpeta del ordenador y empezó a preguntarse si su vida entera no habría sido una pérdida de tiempo. Ella no era —le gustaba pensar— una persona nostálgica, ni una ludita. Prefería su iPod a los viejos vinilos de Duncan, y disfrutaba con los centenares de canales de televisión entre los que elegir, y le encantaba su cámara digital. Sólo que antes, cuando tenías que ir a recoger tus fotografías a la tienda donde te las revelaban, nunca ibas hacia atrás en el tiempo. Revisadas las veinticuatro instantáneas de las vacaciones, de las que sólo siete eran medianamente buenas, las metías en un cajón y te olvidabas de ellas. Nunca tenías que compararlas con las de las otras vacaciones que habías tenido en los últimos siete u ocho años. Pero ahora Annie no pudo evitarlo. Cuando las cargabas o descargabas —o lo que fuera que se hiciera con ellas—, las fotos nuevas se colocaban al lado de las otras, y esa contigüidad inconsútil empezaba a deprimirla.

Míralos. Ése es Duncan. Ésa es Annie. Ahí están Duncan y Annie. Ahí Annie, ahí Duncan, ahí Duncan, ahí Annie, ahí Duncan en un mingitorio haciendo como que echa una meada... Nadie debería tener niños sólo para que resulte más interesante la fototeca del ordenador. Además, no tener niños significaba que, si estabas en una actitud mentalmente negativa, podías llegar a la conclusión de que tus fotos eran un poco insulsas. Nadie se hacía mayor, ni crecía; no se celebraba ninguna fecha memorable, porque no la había. Duncan y Annie iban envejeciendo despacio, y engordando un poco. (Ella estaba siendo muy leal en esto. No había ganado ningún peso, según podía constatar.) Annie tenía amigas solteras que no habían tenido niños, pero sus fotos de las vacaciones –tomadas normalmente en lugares exóticos– no eran en absoluto aburridas; o, más bien, no mostraban a la misma pareja una y otra vez, muy a menudo con las mismas camisetas y gafas de sol, muy a menudo sentados junto a la misma piscina en el mismo hotel de la costa de Amalfi.

Sus amigas sin hijos al parecer conocían a gentes nuevas en sus viajes, gentes que se convertían en amigos. Duncan y Annie jamás habían hecho amigos en las vacaciones: a Duncan siempre le había aterrorizado el hecho de ponerse a hablar con alguien (no se les fuera a «pegar»). Una vez, instalado junto a la piscina del hotel, en la costa de Amalfi, Duncan vio que una persona estaba leyendo el mismo libro que él, una biografía relativamente oscura de un músico de soul o blues. Hay gente –la mayoría de la gente, posiblemente– que lo habría tomado como una feliz y nada habitual coincidencia merecedora de una sonrisa o un «hola», y quizá incluso de una copa y un intercambio de direcciones de e-mail. Duncan se fue directamente a su habitación, dejó el libro tirado y sacó otro, para que el otro lector no tuviera siquiera ocasión de dirigirle la palabra. Tal vez no era su vida entera lo que había sido una pérdida de tiempo; tal vez fueran sólo los quince años que había pasado con Duncan. ¡Un trozo de su vida, al menos, salvado! ¡El trozo que terminó en 1993! Las fotos de las vacaciones norteamericanas no le levantaron demasiado el ánimo. ¿Por qué había permitido que le sacaran una foto frente a una anticuada tienda de lencería en Queens, Nueva York, adoptando exactamente la misma pose que había adoptado Tucker para la carátula del álbum *You and Me Both*?

El súbito rechazo de Duncan de todo lo que tenía que ver con Tucker lo había hecho todo aún más falto de sentido. Annie le preguntó una y otra vez qué había pasado en la casa de Juliet, pero él se limitó a afirmar que llevaba ya un tiempo perdiendo interés por el asunto, y que la mañana en Berkeley había hecho aún más patente la ridiculez de todo aquello. Annie no se lo creyó. Se pasó todo el desayuno farfullando cosas sobre Juliet y estaba claramente molesta por algo que había pasado aquella tarde cuando vio a Duncan de vuelta en el hotel; todo parecía apuntar hacia un incidente similar al de los aseos de Minneapolis, destinado a suscitar por siempre jamás en Internet delirantes especulaciones entre los croweólogos.

Cerró la carpeta de las fotografías y bajó al vestíbulo a recoger el correo, que seguía tirado en el suelo desde su llegada a casa aquella mañana. Duncan había recogido ya sus paquetes de Amazon, y no estaba interesado en ninguna otra cosa que pudiera ser para él, así que una vez que Annie hubo acabado de abrir sus cartas se puso a abrir las de él, por si acaso había algo que no debiera ir directamente a la basura para reciclar. Había una invitación a un simpósium para profesores de inglés, dos cartas para solicitar una tarjeta de crédito y un sobre de color castaño que contenía una carta y un CD metido en una de esas fundas de plástico transparente.

Querido Duncan (leyó Annie):

No he hablado contigo desde hace tiempo, pero tampoco ha habido demasiado de que hablar, ¿no? Vamos a sacar esto dentro de un par de meses, y he pensado que deberías ser uno de los primeros en escucharlo. ¿Quién lo sabía? Yo no, y me parece que tú tampoco. En cualquier caso, Tucker ha decidido que es el momento apropiado. Es la maqueta de los solos acústicos de todos los temas del álbum. Lo hemos titulado Juliet, Naked.[8]

Dime qué te parece, ¡y disfrútalo!

Con mis mejores deseos,

Paul Hill, jefe de Prensa, PTO Music

Annie tenía en las manos un nuevo disco de Tucker Crowe, y su excitación no era ni siquiera «vicaria», lo mismo que tampoco lo habría sido si a Duncan lo hubieran nombrado primer ministro. En los quince años de su relación, esto nunca había sucedido, y consecuentemente no sabía cómo reaccionar. Habría llamado a Duncan al móvil, pero el móvil de Duncan estaba allí, delante de ella, junto al hervidor de agua, conectado a la base de recarga. Y lo habría cargado al instante en su iPod, pero Duncan se lo había llevado a la escuela. (Ambos artilugios habían vuelto de las vacaciones con las baterías absolutamente esquilmadas. Uno de ellos había recibido atención inmediata, pero el otro había quedado olvidado hasta justo antes de que Duncan se fuera de casa.) Así que ¿de qué modo iba ella a dar cumplida cuenta del acontecimiento?

Sacó el CD de su funda de plástico y lo puso en el reproductor portátil que tenían en la cocina. Pero en lugar de apretar el botón de *play* su dedo planeó sobre él durante un

8. *Juliet, Naked*: «Juliet, desnuda». *(N. del T.)*

instante. ¿Podía ella escucharlo antes que él? Era uno de esos momentos en una relación –y había muchos de ellos en la suya, bien sabía Dios– que le parecerían absolutamente inocuos a alguien ajeno, pero que estaban preñados de sentido y de agresividad. Annie se imaginaba contándole a Ros en el trabajo que Duncan se había puesto como una fiera porque ella había escuchado el CD nuevo cuando él no estaba en casa, y Ros se habría quedado, como es lógico, espantada e indignada. Pero no le contaría toda la historia. Le contaría la versión que le convenía, y omitiría el contexto. Y, por supuesto, sería legítimo sentir desconcierto y agravio si ella no lo entendiera, pero Annie conocía a Duncan demasiado bien. Ella lo entendía. Sabía que poner aquel CD era un acto de pura hostilidad, por mucho que nadie que estuviera mirando por la ventana pudiera verla.

Volvió a meter el CD en su funda y se preparó un café. Duncan sólo había ido a la escuela a recoger su horario de clases para el nuevo curso, así que volvería dentro de menos de una hora. Oh, esto es ridículo, pensó; o, mejor, se dijo a sí misma, porque decirse las cosas a uno mismo era un modo más «autoconsciente» de comunicación con uno mismo, y, por ende, un modo más eficiente de mentir que el de sólo pensarlo. ¿Por qué no podía ella poner una música que casi con toda seguridad iba a gustarle mientras hacía cosas en la cocina? ¿Por qué no fingía que Duncan era una persona normal y que mantenía una relación sana con las cosas que le gustaban? Volvió a poner el CD en el aparato reproductor, y esta vez apretó el *play*. Y empezó a prepararse para oír las frases iniciales de la refriega por venir.

Para empezar, estaba tan trastornada por el acto mismo de haber puesto el CD, por la traición que ello implicaba, que se olvidó de escuchar la música: estaba demasiado ocupada pergeñando sus réplicas. «*Sólo es un CD, Duncan.*» «*No sé si te habrás dado cuenta alguna vez, pero me parezco bastante a Juliet.*» (Ese «bastante»..., tan inocente y de pasada, y sin embargo tan hiriente. O eso esperaba.) «*¡Ni se me pasó por la cabeza que no tuviera permiso para escucharlo!*» «*¡Oh, no seas tan infantil!*» ¿De dónde le nacía ese malestar? No era que su relación fuera en aquel momento más precaria de lo que lo había sido en el pasado. Pero ahora podía ver que albergaba un montón de resentimiento en algún rincón de sí misma, y que ese resentimiento estaba vivo, inquieto, en incesante búsqueda de una ventana abierta –por mínima que ésta fuera–. La última vez que se había sentido así fue en la época en que había compartido casa en la Universidad, cuando se vio a sí misma montando trampas ridículamente complicadas y que requerían mucho tiempo para atrapar a una compañera de apartamento de la que sospechaba que le robaba las galletas. Le llevó algún tiempo comprender que las galletas no eran realmente lo importante, y que, de alguna forma, sin que ella fuera consciente de ello, había llegado a odiar a aquella compañera –su codicia, su suficiencia, su cara y su bata–. ¿Le estaba sucediendo ahora lo mismo? *Juliet, Naked* era algo a un tiempo tan libre de culpa y tan incendiario como una galleta de chocolate.

Al final se las arregló para dejar de preguntarse si odiaba a aquel con quien compartía su vida y ponerse a escuchar el CD. Y lo que oyó fue exactamente lo que podía haber imaginado que oiría si hubiera leído acerca de *Juliet, Naked* en un periódico: era *Juliet*, pero sin ninguna de las partes buenas. Pero eso, seguramente, no era justo. Aquellas adorables melodías estaban allí, intactas, y era obvio que Crowe había escrito la mayoría de las letras, aunque a un par de temas les faltaba el estribillo. Pero todo era tan vacilante, tan exento de adornos..., como escuchar a alguien de quien nunca has oído hablar que se sube al escenario durante la pausa del almuerzo en un festival de folk. Aún no había realmente música en todo aquello, ni violines, ni guitarras eléctricas, ni ritmo, ni nada de la textura o el detalle que seguía reservando sorpresas –incluso después de todo este tiempo–. Y tampoco había ira en lo que oía, ni dolor. Y si hubiera seguido siendo profesora, les habría puesto a sus alumnos de últimos años de secundaria los dos álbumes seguidos, para que pudieran entender lo que ese arte pretendía. Por supuesto, Tucker Crowe sufría cuando compuso *Juliet*, pero no podía entrar en tromba en un estudio de grabación y empezar a chillar a voz en cuello. Habría sido un gesto demente y patético. Tuvo que calmar su rabia, domarla y darle forma, a fin de ajustarla a las medidas ceñidas de los temas. Luego tuvo que aderezarla para que sonara más genuina. *Juliet, Naked* mostraba cuán inteligente era Tucker Crowe, pensó Annie. Cuán taimado. Pero sólo por todas las cosas que faltaban, no por cualquiera de las que pudieran escucharse en el álbum.

Annie oyó que se abría la puerta principal cuando escuchaba «Blood Ties», la antepenúltima canción. En realidad no había estado ordenando nada en la cocina mientras disfrutaba de la música, pero ahora se afanó rápidamente en varios quehaceres, y la propia pretensión de estar haciendo muchas cosas era en sí misma una forma de traición: *¡Sólo he puesto un CD! ¡No es tan tremendo!*

–¿Qué tal la escuela? –le preguntó al verlo entrar–. ¿Ha sucedido algo mientras estábamos fuera?

Pero él ya no la escuchaba. Estaba de pie, quieto, con la cabeza dirigida hacia los altavoces como si fuera un perro.

–¿Qué...? Espera. No me lo digas. ¿Ese programa de radio pirata de Tokio? ¿El solo acústico? –Y luego, con pánico creciente–: Entonces no tocó «Blood Ties»...

–No, es...

–Chsss...

Ambos escucharon unos cuantos compases. Annie vio su confusión y empezó a disfrutar de la situación.

–Pero esto... –Duncan volvió a interrumpirse–. Es... No es *nada*...

Annie se echó a reír a carcajadas. ¡Pues claro! Si Duncan nunca lo había oído, lo único que podía hacer era negar su existencia.

–Quiero decir que sí, que es algo, pero... Me rindo.

–*Juliet, Naked*, se titula.

–¿Cómo se titula?

Más pánico. Su mundo se descolgaba sobre su eje, y él se deslizaba hacia fuera.

–Este álbum.

–¿Qué álbum?

–El que estamos escuchando.

–¿Este álbum se titula *Juliet, Naked*?

–Sí.

–No hay ningún álbum titulado *Juliet, Naked*.

–Ahora sí.

Cogió la nota de Paul Hill y se la tendió. Él la leyó, la volvió a leer, la leyó por tercera vez.

–Pero estaba dirigida a mí. Has abierto mi correo.

–Siempre abro tu correo –dijo ella–. Si no abro tu correo, se queda sin abrir para siempre.

–Abro las cartas interesantes.

–Dejaste ésta porque te pareció anodina.

–Pero no es anodina.

–No. Pero he tenido que abrirla para saberlo.

–No tenías derecho –dijo Duncan–. Y luego... lo has *puesto*... No puedo creerlo.

Annie no tuvo ocasión de lanzarle ninguno de los dardos que tenía planeados. Duncan fue hasta el reproductor de CD, sacó el disco y salió de la cocina.

La primera vez que Duncan vio cómo aparecían en la pantalla del ordenador los nombres de los temas del CD que acababa de poner en la bandeja, sencillamente no podía creérselo. Era como si estuviera viendo a un mago que poseyera de verdad poderes mágicos, y no tenía sentido buscar una explicación del truco, porque no existía ningún truco –o, mejor, ninguno que él pudiera llegar a comprender–. Al poco de esto, la gente del tablón de mensajes de Internet empezó a mandarle canciones adjuntas en los e-mails, lo cual se le antojó igual de misterioso, pues significaba que la música grabada no era en absoluto –como él había creído siempre– una *cosa:* un CD, un disco de plástico, una bobina de cinta. Era algo que podía reducirse a su esencia, y su esencia era literalmente intangible. Esto –por lo que a él se refería– hacía la música mejor, más bella, más misteriosa. La gente que conocía su relación con Tucker imaginaba que era un nostálgico del vinilo, pero la nueva tecnología había hecho que su pasión fuera más romántica, no menos.

Andando el tiempo, sin embargo, había llegado a detectar que la nueva brujería adolecía de cierta deficiencia enojosa en lo referente a la búsqueda de títulos. Cuando metía un CD en el ordenador portátil, no podía evitar imaginar que quienquiera que estuviera en el ciberespacio registrando sus gustos musicales los juzgaría anodinos y demasiado amoldados a los gustos mayoritarios. Nadie era capaz de cogerle desprevenido. Duncan visualizaba a un Neil Armstrong del siglo XXI con un casco provisto de auriculares Bang and Olufsen, flotando alrededor de un medio muy parecido al espacio de antaño (salvo en el hecho de ser aún más ininteligible y de contener claramente mucha más pornografía), pensando: Oh, no, otra de ésas no. Pídeme algo más difícil. Pídeme algo que me deje anonadado unos segundos, algo que me mande volando a la biblioteca de consulta cibernética. A veces, cuando el ordenador hacía un runrún más largo de lo habitual, Duncan tenía la sensación de haber planteado algún tipo de reto; pero un día, cuando estaba cargando el catálogo del iPod con su música preferida, éste había tardado casi tres minutos en dar con los títulos de *Abbey Road*, y vio claramente que los retrasos de este tipo se debían a una mala conexión o algo parecido, y no a que Neil Auriculares estuviera fuera de juego. Así que sólo desde hacía muy poco Duncan disfrutaba realmente de las raras ocasiones en que Neil no podía ayudarle, y entonces tenía que rellenar los títulos él mismo, por tediosa que fuera esta tarea. Significaba que se hallaba fuera de las sendas trilladas, y que se había adentrado en la jungla musical. Neil Auriculares nunca había oído hablar de *Juliet, Naked*, lo cual era un consuelo. A Duncan se le habría antojado insoportable el que la información le hubiera venido sin ningún esfuerzo de nadie, como en el caso de haber sido la septingentésima persona que pedía tal título ese día.

No quería escuchar *Juliet, Naked* en aquel momento. Estaba demasiado furioso; con Annie y, más oscuramente, con el propio álbum, que parecía pertenecerle a ella más que a él mismo. Así que dio las gracias por el tiempo que le llevó obtener los títulos de los temas (se arriesgó a que la lista de títulos de *Naked*, como empezaba a acostumbrarse a llamar al nuevo CD, fuera la misma que la del álbum original; la última canción, que era muy larga, seis minutos incluso en la demo, sugería que así era), y por el hecho de que su aparato «inhalase» la música a su interior.

45

¿En qué estaba *pensando* Annie? Quería encontrar una interpretación benévola de su conducta, pero no encontraba ninguna. Era malevolencia, pura y simple. ¿Por qué, de pronto, le odiaba tanto? ¿Qué le había hecho él?

Enchufó el iPod, transfirió el CD con una presión del dedo y un golpe de muñeca aún milagrosos, cogió la chaqueta del pasamanos del pie de la escalera y salió de casa.

Fue hasta el paseo marítimo. Había crecido en las afueras de Londres, y seguía sin poder acostumbrarse a la idea de que el mar estaba a cinco minutos a pie de su casa. No era un gran mar, por supuesto, si lo que se quería era un mar que contuviera hasta el más leve matiz de azul o verde; aquel mar parecía limitarse a una imaginativa gama de grises y negros, con alguna que otra pincelada de pardo enlodado. Las condiciones meteorológicas, con todo, eran las ideales para sus propósitos. Las olas se lanzaban contra la orilla una y otra vez, como un odioso y especialmente estúpido pitbull, y los turistas que, inexplicablemente, habían elegido aquel destino en lugar de volar al Mediterráneo por treinta libras parecían todos de duelo aquella mañana. Las cosas falsas nunca han sido más patéticas que en esto. Compró un café instantáneo en el kebab del muelle y se sentó en un banco de cara al mar. Estaba preparado.

Cuarenta y cinco minutos después, se hurgaba en los bolsillos en busca de algo que pudiera utilizar como pañuelo cuando una mujer de mediana edad se acercó a él y le tocó el brazo.

–¿Necesita a alguien con quien hablar? –dijo con delicadeza.

–Oh. Gracias. No, no, estoy bien.

Se tocó la cara: había estado llorando con más desconsuelo de lo que pensaba.

–¿Está seguro? No da la impresión de estar bien.

–No, de veras... Es que he... Acabo de tener una experiencia emocional muy intensa. –Alargó uno de los auriculares del iPod, como si ello lo explicara todo–. Con esto.

–¿Está llorando por la música?

La mujer lo miró como si Duncan fuera una especie de pervertido.

–Bueno, no lloro *por* la música. No creo que ésa sea la preposición correcta.

La mujer sacudió la cabeza y se alejó.

Escuchó el álbum entero otras dos veces sentado en el banco, y luego echó a andar hacia casa oyéndolo por tercera vez. Una precisión sobre el gran arte: te hace amar más a la gente, perdonarle sus pequeñas transgresiones. Si te ponías a pensarlo, funcionaba de la misma forma que se suponía que tenía que funcionar la religión. ¿Qué importaba que Annie hubiera escuchado el CD antes que él? ¡La cantidad de gente que había escuchado el álbum original antes de que él lo descubriera! ¡La cantidad de gente que había visto *Taxi driver* antes que él, si se iba al caso! ¿Atenuaba eso el impacto? ¿Hacía menos suya la obra? Quería volver a casa, abrazar a Annie y hablar de una mañana que él no olvidaría jamás. También quería escuchar lo que ella tenía que decir al respecto. Tenía en gran estima sus juicios sobre el trabajo de Crowe –a veces podía ser sorprendentemente sagaz, pese a lo reacia que era a embeberse por entero en el asunto–, y Duncan quería preguntarle si había percibido las mismas cosas que él: la ausencia de estribillo en «The Twentieth Call of the Day», por ejemplo, lo que confería a la canción una inclemencia y un aborrecimiento de uno mismo imposibles de detectar en su versión «acabada». (Daría a escuchar esta versión a cualquiera que osara venirle con la vieja cantinela de que Crowe era el Dylan de los pobres. «The Twentieth Call of the Day», a juicio de Duncan, era «Positively Fourth Street», pero con más peso y textura. Y Tucker sabía cantar.) ¿Y quién habría pensado que «And You Are?» podría sonar tan aciaga? En *Juliet* era una canción sobre dos personas que conectan inmediatamente; dicho de otro modo, no era más que una canción de amor (pero muy bonita); un día soleado antes de que las tormentas psíquicas empezaran a llegar desde el mar. Pero en *Juliet, Naked* era como si los amantes estuvieran en un pequeño retazo de sol que se iba haciendo más y más pequeño mientras hablaban por primera vez. Podían ver ya el trueno y la lluvia, lo que en cierto modo hacía al álbum más completo, más coherente. Era una tragedia genuina, en la que el sino a punto de sobrevenirles se atisbaba desde el principio. La palmaria contención de «You and Your Perfect Life», por su parte, confería al tema una fuerza asombrosa que se veía atenuada por el histrionismo de la versión de rock and roll.

Cuando llegó a casa Annie estaba todavía en la cocina, sentada a la mesa con una taza de café, leyendo el *Guardian*. Él llegó por detrás y la abrazó, probablemente durante más tiempo del que a ella pudo resultarle agradable.

–¿A qué viene esto? –dijo Annie, con cariño moderado pero resuelto–. Creía que estabas enfadado conmigo.

–Lo siento. Estúpido. Mezquino. ¿Qué más da quién lo haya oído antes?

–Lo sé. Tendría que haberte advertido de que era un poco deprimente. Pero pensé que te enfadarías aún más.

Duncan sintió como si le hubieran dado un puñetazo en el estómago. Soltó a Annie, aspiró el aire, esperó a que el impacto se diluyera un poco antes de volver a hablar.

–¿No te ha gustado?

–Bueno, no está mal. Comedidamente interesante, si has escuchado la otra versión. No creo que vuelva a ponerla. ¿Qué piensas tú?

–Creo que es una obra maestra. Creo que borra del mapa la anterior. Y como la otra es mi álbum preferido de todos los tiempos...

–¿No estarás hablando en serio?

–¡Deprimente! ¡Dios mío! ¿Qué más es deprimente para ti? ¿*El rey Lear*? ¿*La tierra baldía*?

–No sigas por ahí, Duncan. Siempre pierdes la facultad de argumentar cuando te enfureces.

–Y estoy enfurecido, en tu opinión...

–No, pero... No nos estamos peleando. Estamos intentando debatir sobre..., ya sabes, una obra de arte.

–No, según tú. Según tú estamos intentando debatir sobre una mierda.

–Ya empiezas. Tú crees que es *El rey Lear*, y yo creo que es una mierda... Cálmate, Duncan. A mí me encanta el otro disco. Y creo que la mayoría de la gente va a estar de acuerdo conmigo.

–Oh, la mayoría de la gente. Todos sabemos lo que la mayoría de la gente piensa de las cosas. La sabiduría de las putas masas. Cristo. La mayoría de la gente prefería comprar un álbum de un enano bailarín de un *reality show*.

–Duncan Mitchell, el gran populista.

–Soy sólo... Me has decepcionado tanto, Annie. Creía que eras mejor que todo esto.

–Ah, sí. Es el paso siguiente. Se convierte en un fallo moral mío. Una debilidad de mi carácter.

–Siento decir que es exactamente eso. Si no logras percibir nada en este...

–¿Qué? Por favor. Dímelo. Me encantaría saber qué es lo que tendría que percibir.

–Lo de siempre.

–¿Y qué es lo de siempre?

–Lo de siempre..., no sé. Eres una tarada.

–Gracias.

–No he dicho que seas una tarada. He dicho que si no puedes percibir nada en este álbum eres una tarada.

–Pues no puedo.

Duncan se fue de casa, y volvió con su iPod al banco que daba al mar.

Pasó como una hora antes de que se le ocurriera siquiera pensar en la página web. Si se daba prisa, sería el primero en hablar de aquel CD. O, mejor aún: ¡sería el primero en alertar de su existencia a la comunidad de fans de Crowe! Había escuchado *Juliet, Naked* cuatro veces, y tenía pensadas ya un montón de cosas que quería decir sobre el nuevo álbum. En todo caso, cualquier demora por su parte suponía un gran riesgo de perder esa ventaja. No creía que Paul Hill hubiera contactado aún con nadie más del tablón de mensajes, pero sin duda se habrían echado copias en todo tipo de buzones aquella misma mañana. Tenía que volver a casa, por grande que fuera la animadversión que sentía contra Annie.

Trató de evitarla, de todas formas. Estaba en la cocina hablando por teléfono, probablemente con su madre o su hermana. (¿Y quién iba a querer hablar con alguien de la familia nada más volver de vacaciones? ¿No probaba eso algo? Aunque no estaba muy seguro de qué podría ser ese algo. Pero tenía la impresión de que alguien tan vinculado aún con su familia –con la *niñez*, en esencia– difícilmente sería capaz de responder a las duras verdades del universo adulto generosamente diseminadas a lo largo de los diez temas de *Juliet, Naked*. Tal vez conseguiría captarlo algún día, pero estaba claro que aún faltaban varios años para eso.)

El despacho compartido estaba en el descansillo de media vuelta. El agente inmobiliario que les vendió la casa tenía la certeza inexplicable de que un día utilizarían aquella habitación mínima como cuarto de bebé, antes de decidir mudarse fuera de la ciudad y comprarse una casa con jardín. Luego venderían esa casa a otra pareja que, llegado el momento, haría lo mismo. Duncan se había preguntado si el hecho de no tener hijos era una reacción directa a la deprimente predictibilidad de todas las cosas, si aquel agente inmobiliario –inadvertida pero efectivamente– no había tomado la decisión por ellos.

Ahora era lo opuesto a un cuarto de niños. En él había dos ordenadores portátiles, colocados uno junto a otro en una mesa de trabajo, dos sillas, una máquina que convertía discos de vinilo en archivos mp3, y unos dos mil CD, incluidos los piratas de todos y cada uno de los conciertos de Tucker Crowe desde 1982 hasta 1986 (con excepción del de septiembre de 1984 en el KB de Malmö, Suecia, que, extrañamente, nadie parecía haber grabado, lo que ha venido siendo una espina para todos los estudiosos serios de Crowe, ya que, según una fuente sueca habitualmente fiable, fue la noche en que Tucker Crowe ofreció una versión que jamás volvería a repetir de «Love Will Tear Us Apart»). Apartó los estados de cuenta del banco y demás correo que Annie había abierto y colocado al lado de su portátil para que los viera, abrió un documento nuevo en el procesador de textos y empezó a teclear. Escribió tres mil palabras en menos de dos horas y las envió a la página poco después de las cinco de la tarde. A las diez de la noche había ciento sesenta y tres comentarios de fans de once países.

Al día siguiente, comprobó que se había pasado un poco. «Juliet, Naked *significa que todo lo demás que hay grabado de Tucker ha quedado de pronto un poco empalidecido, un poco acicalado, un poco "digerido"... Y si así es como afecta al trabajo de Crowe, imaginad cómo afectará al trabajo de todos los demás.*» No había querido entrar en discusiones sobre los méritos respectivos de James Brown, o de los Stones, o de Frank Sinatra. Se había querido referir a sus pares, a los cantantes-compositores de su talla, por supuesto, pero quienes se lo toman todo en sentido literal no habían querido entenderlo en tal sentido. *«Esta versión de "You and Your Perfect Life" hace que la versión que uno conoce bien suene como salida de un álbum de Westlife...»* Si hubiera esperado un poco, habría comprobado que la versión «vestida» *(Juliet,* inevitablemente, había pasado a conocerse como *Vestida,* para distinguirla de inmediato de *Juliet, Naked),* tras la conmoción primera, reafirmaba bastante cómodamente su superioridad frente a la versión «desnuda». Y le gustaría no haber mencionado en absoluto a Westlife, al ver que algunos fans acérrimos de este grupo se habían topado con esta referencia y se habían pasado el día enviando mensajes obscenos al tablón de la página.

En su ingenuidad, no había esperado realmente la cólera de nadie. Pero luego se imaginó a sí mismo curioseando en la página en busca de un poco de cotilleo –la noticia de una entrevista con el tipo que hizo la carátula del EP, por ejemplo–, y descubriendo que había todo un álbum nuevo que él no había escuchado. Habría sido como encender el televisor para ver el parte meteorológico local y enterarse de que el cielo se estaba viniendo abajo. No le habría hecho ninguna gracia, y ciertamente no habría querido leer ninguna crítica escrita por algún cabrón pagado de sí mismo. Habría odiado al crítico, con seguridad, y probablemente habría decidido en aquel mismo momento que el álbum en cuestión no era nada bueno. Empezó a temer que su extasiada alabanza hubiera podido hacer a *Naked* un mal servicio: ahora nadie –ningún fan genuino, en cualquier caso, y era difícil imaginar que el asunto pudiera importarle a mucha otra gente– podría escuchar el álbum sin prejuicios. Oh, qué complicado era... amar el arte. Entrañaba muchísima más mala voluntad de lo que uno hubiera imaginado.

Las respuestas que más le interesaron le llegaron vía e-mail, firmadas por los croweólogos que él conocía bien. El de Ed West decía, sencillamente: «Que me den por culo. Dame. Ahora.» Geoff Oldfield decía (con innecesaria crueldad, pensó Duncan): «Éste, amigo mío, ha sido tu momento estelar. Nada así de bueno volverá a sucederte jamás.» John Taylor se decantó por una cita de «The better Man»: «La suerte es una enfermedad, / no la quiero cerca de mí.» Confeccionó una lista de direcciones y empezó a enviar a ellas todos los temas, uno por uno. A la mañana siguiente, un puñado de hombres de edad mediana lamentarían haberse ido a la cama demasiado tarde.

3

Annie pensaba que tal vez iba a quedarse anclada en la enseñanza para siempre, y odiaba tanto ese trabajo que, incluso ahora, la hacía feliz el mero hecho de llegar al museo con diez o quince minutos de retraso. Para un profesor, ese cuarto de hora habría supuesto un desastre humillante, y en él se habrían dado algaradas, reprimendas y miradas de reprobación de algunos colegas, pero a nadie le importaba si llegaba tres o treinta minutos antes de la hora de apertura de un museo pequeño no demasiado visitado. (La verdad es que a nadie le importaba tampoco si llegaba tres o treinta minutos después de tal hora de apertura.) En su antiguo trabajo, hacer una escapada a media mañana para pedir un café para tomarlo fuera era un sueño diurno frecuente y bastante mísero; ahora tenía a gala hacerlo todos los días, necesitase o no la cafeína. De acuerdo, había ciertas cosas que echaba en falta: la sensación que te embargaba cuando la clase iba bien, cuando todo eran ojos brillantes y concentración tan densa que se percibía casi como húmeda, como algo que se te podía pegar a la ropa; y a veces lograba arreglárselas frente a la energía y el optimismo y la vida que es posible encontrar en cualquier niño, con independencia de lo hosco que se muestre o de lo deteriorado que parezca. Pero la mayoría de las veces seguía sintiéndose feliz de haber logrado pasar por debajo del alambre de espino que rodeaba la educación secundaria y haber salido al mundo.

Trabajaba por su cuenta durante gran parte del día, sobre todo tratando de recaudar fondos, aunque esto empezaba a antojársele una tarea cada día más inútil: ya nadie, al parecer, disponía de dinero de sobra para contribuir a las mejoras de un museo de la costa en decadencia, y posiblemente ya nunca volverían a disponer de él. De cuando en cuando, tenía que hablarles a grupos de colegiales de la localidad en visitas escolares, razón por la que se le había brindado la ocasión de escapar de las aulas. Siempre había una voluntaria en el mostrador de recepción, normalmente Vi o Margaret o Joyce o alguna de las ancianas cuya acuciante necesidad de mostrarse aún útiles le rompía el corazón a Annie siempre que se tomaba la molestia de pensar en ello. Y cuando se proyectaba alguna exposición especial, trabajaba con Ros, una conservadora independiente que también enseñaba historia en la escuela de Duncan. (Duncan, por supuesto, jamás se había dignado hablarle, para no correr el riesgo de verse embarcado en una conversación larga en una de sus visitas a la sala de profesores.) Ros y Annie tenían entre manos en ese momento la preparación de una exposición, con documentación fotográfica del verano de la ola de calor de 1964, cuando se remodeló la vieja plaza de la ciudad, los Stones tocaron en el cine ABC de las afueras y la marea arrastró hasta la playa a un tiburón de ocho metros de largo. Habían pedido aportaciones a los residentes, y habían anunciado la iniciativa en todas las páginas web relevantes de historia local y social que les vinieron a las mientes, pero hasta el momento no habían recibido más que dos foto-grafías: una del tiburón, que a todas luces había muerto de algún tipo de infección por hongos demasiado horripilan-te para una exposición que pretendía celebrar un verano dorado, y otra de cuatro amigos –¿compañeros de traba-jo?– que se divertían en el paseo marítimo.

Esta fotografía había llegado en el correo un par de días después de haber colgado los anuncios en Internet, y Annie no podía creer lo perfecta que era. Los dos hombres estaban en mangas de camisa y tirantes, y las dos mujeres llevaban vestidos floreados; tenían los dientes mal, las ca-ras surcadas de arrugas, el pelo engominado, y daba la sen-sación de que no se habían divertido tanto en toda su vida. Se lo comentó a Ros, nada más verla –«¡Mírales! ¡Como si estuvieran pasando el mejor día fuera de casa de su vida!»–, y se echó a reír, toda convencida de que aquel contento era debido a algún azar feliz de la cámara, o al alcohol, o a un chiste verde..., a cualquier cosa menos al hecho de es-tar al aire libre o a la belleza de los alrededores. Y Ros dijo, simplemente:

–Sí. Casi seguro que tienes razón.

Annie, que estaba a punto de disfrutar de unas mode-radamente estupendas vacaciones de tres semanas en los Estados Unidos –agradables, aunque no de quitar el alien-to, aquellas montañas de Montana– se sintió un tanto avergonzada. En 1964, cinco años antes de que ella nacie-ra, los ingleses todavía eran capaces de sentirse felices dis-frutando de un día libre en una población costera del nor-te del país. Volvió a mirar a aquellas cuatro personas y se preguntó a qué se dedicarían, cuánto dinero tendrían en el bolsillo en aquel preciso instante, qué duración tendrían sus vacaciones, cuántos años vivirían. Annie nunca había sido rica. Pero había estado en todos los países europeos que le había apetecido visitar, en Norteamérica, incluso en Australia. ¿Cómo –se preguntó– habían llegado a la situación actual desde aquella otra, a esto desde aquello? De pronto vio el sentido de la exposición que había concebido y proyectado sin verdadero entusiasmo ni finalidad precisa. Más aún: de pronto vio el sentido de la ciudad donde vivía, lo mucho que debió de significar para una gente que tanto ella como todos sus conocidos iban perdiendo la capacidad de imaginar cómo era. Siempre se había tomado en serio su trabajo, pero ahora estaba resuelta a encontrar la manera de hacer sentir a los visitantes del museo lo que ella sentía.

Y luego, después de la del tiburón muerto, dejaron de llegar fotografías. Había ya renunciado a una exposición centrada en 1964, aunque todavía no se lo había dicho a Ros, y estaba tratando de pensar en alguna forma de ampliar el marco temporal del proyecto sin por ello convertirlo en algo chapucero y sin metas claras. El haber estado fuera tres semanas le había devuelto la esperanza, y había contribuido a ello –y no poco– el hecho de que aún tuviera que examinar el correo de dieciocho días.

Había dos fotografías más. Una la había enviado un hombre que había estado revisando las cosas de su madre recién fallecida; era una bonita instantánea de una niña que estaba de pie al lado de una caseta de títeres. La otra, enviada sin carta adjunta, era del tiburón muerto. A Annie le parecía que aquel tiburón muerto tenía ya una cobertura suficiente, y deseó no haberlo mencionado nunca. Lo había incluido en su petición de material sólo como un acicate de la memoria de la población de cierta edad de la ciudad. Y era como si hubiera enviado una consigna diciendo: QUEREMOS FOTOS DEL TIBURÓN ENFERMO. El escualo en cuestión mostraba un agujero en un costado: la carne, sencillamente, se le había podrido hasta abrirle un gran boquete.

Siguió revisando el resto del correo, contestó a algunos e-mails y salió en busca de su café de costumbre. Sólo en el camino de vuelta recordó la actividad maníaca de Duncan de la noche anterior. Sabía que su reseña en Internet había provocado reacciones, porque no paró de correr arriba y abajo, de examinar sus mensajes, de leer los comentarios en la página, de sacudir la cabeza y reír entre dientes ante el mundo extraño y súbitamente vivo que habitaba. Pero no le había enseñado lo que había escrito, y ella sentía que debía leerlo. Y no sólo eso, cayó en la cuenta. Quería leerlo. Había escuchado la música, y antes incluso que él, lo que significaba que por primera vez en su vida en común se había formado una opinión sin que el asunto en cuestión hubiera sido filtrado por el proselitismo intimidatorio de su pareja... Quería comprobar por sí misma cuán obcecado podía ser Duncan, y cuán lejos se hallaban el uno del otro.

Entró en la página web (por alguna razón, la tenía en Favoritos) e imprimió la reseña para poder concentrarse bien en ella. Cuando la hubo terminado, estaba francamente enfadada con Duncan. La enfurecía su autosuficiencia, su obvia determinación de pavonearse ante los fans con los que se suponía que tenía cierta afinidad. Así, también estaba enfurecida por su mezquindad, por su incapacidad de compartir algo que tenía un indudable valor en aquella comunidad menguante y cada día más sitiada. Pero, más que nada, la enfurecía su perversidad. ¿Cómo aquellos bocetos de canciones podían ser mejor que la obra acabada? ¿Cómo dejar algo a medias podía ser mejor que trabajar en ello, pulirlo, darle densidad y textura, moldearlo hasta que la música llegue a expresar lo que uno quiere que exprese? Cuanto más leía la reseña ridícula de Duncan, más furiosa se ponía, hasta que se encolerizó de tal manera que la ira misma se convirtió en objeto de su curiosidad: la había sumido en un gran desconcierto. Tucker Crowe era el hobby de Duncan, y las personas con hobbies hacían cosas extrañas. Pero escuchar música no era coleccionar sellos, o pescar con mosca, o construir barcos dentro de una botella. Escuchar música era algo que ella también hacía, con frecuencia y sumo gozo, y Duncan, de alguna manera, se las arreglaba para arruinárselo, en parte haciéndole sentir que no era buena en eso. ¿Se trataba de eso? Volvió a leer la reseña. «Llevo viviendo con las canciones memorables de Tucker Crowe cerca de un cuarto de siglo, y sólo hoy, mirando el mar, escuchando «You and Your Perfect Life» como Dios y Crowe querían que se escuchara...»

No es que él le hiciera sentirse incompetente, e insegura de sí misma y de sus gustos. Era a la inversa. Él no sabía nada de nada, y ella nunca se había permitido percatarse de ello hasta entonces. Siempre había pensado que el interés apasionado de Duncan por la música y el cine y los libros daban fe de su inteligencia, pero por supuesto no daban fe de nada parecido si él no hacía más que entender las cosas al revés. Si era tan inteligente, ¿por qué estaba enseñando a ver la televisión norteamericana a aprendices de fontanero y a futuros recepcionistas de hotel? ¿Por qué escribía miles de palabras en oscuras páginas web que jamás leía nadie? ¿Y por qué estaba tan convencido de que un cantante al que nadie había prestado nunca demasiada atención era un genio de la talla de Dylan y Keats? Ay, esa ira auguraba problemas. Al examinar el cerebro de su pareja lo veía mermar hasta convertirse en nada. ¡Y le había llamado *a ella* tarada! En una cosa tenía razón, sin embargo: Tucker Crowe era importante, y revelaba duras verdades sobre la gente. Sobre Duncan, en cualquier caso.

Cuando Ros pasó a verla para saber si había habido algún progreso con las fotografías, Annie seguía con la página web en la pantalla del ordenador.

–Tucker Crowe –dijo Ros–. Vaya. A mi novio de la facultad le gustaba mucho. No sabía que siguiera estando en el candelero.

–No lo está, en realidad. ¿Tuviste un novio en la facultad?

–Sí. Resultó que también era gay. No me explico por qué rompimos. Pero no entiendo esto. ¿Tucker Crowe tiene una página web?

–Todo el mundo tiene una página web.

–¿De veras?

–Eso creo. Hoy día ya no se olvida a nadie. Se juntan siete fans australianos, tres canadienses, nueve británicos y un par de docenas de norteamericanos, y se empieza a hablar todos los días de alguien que no ha grabado nada en veinte años. Para eso es Internet. Para eso y para la pornografía. ¿Quieres saber qué temas tocó en Portland, Oregón, en 1985?

–No, la verdad.

–Entonces esta página no es para ti.

–¿Cómo es que sabes tanto de esto? ¿Estás entre los nueve británicos?

–No. No hay ninguna mujer a quien le importe gran cosa. Pero está mi..., ya sabes..., Duncan.

¿Cómo tenía que llamarlo? El hecho de no estar casada con Duncan se estaba volviendo tan irritante como ella imaginaba que el matrimonio lo había sido siempre para él. No iba a llamarlo «su novio». Duncan tenía cuarenta y tantos años, por el amor de Dios. ¿Compañero? ¿Compañero en la vida? ¿Amigo? Ninguna de esas palabras o expresiones parecía adecuada para definir su relación, y tal inadecuación era mucho más hiriente cuando se trataba de la palabra «amigo». Odiaba que la gente se pusiera a hablar y hablar de Peter o de Jane cuando uno no tenía la menor idea de quiénes eran. Quizá no debería mencionarlo nunca.

–Acaba de escribir un millón de palabras absurdas y las ha mandado a la página para que las vea el mundo. Si el mundo tuviera el menor interés, quiero decir.

Invitó a Ros a leer la reseña de Duncan, y Ros leyó las primeras líneas.

–Aaah. Qué tierno...

Annie hizo una mueca.

–No critiques a la gente con pasiones –dijo Ros–. Sobre todo a los que tienen pasión por las artes. Son siempre los más interesantes.

Al parecer, todo el mundo había sucumbido a ese mito.

–Muy bien. La próxima vez que estés en el West End, vete a la salida de artistas de un teatro en el que haya un musical y hazte amiga de uno de esos cabrones tristes que esperan para conseguir un autógrafo. Verás lo interesantes que son.

–Me parece que tendré que comprar ese CD.

–No te molestes. Eso es lo que más me fastidia. Lo escuché, y Duncan está completamente equivocado. Y no sé por qué, pero me muero por decirlo.

–Deberías escribir otra crítica y ponerla junto a la suya.

–Oh, no soy una especialista. No me dejarían.

–Necesitan a alguien como tú. Porque si no todo esto desaparecería del mapa.

Se oyeron unos golpecitos en la puerta del despacho de Annie. Una anciana con una sudadera con capucha estaba de pie ante la entrada tendiéndoles un sobre. Ros dio unos pasos hacia ella y lo cogió.

–Una foto del tiburón –dijo la anciana, y se fue con andares de pato.

Annie puso los ojos en blanco. Ros abrió el sobre, se echó a reír y le pasó la foto a Annie. Era el mismo hueco de la herida abierta que había visto en una de las otras fotos. Pero alguien había tenido la brillante idea de poner a un niñito encima del tiburón. La criatura estaba sentada con los pies desnudos, que le colgaban a un palmo del boquete del escualo; ambos, el niño y la herida, sollozaban.

–Jesús... –dijo Annie.

–Puede que aquí nadie fuera a ver a los Rolling Stones en 1964 –dijo Ros–. El tiburón muerto era el colmo de la diversión.

Annie empezó a escribir su crítica aquella misma noche. No tenía intención de enseñársela a nadie; era sólo un medio para comprobar si lo que pensaba significaba algo para ella. Era también un modo de hincar el tenedor en su irritación, que empezaba a inflarse como una salchicha sobre una parrilla de barbacoa. Si estallaba, podía imaginar consecuencias para las que aún no estaba preparada.

En el trabajo tenía que escribir –cartas, descripciones de las exposiciones, pies de foto, pequeños textos para la página web del museo–, pero le daba la impresión de que la mayoría de las veces tenía que pensar algo que decir, crear una opinión desde la nada. Esto era diferente; era lo único que podía hacer para dejar de seguir todos y cada uno de los ramales de pensamiento que había estado rumiando durante los dos días pasados. *Juliet, Naked* le había sugerido ideas sobre el arte y el trabajo, sobre su relación, sobre la relación de Tucker, sobre el misterioso atractivo de lo oscuro, sobre los hombres y la música, sobre el valor de los estribillos en las canciones, sobre el porqué de la armonía y sobre la necesidad de la ambición, y cada vez que terminaba un párrafo aparecía ante ella el siguiente, motu proprio y sin ninguna conexión con el anterior. Un día —decidió al fin— intentaría escribir sobre alguno de aquellos temas, pero se sentía incapaz de hacerlo en aquel momento; quería que la reseña fuera sobre aquellos dos álbumes, sobre la inconmensurable e indubitable superioridad de uno sobre el otro. Y tal vez sobre lo que la gente (o, dicho de otro modo, Duncan) creía haber oído en *Naked* que en realidad no estaba, y por qué esa gente (él) oía esas cosas, y lo que esto nos decía sobre ella. Y quizá... No. Bastaba con eso. El álbum había creado tal turbulencia mental que Annie empezó a preguntarse brevemente si se trataba en verdad de una obra de talento, pero desechó la idea. Sabía por su grupo de lectura que las novelas que a nadie del grupo le habían gustado podían dar lugar a charlas estimulantes e incluso útiles; eran las «ausencias» en *Naked* (y, por consiguiente, en Duncan) las que le habían hecho pensar, no las «presencias».

Entretanto, los amigos de Duncan en la página se habían dedicado a escuchar, y se habían enviado varias reseñas largas más. En Tuckerlandia era como si fuera Navidad; estaba claro que quienes eran creyentes habían dejado de trabajar para tomarse unos días de fiesta, a fin de dedicar el tiempo libre a su familia extensa de Internet, y —a juzgar por el tenor de algunas de las reseñas enviadas— celebrarlo con unas cuantas cervezas o un buen canuto de marihuana. «NO era una obra maestra, pero sí una obra magistral», era el encabezamiento de una de las críticas. «¿CUÁNDO VAN A DEJAR LOS MANDAMASES QUE SE CONOZCA TODO EL MATERIAL QUE AÚN NO SE CONOCE?», preguntaba otro, que siguió diciendo que sabía de buena fuente que existían diecisiete álbumes de este material en las cámaras acorazadas.

–¿Quién es ese tipo? –le preguntó Annie a Duncan, después de tratar de leer un párrafo de su febril y en ocasiones conmovedora prosa.

–Oh, ése... El pobre Jerry Warner. Enseñaba inglés en no sé qué colegio privado de no sé dónde, pero lo pillaron con uno de sus alumnos de secundaria hace un par de años, y desde entonces ha estado un poco desquiciado. Tiene demasiado tiempo libre. ¿Por qué sigues mirando la página web, de todas formas?

Annie había terminado su reseña. En cierto modo, *Juliet, Naked* –o sus sentimientos sobre el álbum, al menos– le había hecho despertar de un profundo sueño: ahora quería cosas. Quería escribir, quería que Duncan leyera lo que escribía. Quería que los otros miembros del tablón de mensajes lo leyeran también. Estaba orgullosa de ello y hasta había empezado a preguntarse si no sería socialmente útil en algún sentido. Algunos de aquellos maniáticos –esperaba– podían leerlo, enrojecer hasta las orejas y volver a su vida cotidiana. Sus deseos al respecto no tenían límite.

–He escrito algo.

–¿Sobre qué?

–Sobre *Naked*.

Duncan la miró.

–¿Tú?

–Sí. Yo.

–Caray. Bien. Vaya. Ja.

Sonrió, se levantó y se puso pasear por la habitación. Ésta sería la reacción más parecida a la que habría tenido si Annie le hubiera comunicado que iba a ser padre de gemelos. No le había entusiasmado la noticia, pero sabía que no podía ser abiertamente desalentador.

–¿Y crees...? Bueno, ¿te crees *cualificada* para hacerlo?

–¿Es cuestión de cualificación?

–Interesante pregunta. Bien, tienes total libertad para escribir lo que te venga en gana.

–Gracias.

–Pero en esta página... la gente espera cierto nivel de especialización.

–En el primer párrafo de su mensaje, Jerry Warner dice que Tucker Crowe vive en Portugal en un garaje. ¿Te parece que es un especialista?

–No creo que tengas que tomar lo que dice al pie de la letra.

–¿No? ¿Vive en Portugal en un garaje de la mente, entonces?

–Sí, es un tipo imprevisible, ese Jerry. Pero es capaz de cantar cada palabra de cada canción de Crowe.

–Eso lo cualificaría para cantar a la puerta de un pub. Pero no lo convierte necesariamente en crítico.

–Haremos una cosa –dijo Duncan, como si acabara de sentir el impulso visceral de que a la señora que prepara el té en la oficina hubiera que ofrecerle un puesto en el consejo de administración de la empresa–. Déjame verlo.

Annie tenía la hoja en la mano, y se la tendió a Duncan.

–Oh, está bien. Gracias.

–Te dejo tranquilo para que la leas.

Subió a la planta de arriba, se tumbó en la cama y trató de leer el libro que tenía a medias, pero no podía concentrarse. Casi le oía sacudir la cabeza a través del suelo de tarima.

Duncan leyó el texto dos veces, con el único fin de ganar tiempo; lo cierto es que sabía que estaba metido en un aprieto desde la primera lectura, porque lo que había escrito Annie era algo a un tiempo muy bien escrito y muy equivocado. Annie no había cometido ningún error relativo a «hechos» –que él hubiera detectado (aunque, cuando él escribía algo, siempre había alguien en el tablón de mensajes que denunciaba alguna equivocación obvia y absolutamente irrelevante)–, pero su incapacidad para reconocer la brillantez del álbum era señal inequívoca de una carencia de gusto que lo horrorizaba. ¿Cómo se las había arreglado en el pasado para leer o ver o escuchar algo y llegar a la conclusión correcta sobre sus méritos? ¿Había sido sólo suerte? ¿O era simplemente el tedioso buen gusto de los suplementos dominicales de los periódicos? Le gustaban *Los Soprano*, bien, pero ¿a quién no? Esta vez Duncan había tenido ocasión de ver cómo Annie llegaba a sus propias conclusiones, y había resultado un fiasco.

Pero no podía negarse a poner su reseña en la página. No habría sido justo, y no quería asumir la responsabilidad de rechazar lo que había escrito. Y no es que diera la impresión de que pusiera en duda la grandeza de Tucker Crowe: su reseña, al fin y al cabo, era un himno largo y laudatorio a la perfección de *Vestida*. No, lo colgaría en la página y dejaría que los demás le dijeran lo que pensaban de ella.

Volvió a leerlo una vez más, con el propósito de cerciorarse, y esta vez se deprimió: ella era mucho mejor que él en todo salvo en el juicio (lo único que importaba al cabo, pero aun así...). Escribía bien, con fluidez y humor, y resultaba persuasiva –en caso de que quien lo leyera no hubiese escuchado la música–, y era encantadora. Él siempre intentaba ser estridente y avasallador y sabelotodo –hasta él se daba cuenta–. Y no era en estas cosas en lo que Annie era buena. ¿En qué situación le dejaba esto a él? ¿Y si los que leían su texto en la página no la ponían de vuelta y media? ¿Y si lo que hacían, en lugar de ello, era utilizarla como una fusta para vapulearle a él? *Naked* –de la que para entonces ya había oído hablar casi todo el mundo– estaba teniendo una acogida contradictoria, y las reacciones negativas –se temía– las había provocado su reseña original y excesivamente entusiasta. Empezaba a cambiar de opinión sobre el hecho de aceptarla en su comunidad cuando la vio aparecer ante él.

–¿Y bien? –dijo ella. Estaba nerviosa.

–Bueno... –dijo él.

–Me da la impresión de estar esperando las notas de un examen.

–Lo siento. Estaba pensando sobre lo que has escrito.

–¿Y?

–Sabes que no estoy de acuerdo con ello. Pero no está nada mal.

–Oh, gracias.

–Y me alegrará colgarlo en la página, si es eso lo que quieres.

–Creo que es eso lo que quiero.

–Tienes que poner tu dirección de e-mail, ya lo sabes.

–¿Ah, sí?

–Sí. Y te escribirán unos cuantos chalados. Pero puedes limitarte a borrarlos, si no te apetece entrar en debates.

–¿Puedo usar un nombre falso?

–¿Por qué? Nadie sabe quién eres.

–¿Nunca has hecho mención de mí a ninguno de tus amigos?

–No, creo que no.

–Oh.

Annie pareció bastante desconcertada. Pero ¿era tan extraño que no lo hubiera hecho? Ninguno de los demás croweólogos vivía en la ciudad, y Duncan sólo hablaba con ellos de Tucker, o a veces sobre artistas relacionados con él.

–¿Habéis recibido alguna vez algún escrito de una mujer?

Duncan fingió pensar en ello. A menudo se había preguntado por qué no recibían mensajes más que de hombres de mediana edad, pero jamás se había preocupado gran cosa por ello. Ahora estaba a la defensiva.

–Sí –dijo–. Pero llevamos ya un tiempo sin mensajes de mujeres. Y, cuando escriben, de lo que quieren hablar es..., ya sabes, de lo atractivo que lo encontraban y demás.

Las únicas mujeres que alcanzaba a inventar, al parecer, eran cabezas huecas, incapaces de participar en un debate serio. Sólo había tenido un par de segundos para inventarlas, es cierto, pero aun así debería haber sido capaz de imaginar algo mejor. Si alguna vez escribía su novela, tendría que tener mucho cuidado con este asunto.

–¿Las mujeres lo encuentran atractivo?

–Dios. Pues claro.

Lo que decía empezaba a sonarle raro incluso a él mismo. Bueno, no raro, porque la atracción homosexual no era rara, por supuesto que no lo era. Pero sin duda había sonado más vehemente sobre el atractivo físico de Tucker de lo que habría deseado.

–Bien. Mándame esto en un adjunto y lo pondré en la página esta noche.

Y, tras un par de escaramuzas consigo mismo al respecto, cumplió lo prometido.

A la mañana siguiente, en el trabajo, Annie se sorprendió entrando en la página un par de veces cada hora. Al principio le parecía obvio esperar alguna respuesta a lo que había escrito –nunca lo había hecho hasta entonces, así que era normal que tuviera curiosidad por el desarrollo del proceso–. Horas después, sin embargo, cayó en la cuenta de que quería ganar, derrotar a Duncan por completo. Él había expresado su opinión, y su opinión había sido acogida con hostilidad, sarcasmo, desconfianza y envidia; ella quería que la gente fuera más amable con ella de lo que lo había sido con él, que apreciara más su elocuencia y agudeza, y, para su gran deleite, lo fue. A las cinco de la tarde siete personas ya habían colgado sus respuestas en la sección «comentarios», y seis de ellas eran amistosas –deslavazadas, y decepcionantemente breves, pero amistosas al fin–. «¡Interesante texto, Annie!» «Bienvenida a nuestra pequeña "comunidad" online. ¡Buen trabajo!» «Estoy totalmente de acuerdo contigo. Duncan está tan perdido que ya ha desaparecido del radar.» La única persona que quería dejar bien claro que no le había gustado su aportación no parecía muy contento con nada. «Tucker Crowe está ACABADO, a ver si lo superáis de una vez; sois patéticos, siempre dale que dale con un cantante que no ha hecho ningún disco en veinte años. Estaba sobrevalorado entonces, y está sobrevalorado hoy, y Morrissey es mucho mejor que él; tanto que casi da vergüenza.»

Se preguntó por qué la gente se molestaba en contestar en las páginas web; pero «por qué molestarse» no era nunca una pregunta que uno podría formularse acerca de casi nada en Internet, porque de otra forma todo el tinglado de la red global se desinflaría y quedaría en nada. ¿Por qué se había molestado ella? ¿Por qué se molesta nadie? Annie, en líneas generales, era partidaria de molestarse; y, en tal caso, gracias, MrMozza7, por su aportación, y gracias a todos los demás de todas las demás páginas.

Justo antes de apagar el ordenador y clausurar la jornada, volvió a mirar su correo electrónico. Sospechaba que Duncan le había dicho que tenía que dar una dirección para asustarla; y estaba claro que la sección de comentarios era el método mejor para obtener respuestas. Duncan había dado a entender que caerían sobre ella una horda de ciberacosadores, que escupirían su bilis contra ella y la amenazarían con vengarse, pero de momento no veía nada semejante.

Había, sin embargo, dos e-mails de alguien llamado Alfred Mantalini. El primero se titulaba «Tu reseña». Era muy breve. Decía, simplemente: «Gracias por tus amables y perspicaces palabras. Las agradezco de verdad. Mis mejores deseos, Tucker Crowe.» El encabezamiento del segundo era «PS», y decía: «No sé si sales con alguno de esa página, pero todos me parecen una gente muy extraña, y te quedaría muy agradecido si no les pasaras mi dirección.»

¿Era posible? Hasta el mero hecho de preguntárselo parecía estúpido, y la súbita falta de aliento era sencillamente patética. Por supuesto que no era posible. Era, cómo no, una broma; aunque una broma carente por completo de humor alguno. ¿Por qué preocuparse? Más valía no preguntar. Puso la chaqueta sobre el respaldo de la silla y dejó el bolso en el suelo. ¿Cuál podría ser una respuesta con gracia? «Que te den, Duncan.» ¿No sería mejor no hacer ni caso? Pero ¿y si...?

Trató de burlarse de sí misma otra vez, pero la mofa de uno mismo sólo funcionaba –cayó en la cuenta– si se pensaba con la cabeza de Duncan; es decir, si ella creía realmente que Tucker Crowe era el hombre más famoso del mundo, y que existían más posibilidades de que se pusiera en contacto con ella así, por las buenas, el propio Russell Crowe. Tucker Crowe, sin embargo, era un oscuro músico de la década de 1980 que probablemente no tenía muchas más cosas que hacer por la noche que mirar las páginas web dedicadas a su memoria y sacudir la cabeza con incredulidad. Y Annie ciertamente podía entender por qué no tendría ningunas ganas de contactar con Duncan o con cualquiera de los demás: la antorcha que sostenían sobre sus cabezas ardía con una llama demasiado intensa. ¿Por qué Alfred Mantalini? Miró el nombre en Google. Al parecer, Alfred Mantalini era un personaje de *Nicholas Nickleby*, haragán y tenorio que acaba llevando a la bancarrota a su mujer. Bueno, eso podría encajar, ¿no? Sobre todo si a Tucker Crowe no le importaba ironizar sobre sí mismo. Rápidamente, antes de pararse a pensarlo dos veces, hizo clic en «responder» y tecleó: «No eres tú realmente, ¿verdad?»

Aquel hombre era a un tiempo una presencia y una ausencia desde hacía quince años, y la idea de que acabara de enviarle un mensaje de respuesta que podría aparecer en algún lugar de su casa –si es que tenía alguna– se le antojaba absurda. Esperó en el trabajo durante una o dos horas más, con la esperanza de recibir una respuesta, y al final se marchó a casa.

Tucker Crowe

De la Wikipedia, la enciclopedia libre

Tucker Jerome Crowe (nacido el 9 de junio de 1953) es un cantautor y guitarrista norteamericano. Crowe estuvo en primer plano de la actualidad musical de mediados a finales de los años setenta, primero como líder y cantante de la banda The Politics of Joy y luego como artista en solitario. Influenciado tanto por otros cantautores norteamericanos como Bob Dylan, Bruce Springsteen y Leonard Cohen como por el guitarrista Tom Verlaine, alcanzó un creciente éxito de crítica tras unos comienzos difíciles, y culminó su madurez artística con lo que se considera su obra maestra, *Juliet*, en 1986, álbum sobre su ruptura con Julie Beatty que suele figurar en las listas de «Mejores canciones de todos los tiempos». Durante la gira de promoción de este álbum, sin embargo, Crowe se retiró bruscamente de la vida pública, al parecer después de cierto incidente que le cambió la vida en los servicios de caballeros de un club de Minneapolis, y desde entonces no ha creado más música ni hablado con los medios de comunicación sobre su desaparición de escena.

Biografía

Primeros años

Crowe nació y creció en Bozeman, Montana. Su padre, Jerome, era propietario de una tintorería y su madre, Cynthia, daba clases particulares de música. Varias canciones de sus álbumes de la primera época tratan de la relación con sus padres; por ejemplo «Perc and Tickets» (de *Tucker Crowe,* siendo «perc» la abreviatura de «percloroetileno», producto químico utilizado en el proceso de limpieza). «Her piano» (de *Infidelity and Other Domestic Investigations),* un tributo a su madre escrito después de su muerte de cáncer de mama en 1983. El hermano mayor de Crowe, Ed, murió en 1972, a la edad de veintiún años, en un accidente de coche. La investigación reveló que tenía un «elevado» grado de alcohol en la sangre.

Inicio de su carrera artística

Tucker Crowe creó The Politics of Joy en Montana, y abandonó el colegio para salir de gira con su grupo. Se separaron antes de que les ofrecieran un contrato para grabar un disco, aunque la mayoría de los miembros del grupo siguió tocando con Crowe en sus álbumes y giras, y su tercera obra se tituló *Tucker Crowe And The Politics of Joy.* Su primer álbum –cuyo título era su propio nombre– salió en 1977, y fue un célebre fracaso en la industria de la música: la confianza de la compañía discográfica en su artista llevó a ésta a poner una serie de anuncios en revistas comerciales y en vallas publicitarias con el desmedido eslogan de BRUCE MÁS BOB MÁS LEONARD IGUAL A TUCKER, bajo el que se exhibía una fotografía de Crowe haciendo un mohín, con los ojos perfilados y un sombrero Stetson. En octubre de 1977, Crowe fue detenido por tratar de arrancar un póster gigante en Sunset Boulevard, Hollywood, California. Los críticos de rock fueron despiadados –Greil Marcus, de *Creem*, terminaba su reseña con la siguiente frase: «Tonterías, más pose visionaria, más John Denver, lo cual equivale a ¿qué?» Tucker, herido, grabó un EP feroz de cuatro temas: «¿Puede oírme alguien?» (ahora éste era el nombre de una página web seria, a veces pomposa, en la que se debatía sobre su música), que contribuyó a que cambiara la acogida de la crítica, y, por ende, su suerte.

Giras y conciertos

Crowe realizó numerosas giras entre 1977 y el día de su retirada, aunque a sus conciertos en vivo suele atribuírseles una calidad desigual –algo debido sobre todo a su alcoholismo–. Algunas actuaciones podían ser muy cortas (cuarenta y cinco minutos, por ejemplo), con largos paréntesis entre canciones, tan sólo quebrados por los improperios (y manifiesto desprecio) del artista para con su auditorio; otras veces, como muestra claramente la grabación pirata de la velada justamente memorable «En la Ole Miss»,[9] tocó durante dos horas y media ante una multitud devota, en éxtasis. Con demasiada frecuencia, sin embargo, los conciertos de Tucker Crowe degeneraban en insultos y violencia: en Colonia, Alemania, Crowe saltó sobre la multitud y asestó un puñetazo a un fan que acababa de pedir un tema que a él no le apetecía tocar. La mayoría de los integrantes de The Politics of Joy habían dejado el grupo antes de que la carrera de Crowe se viera interrumpida bruscamente, y la mayoría de ellos alegaba el maltrato como causa de su marcha.

Vida personal

Se cree que Tucker Crowe es el padre de Carrie, la hija de Julie Beatty nacida en 1987, aunque su madre ha negado siempre tal paternidad. Se cree asimismo que Tucker Crowe dejó el alcohol totalmente.

Retiro

Se cree que Tucker Crowe vive en una granja de Pennsylvania, aunque se sabe muy poco de cómo ha pasado

---

9. Como se conoce popularmente la Universidad de Mississippi. (*N. del T.*)

las últimas dos décadas. Los rumores de su vuelta son frecuentes, pero hasta el momento infundados. Algunos fans detectan su participación en algunos álbumes de los Conniptions y los Genuine Articles; en el álbum *Sí, otra vez* (2005), del recompuesto The Politics of Joy, figuran –erróneamente, a juicio del grupo– dos temas de Crowe. En 2008 apareció *Juliet, Naked*, un álbum de versiones demo de los temas de *Juliet*.

Discografía
Tucker Crowe – 1977
Infidelity and Other Domestic Investigations – 1979
Tucker Crowe and The Politics of Joy – 1981
You and Me Both – 1983
Juliet – 1986
Juliet, Naked – 2008

Premios y nominaciones
Crowe recibió un diploma honorario de la Universidad de Montana en 1985. *Juliet* fue nominado para un Grammy en la categoría de «Mejor Álbum» en 1986. Crowe fue nominado para un Grammy en la categoría «Mejor actuación de rock masculina», por «You and Your Perfect Life», ese mismo año.

4

Mientras Annie esperaba esperanzada en su oficina la respuesta de Tucker Crowe, Tucker Crowe se paseaba por el supermercado local en compañía de su hijo de seis años Jackson, tratando de comprar comida sana y familiar para alguien que ninguno de los dos conocía muy bien.

–¿Perritos calientes?

–Sí.

–A ti ya sé que te gustan. Te preguntaba si crees que a Lizzie le gustarán también.

–No lo sé.

No había razón alguna para que lo supiera.

–He vuelto a olvidar quién es –dijo Jackson–. Lo siento.

–Es tu hermana.

–Sí, lo sé –dijo el chico–. Pero... ¿*por qué* lo es?

–Ya sabes lo que es una hermana –dijo Tucker.

–No de esa clase.

–Es igual que todas las de las demás clases.

Pero, por supuesto, no lo era. Tucker estaba siendo insincero. Para un chico de seis años, una hermana era alguien a quien veías en la mesa del desayuno, alguien con quien discutías los programas de televisión que querías ver, alguien cuyas fiestas de cumpleaños tratabas de evitar porque eran una cursilada, alguien cuyas amigas se reían de ti una fracción de segundo antes de que salieras del cuarto. La chica que iba a venir a estar con ellos tenía veinte años y nunca había venido a quedarse un tiempo en casa antes de aquel día. Jackson ni siquiera había visto una fotografía de ella, así que difícilmente podría ser capaz de saber si era o no vegetariana. Y no es que fuera la primera vez que a Jackson le caía encima una misteriosa hermana. Un par de años atrás, Tucker le había presentado a dos hermanos gemelos de los que él no había tenido la menor noticia previa, y ninguno de los dos habían dejado en su vida impronta alguna.

–Lo siento, Jackson. A ti debe de parecerte una hermana de otra clase. Es hermana tuya porque los dos tenéis el mismo padre.

–¿Quién es su padre?

–¿Quién? ¿Quién crees tú? ¿Quién es tu padre?

–¿O sea que tú eres también su padre?

–Eso es.

–Como eres el padre de Cooper.

–Sí.

–¿Y de Jesse?

Cooper y Jesse eran los dos gemelos recientemente incorporados al censo fraterno.

–Lo vas pillando...

–¿Y quién es su madre esta vez?

Jackson hizo esta pregunta con tal doliente cansancio del mundo que Tucker no pudo evitar reírse.

–Esta vez es Natalie.

–¿Natalie la de preescolar de mi colegio?

–¡Ja! No. No la Natalie de preescolar de tu colegio.

Tucker tuvo una súbita y no poco grata visión de la

Natalie de preescolar del colegio de Jackson. Era una ayudante de diecinueve años, rubia y risueña. Hubo un tiempo..., como James Brown cantó una vez.

–¿Quién, entonces?

–No la conoces. Ahora vive en Inglaterra. Vivía en Nueva York cuando la conocí.

–¿Y mi hermana?

–Ha estado viviendo con su madre en Inglaterra. Pero ahora va a ir a la universidad en este país. Es muy inteligente.

Todos sus hijos eran inteligentes, y su inteligencia era una fuente de orgullo para él –posiblemente inmerecido, habida cuenta de que sólo se había podido ocupar de la educación de Jackson–. ¿Podía vanagloriarse de haber decidido fecundar sólo a mujeres inteligentes? Probablemente no. Bien sabía Dios que se había acostado con algunas verdaderamente obtusas.

–¿Me leerá? Cooper y Jesse me leían. Y Gracie.

Grace era otra hija de Tucker, la primogénita: Tucker ni siquiera podía oír el nombre de Grace sin dar un respingo. Había sido un desastre de padre para Lizzie y Jesse y Cooper, pero tales deficiencias parecían, en cierto modo, disculpables; él se las perdonaba a sí mismo, en todo caso, por mucho que sus hijos y sus madres respectivas no se sintieran tan indulgentes. Pero Grace... Grace era otra historia. Jackson la había visto una vez, y Tucker se había pasado toda la visita bañado por un sudor frío, pese a que su primogénita había mostrado el mismo natural tierno de su madre. Y eso lo empeoraba todo, de alguna forma.

–¿Por qué no le lees tú a ella? Se quedará impresionada.

Metió las salchichas en el carro de la compra, y luego las sacó y las volvió a dejar en el expositor. ¿Qué porcentaje de chicas inteligentes eran vegetarianas? Podía llegar hasta el cincuenta por ciento, ¿no? Así que las probabilidades de que comiera carne eran las mismas. Volvió a poner las salchichas en el carro. El problema es que ni siquiera las jovencitas carnívoras querrían comer carne roja. Bien, pues las salchichas de Frankfurt eran rosadas-anaranjadas. ¿Lo rosado-anaranjado podía considerarse rojo? Estaba casi seguro de que su tonalidad extraña se debía a la química y no a ningún elemento sanguíneo. Los vegetarianos comían cosas químicas, ¿no? Las dejaba en el carro, pues. Le habría gustado engendrar a un mecánico de treinta años que hubiera nacido en Tejas y que bebiera como un cosaco. Entonces tendría que comprar bistecs y cerveza y un cartón de Marlboro, y listo. Tal hipótesis en concreto, sin embargo, habría implicado probablemente por su parte la fecundación de alguna sexy camarera tejana de treinta años, y Tucker había malgastado su juventud con modelos inglesas mortalmente pálidas, con pómulos en lugar de pechos, y ahora estaba pagando el precio. Aunque, bien pensado, también entonces pagó un precio. ¿En qué habría estado pensando?

—¿Qué estás haciendo, papá?

—No sé si come carne o no.

—¿Por qué no va a comer carne?

—Porque alguna gente cree que comer carne está mal. Y otra gente cree que te sienta mal. Y otra gente cree las dos cosas.

—¿Y qué creemos nosotros?

—Supongo que creemos las dos cosas, pero no nos molestamos en hacer nada al respecto.

—¿Por qué hay gente que cree que es malo?

—Creen que es malo para el corazón.

De nada habría servido hablarle a Jackson del colon.

–¿Puede dejar de latirte el corazón si comes carne? Pero tú comes carne, papá.

Había un timbre de pánico en la voz de Jackson, y Tucker maldijo para sus adentros. Él les había metido a ambos en aquel brete, el muy imbécil. Jackson había descubierto hacía poco que su padre iba a morir algún día de la primera mitad del siglo XXI, y su pena prematura podía desatársele en cualquier momento, por cualquier razón, incluidos los principios primordiales del vegetarianismo. Lo que empeoraba las cosas era que la desesperanza existencial de Jackson había coincidido con la del propio Tucker (y no sólo eso, sino que tras coincidir con la de su padre su desesperanza había salido reforzada). El quincuagésimo quinto cumpleaños de Tucker parecía haber desencadenado un brote particularmente agudo de melancolía que dudaba que fuera a mejorar gran cosa en los cumpleaños por venir.

–No como tanta carne.

–Eso es mentira, papá. Comes montones de carne. Esta mañana has comido beicon. Y ayer por la noche hiciste hamburguesas.

–He dicho que sólo es lo que alguna gente cree, Jack. No he dicho que sea verdad.

–¿Entonces por qué creemos que es verdad si no lo es?

–Creemos que los Phillies van a ganar la World Series todos los años, pero tampoco es verdad.

Volvió a dejar las salchichas en el expositor por última vez y condujo a Jackson hacia donde estaban los pollos. El pollo no era ni rosado ni anaranjado, y podía hablarle de sus propiedades saludables sin sentir que le mentía demasiado.

Al llegar a casa dejaron las compras de cualquier manera y volvieron a salir para Newark a recoger a Lizzie.

Tucker esperaba que su hija le gustase, pero los indicios no eran nada prometedores: se habían intercambiado e-mails durante un tiempo, y la chica parecía iracunda y difícil. Debía conceder, sin embargo, que eso no significaba necesariamente que fuera una persona iracunda y difícil: a sus hijas les había costado mucho perdonarle el estilo paterno que había adoptado para sus primeros vástagos, que había acabado equivaliendo a una completa ausencia de sus vidas. Y ahora Tucker empezaba a aprender que algunos de sus hijos siempre volvían a entrar en su vida en ciertos momentos cruciales –bien de sus vidas o bien de las de sus madres–, y ello hacía que sus visitas tendiesen a abrumarle. Trataba de reducir en él la actividad introspectiva, así que lo que menos necesitaba era «importarla» de fuera.

Camino del aeropuerto, Jackson le habló del colegio, de béisbol y de la muerte hasta que se quedó dormido, y Tucker escuchó una vieja casete miscelánea de rhythm and blues que había encontrado en el maletero. Ya no le quedaban más que unas cuantas, así que cuando ya no le quedara ninguna tendría que encontrar el dinero suficiente para un camión nuevo. No concebía la vida en carretera sin música. Canturreó con los Chi-Lites en voz baja, para no despertar a Jackson, y se sorprendió a sí mismo pensando acerca de la pregunta que le había hecho aquella mujer en su e-mail: «No eres tú realmente, ¿verdad?» Bien, pues sí: era él; apenas le cabían dudas al respecto, pero por una u otra razón había empezado a inquietarle cómo podría probárselo. Porque por más que pensaba no se le ocurría ninguna forma de afirmar su identidad sin dejar el menor asomo de duda. No quedaba detalle alguno, por trivial que fuera, en su música que hubiera escapado al escrutinio de aquella gente, así que decirle quién le había hecho el coro en un par de canciones sin aparecer luego en los créditos no habría ayudado gran cosa. Y casi todos los detalles de las trivialidades biográficas sobre su persona que surcaban el espacio de Internet cual trozos de chatarra espacial eran absolutamente falsos –que él supiera–. Ni uno solo de aquellos aduladores tenía la menor noticia, por ejemplo, de que tenía cinco hijos, de cuatro mujeres diferentes; pero sabían que tenía un hijo secreto de Julie Beatty, que era posiblemente la única mujer a la que había evitado dejar embarazada. ¿Y cuándo iban a dejar de dar la lata con algo que le había sucedido en un aseo de caballeros de Minneapolis?

Trataba denodadamente de no inflar en exceso su importancia en el cosmos. La mayoría de la gente lo había olvidado; muy de cuando en cuando –suponía– se topaba uno con su nombre en alguna revista musical –algunos de los periodistas de más edad aún seguían citándolo a veces como punto de referencia–, o en la colección de viejos vinilos de alguien, y pensaba: «Ah, sí. Mi compañero de cuarto en la universidad solía escuchar sus discos.» Pero Internet lo había cambiado todo: ya nadie caía en el olvido. Si tecleaba su nombre en Google salían miles de entradas, y en consecuencia había empezado a pensar que, en cierto modo, su carrera era algo aún en plena vigencia y no algo muerto hacía ya mucho tiempo. Si se buscaba en las páginas adecuadas, Tucker Crowe era un genio misterioso que había dado en recluirse, y no un tal Tucker Crowe, antiguo músico y ex persona. Al principio se sintió halagado al ver que había gente que se dedicaba a mantener debates online sobre su música, lo cual contribuía a restaurar algunas de las cosas barridas por todo lo que le había sucedido desde su retirada. Pero poco después esta gente le hacía sentirse mal, sobre todo cuando centraban su atención veleidosa en *Juliet*. Todavía. Si hubiera seguido haciendo álbumes probablemente ahora no sería más que una cansina antigualla, o, en el mejor de los casos, un héroe de culto que se ganaba la vida en clubs, o en ocasiones como actuación de apoyo de algún grupo al que estaba ayudando en sus comienzos, aunque no fuera capaz de detectar ninguna influencia suya en su música. Así que abandonar la música había sido un paso muy inteligente en su carrera –siempre, claro está, que le tuviera sin cuidado la consecuencia inevitable: carecer de tal carrera a partir de ese mismo instante.

Tucker y Jackson llegaron tarde, y encontraron a Lizzie vagando de un lado a otro a lo largo de la fila de limusinas cuyos chóferes hacían señas con la mano, con la vana esperanza de que su padre hubiera mandado un coche a recogerla. Tucker le dio un par de golpecitos en la espalda, y Lizzie se volvió en redondo, asustada.

–Eh –le dijo Tucker.

–Oh, hola –dijo ella–. ¿Tucker?

Tucker asintió con la cabeza, y trató de transmitirle sin palabras que, fuera lo que fuere lo que le apeteciera a ella hacer, a él le parecería de perlas. Podía echarle los brazos al cuello y llorar; podía darle un besito en la mejilla, estrecharle la mano, ignorarle por completo y echar a andar hacia el camión en silencio. Se estaba convirtiendo en un experto en lo que empezaba a llamar algo así como Reinserción Paterna. Una disciplina de la que seguramente podría dar clases. Actualmente existía mucha gente a la que podrían hacerle falta.

Si Tucker no hubiera desaprobado los estereotipos sobre nacionalidades, habría descrito como inglés el saludo de Lizzie. Le había sonreído con cortesía, le había dado un beso en la mejilla y aún se las había arreglado para sugerir que Tucker representaba a toda la «fauna de la charca» que no había podido acudir al aeropuerto a causa de otros compromisos.

–Y yo soy Jackson –dijo el chico con una impresionante gravedad moral–. Soy tu hermano. Estoy encantado de conocerte.

Por una u otra razón, Jackson opinaba que elidir parte de las formas verbales era impropio en situaciones de tal trascendencia.

–Medio hermano –dijo Lizzie, innecesariamente.

–Exacto –dijo Jackson, y Lizzie se echó a reír. Tucker se alegró de haberlo llevado al aeropuerto.

La conversación en la primera parte del trayecto a casa resultó razonablemente fácil. Hablaron del vuelo de Lizzie, de las películas que había visto y de la pareja a la que había reprendido un auxiliar de vuelo por conducta inapropiada («besuqueos», lo llamó Lizzie después de un concienzudo interrogatorio al respecto de Jackson). Éste le preguntó por su madre, y ella le habló de sus estudios. Dicho de otro modo, hicieron lo que pudieron, habida cuenta de que eran unos completos desconocidos que compartían un vehículo. A veces a Tucker le desconcertaba la obsesión de la sociedad por el padre biológico. Todos sus hijos habían sido criados por madres competentes y padrastros amorosos; ¿para qué le necesitaban a él, entonces? Ellos (o sus madres) siempre hablaban de que querían saber de dónde venían y quiénes eran, pero él cuanto más lo oía menos lo entendía. Tenía la impresión de que siempre sabían quiénes eran. Él jamás podría decirles algo así, y si osaba hacerlo pensarían que era un absoluto imbécil.

El tenor de la conversación cambió en la segunda mitad del trayecto a casa, cuando salieron de la autopista.

–Mi novio es músico –dijo Lizzie de pronto.

–Qué bien –dijo Tucker.

–Cuando le dije que eras mi padre, no podía creérselo.

–¿Cuántos años tiene? ¿Cuarenta y cinco?

–No.

–Lo decía en broma. La mayoría de la gente joven no conoce mi trabajo.

–Oh, ya. No. Él sí lo conoce. Creo que quiere conocerte. Quizá la próxima vez que venga, él venga conmigo.

–Claro.

¿La próxima vez? Seguramente aquella visita era una especie de «período de prueba», si no una «entrevista de trabajo».

–Puede que en Navidad.

–Sí –dijo Jackson–. Jesse y Cooper vienen en Navidad. Sería divertido que vinieras tú también.

–¿Quiénes son Jesse y Cooper?

Oh, mierda, pensó Tucker. ¿Cómo había sucedido aquello? Estaba casi seguro de haberle hablado a Natalie de los gemelos, y casi tenía la certeza de que Natalie le había pasado la información a Lizzie. Y obviamente no era así. Aquél era otro ejemplo de algo que debía haber hecho él mismo, por poco sentido paternal que tuviera. Los ejemplos nunca dejaban de surgir. Eran inagotables. Leería sobre el hecho de ser padre, si pensara que podría ayudarle en algo, pero sus errores parecían siempre demasiado básicos para figurar en los manuales. «Decirles siempre a tus hijos que tienen hermanos...» No podía imaginar a ningún gurú de la educación de los hijos tomándose la molestia de escribir algo semejante. Tal vez hubiera una laguna en ese campo.

–Son mis hermanos –dijo Jackson–. Medio hermanos. Como tú. Como yo.

–¿Cat ha tenido hijos de otra relación? –dijo Lizzie.

Incluso tal información tangencial parecía resultarle claramente irritante, siendo algo que ella seguramente tenía derecho a saber. Y si le irritaba la idea de que Cat hubiera tenido hijos de los que ella no tenía noticia, aún le irritaría más enterarse —supuso Tucker— que aquellos hijos eran de su padre. ¿O se estaba equivocando con ella? Quizá se pondría realmente contenta al saber que tenía más hermanos de los que sospechaba. Más hermanos, más diversión, ¿no?

—No —dijo Tucker.

—¿Entonces...?

Tucker no quería que ella lo dedujera todo por sí misma. Quería poder decir que había sido él quien se lo había comunicado, aunque en realidad fuera a decirlo doce años después del acontecimiento.

—Jesse y Cooper son hijos míos.

—¿Tuyos?

—Sí. Gemelos.

—¿Cuándo?

—Bueno, hace unos cuantos años ya. Tienen doce.

Lizzie sacudió la cabeza con amargura.

—Creí que lo sabías —dijo Tucker.

—No —dijo Lizzie—. Si lo hubiera sabido, te aseguro que no hubiera hecho como que no lo sabía. ¿Qué sentido tendría hacerlo?

—Te gustarán —dijo Jackson, seguro de lo que decía—. A mí me gustaron. Pero no juegues con ellos a ningún videojuego. Porque te destrozarán.

—Dios santo... —dijo Lizzie.

—Lo sé, ¿vale?

—¿Y han estado contigo algún tiempo?

—Hasta ahora sólo una vez —dijo Tucker.

—¿Así que sólo soy una más en la cinta transportadora?

—Sí. Tendrás que irte antes de mañana, porque si no

el siguiente chocaría contigo y se montaría un buen atasco. He perdido hijos de esa forma.

–¿Te parece que es para tomárselo a broma?

–No. Lo siento, Lizzie.

–Eso espero. Eres realmente increíble, Tucker.

En la memoria de Tucker, la madre de Lizzie había quedado reducida a una bella fotografía que Richard Avedon le había sacado en 1982 –para la publicidad de una firma de cosmética– y que Tucker aún conservaba en alguna parte. Él había llegado a perder de vista su estupidez, su altanería, su fragilidad y su extraordinaria falta de sentido del humor. ¿Cómo había llegado a olvidar tales rasgos, cuando podían explicar –en un cincuenta por ciento– por qué se habían separado antes incluso de que naciera Lizzie? (Era generoso al atribuir a esas cuatro tachas el cincuenta por ciento del fracaso de su relación, pero dado que también se había separado de muchas, muchas mujeres que no adolecían de ninguna de ellas, la lógica le aconsejaba asumir también parte de la culpa.) ¿Y por qué nunca le habían atraído las cálidas camareras tejanas? ¿Por qué le había parecido tan irresistible una gélida chica inglesa? Se suponía que Natalie había sido la sustituta de Julie Beatty; la había conocido en un momento de su vida en que estaba siempre borracho, yendo de fiesta en fiesta por la sencilla razón de que seguían invitándole a ellas. Empezaba a sospechar que las invitaciones dejarían de llegarle un día, y también las modelos hermosas, y Natalie había sido su último gran ¡hurra! (Aunque ella, por supuesto, no hubiera emitido jamás una exclamación tan toscamente entusiasta como ésa.)

–Dejad de discutir. Oye, Lizzie –dijo Jackson, animosamente–. ¿Comes carne?

–No –dijo Lizzie–. No la he probado desde que tenía

tu edad. Me hace sentirme mal, y toda esa industria alrededor de ella me parece moralmente repugnante.

–Pero comes pollo, ¿no?

Tucker se echó a reír. Lizzie no.

Cuando Cat oyó que el coche entraba en el camino de acceso, abrió la puerta mosquitera y se quedó de pie en el porche, controlando a Pomus para que no saltara sobre los recién llegados. Tucker la miró, tratando de calibrar su estado de ánimo. Cat no había ayudado mucho durante la visita de los gemelos, pero la cosa tenía que ver más bien con su madre: Tucker le había contado a Cat, poco después del inicio de su relación, que su ruptura con Carrie había sido muy difícil para él, y que tenía un vago recuerdo de que tal dificultad se derivaba de la excelencia de su relación sexual con ella. Y le sorprendió que esa revelación le hubiera dolido tanto a Cat. Había supuesto que le parecería consolador oír que era muy duro acabar con algunas relaciones, y que no todo era pasar por ellas sin sufrir el menor daño.

Tucker llevó la bolsa de Lizzie al interior de la casa y presentó a las dos mujeres. Durante un instante todos quedaron como petrificados y sonrientes, aunque la sonrisa de Lizzie era un gesto funcional, de labios delgados, que no indicaba demasiada calidez o contento. Cat ya no era ninguna jovencita –cayó en la cuenta Tucker, ahora que había en la casa una jovencita auténtica–: la vida la había castigado alrededor de los ojos, y en los labios, y quizá incluso en la mitad de la cara. ¡Tucker ya no era, pues, un viejo pervertido! ¡Cat era una mujer hecha y derecha! Pero, por otra parte, ¡él y Jackson la habían esquilmado! Había malbaratado su juventud en ellos, ¡y ellos le habían pagado haciendo que pareciera abrumada y vieja! De pronto quiso abrazarla, y decirle que lo sentía, pero aquel preciso instante, minutos después de que hubiera llegado a la casa una invitada que además era su hija, probablemente no era el momento adecuado.

–Sentaos en el jardín trasero –dijo Cat–. Os llevaré algo de beber.

Mientras atravesaban la casa, Jackson iba señalando puntos de interés histórico: sitios donde se había hecho daño, dibujos suyos. Lizzie no parecía muy impresionada.

–Creí que vivías en una granja –dijo, cuando estuvieron sentados en sillas y bancos.

–¿Por qué pensabas eso? –dijo Tucker.

–Lo leí en la Wikipedia.

–¿Y ponía algo de ti? ¿O de Jackson?

–No. Ponía que se rumoreaba que habías tenido un hijo con Julie Beatty.

–¿Y vas y les crees cuando dicen que vivo en una granja? Además, tienes mi número de teléfono y mi dirección de correo electrónico. ¿Por qué no me preguntaste directamente dónde vivía?

–Parecía una pregunta un poco rara para hacérsela a mi propio padre. Quizá tendrías que escribir tu propia página en la Wikipedia. Así tus hijos sabrían algo de ti.

–Tenemos animales –dijo Jackson, a la defensiva–. Gallinas. Pomus. Un conejo que se murió.

El conejo se lo habían recomendado a la familia como un medio de aliviar el miedo de Jackson a una inminente muerte de su padre. Tucker no lograba recordar con precisión de qué forma se suponía que funcionaba esa teoría: tal vez el chico aprendería el orden natural de las cosas cuidando a una mascota hasta su muerte, ¿era eso? La cosa parecía tener sentido cuando se la recomendaron, pero el conejo murió al cabo de dos días, y ahora Jackson no paraba de hablar de su conejito muerto. Era cierto, sin embargo, que Jackson parecía tomarse con un poco más de tranquilidad el final de la vida de Tucker, que ahora podía esperarse en cualquier momento.

–El conejo está enterrado allí –le dijo Jackson a Lizzie, apuntando con el dedo hacia una cruz de madera que había al borde del césped–. Papá irá después, ¿verdad, papi?

–Sí –dijo Tucker–. Pero aún no.

–Pero pronto –dijo Jackson–. ¿Cuando yo cumpla siete, a lo mejor?

–Después –dijo Tucker.

–Bueno. Quizá –dijo Jackson, dubitativo, como si el objeto de la conversación fuera consolar a Tucker.

–¿Tu madre se ha muerto ya, Lizzie?

–No –dijo Lizzie.

–¿Está bien? –preguntó Tucker.

–Está muy bien, gracias por preguntarlo –dijo Lizzie. ¿Había acritud en su respuesta? Probablemente–. Fue a ella a quien se le ocurrió que viniera a verte.

–Está bien –dijo Tucker.

–Es por eso –dijo Lizzie.

–Ajá.

Eso, lo otro... Todo acababa siendo la misma cosa, más o menos, así que por qué insistir en una definición...

–Cuando caes en la cuenta de que vas a tener un hijo propio quieres entender más de todo.

–Sí, claro.

–Lo has adivinado, ¿no?

–¿Qué?

–Lo que acabo de decir.

Intuyó que le había sido transmitida alguna información que él aún no había procesado debidamente. Quizá no debería tratar esas conversaciones tipo «nos estamos conociendo» como pertenecientes a un género.

–Un momento –dijo Jackson–. Eso significa... Eres mi hermana, ¿no?

–Medio hermana.

–Y entonces..., yo voy a ser... ¿Qué voy a ser?

–Vas a ser tío.

–Genial.

–Y él va a ser abuelo.

Tucker entendió por fin de qué estaban hablando cuando Jackson rompió a llorar y salió corriendo a buscar a su madre.

Al final Lizzie se ablandó un poco –al menos por la parte que le tocaba a Jackson, cuando Tucker lo trajo de nuevo a la sala un par de minutos después.

–Eso no quiere decir que tu papá sea viejo –le dijo–. No lo es.

–Bien, ¿y cuántos chicos de mi colegio tienen papás que son abuelos?

–No muchos, estoy segura.

–Ninguno –dijo Jackson–. Ni uno solo.

–Jack, ya hemos hablado de eso –dijo Tucker–. Tengo cincuenta y cinco años. Tú tienes seis. Yo voy a vivir muchos años. Serás un hombre mayor antes de que yo esté listo para morirme. Tendrás cuarenta, quizá. Estarás harto de mí.

Tucker no habría apostado un centavo por esta predicción sobre su esperanza de vida. Treinta años fumando, diez años de dependencia del alcohol... Sería asombroso si llegara a cumplir sus tres veintenas más diez de la Biblia.

–No sabes si tendré cuarenta –dijo Jackson–. Podrías morirte mañana mismo.

–No voy a morirme mañana.

—Pero podrías.

A Tucker siempre le dejaba fuera de juego la lógica en estas conversaciones. Sí, podría morir mañana mismo, tuvo ganas de decir. Pero eso era cierto antes de que descubrieras que iba a ser abuelo. En lugar de embarcarse en viajes como éste, lo que tenía que hacer era hablar de tonterías. Las tonterías siempre funcionaban en estos casos.

—No.

Jackson le miró, con la esperanza renovada.

—¿De veras?

—Sí. Si hoy no tengo nada malo, no puedo morirme mañana. No hay tiempo suficiente.

—¿Y un accidente de coche?

Que cualquiera de cualquier edad podía tener en cualquier momento, so tonto.

—No.

—¿Por qué no?

—Porque mañana no vamos a ningún sitio en coche.

—Pasado mañana.

—Ni al otro.

—¿Cómo vamos a conseguir comida?

—Tenemos toneladas de comida.

Tucker no quería pensar en si se morirían de hambre o no si no podían ir a ningún sitio en coche. Quería pensar en lo mayor que era, y en cómo habría de morir pronto, y en cómo toda su vida pasada parecía haber transcurrido sin que él se diera siquiera cuenta.

Tiempo atrás, Tucker se había prometido a sí mismo sentarse ante un papel para tratar de dar cuenta de sus dos décadas pasadas. Escribiría esos años –uno debajo del otro– en la parte izquierda, y al lado de cada cual escribiría una o dos palabras –palabras que darían cierta idea de lo que lo había mantenido ocupado durante esos doce meses–. La palabra «bebida» y un buen puñado de comillas debajo (con el sentido de «lo mismo», «lo mismo», etc.) serviría para resumir el final de la década de los ochenta; de cuando en cuando cogía una guitarra o un bolígrafo, pero la mayor parte del tiempo se la pasaba viendo la televisión e ingiriendo whisky escocés hasta perder el conocimiento. Había otras palabras más saludables que podría usar más adelante en el tiempo –«pintar», «Cooper y Jesse», «Cat», «Jackson»–, pero en realidad ni siquiera ellas lograban dar cuenta de todos los meses que él les pediría que explicasen. En sus años de pintor, ¿cuánto tiempo había pasado realmente en aquel apartamento alquilado y mínimo que utilizaba como estudio? ¿Seis meses? Y sus hijos, en los años en que nacieron... Los había llevado a pasear, por supuesto, pero se habían pasado un montón de tiempo de lactancia, o durmiendo, y él les había observado mientras hacían ambas cosas. Pero observar era también una actividad, ¿no? Uno no puede hacer muchas otras cosas mientras está observando.

A veces pensaba en lo que habría escrito su padre si le hubieran puesto delante una hoja de papel con la lista de todos sus años de adulto. Su padre había tenido una vida larga y productiva: tres hijos, un matrimonio sólido y bueno, un negocio de tintorería. ¿Qué escribiría frente a, pongamos, «del 61 al 68»? «¿Trabajo?» Esa palabra daría perfecta cuenta de siete años de su vida. Y Tucker tenía la certeza de lo que habría puesto al lado de 1980: «Europa.» O, probablemente: «¡EUROPA!» Había esperado mucho tiempo para volver, y había disfrutado de cada segundo de su estancia, y aquellas vacaciones de toda una vida duraron un mes. Cuatro semanas, ¡de sus cincuenta y dos años! Tucker no estaba tratando de nivelar las diferencias:

sabía que su padre era mejor hombre que él. Pero cualquiera que se pusiera a la tarea de dar cuenta de sus días de este modo iba a tener que preguntarse adónde habían ido los años y qué se había perdido en ellos.

Jackson estuvo lloroso el resto de la tarde y comienzo de la velada. Lloró al perder al tres en raya frente a Lizzie; lloró cuando le lavaron el pelo; lloró al pensar en la muerte de Tucker; lloró cuando no se le permitió bañar el helado en salsa de chocolate. Tucker y Cat habían supuesto que seguiría levantado y cenaría con ellos, pero estaba tan agotado por el exceso emocional que acabó yéndose a la cama pronto. Segundos después de que el chico se durmiera, Tucker cayó en la cuenta de que había estado utilizando a Jackson como rehén: nadie iba a meterse claramente con él mientras su hijo estuviera presente. Cuando bajó y se reunió con Lizzie y con Cat en el jardín, llegó justo a tiempo para oír que ésta decía, esquinadamente:

–Eso es lo que acabará haciéndote.

–¿Quién acabará haciéndole qué a quién? –dijo Tucker alegremente.

–Lizzie me estaba contando que a su madre tuvieron que hospitalizarla cuando la dejaste.

–Oh.

–Nunca me lo contaste.

–Nunca salió a colación cuando empezamos a salir juntos.

–Extraño, ¿no?

–No, no es extraño –dijo Lizzie.

Y siguieron de esa guisa. Cat había decidido que se sentía lo bastante cómoda con su nueva hijastra para brindarle una franca evaluación del estado de su matrimonio.

Lizzie, recíprocamente, le brindó una evaluación franca del daño que Tucker había causado con su ausencia. (Mientras lo hacía se protegía el vientre –observó Tucker–, como si temiera que él fuera a atacar al feto con un cuchillo en cualquier momento.) Tucker, juicioso, asintió en silencio ante varios puntos, y de vez en cuando sacudía la cabeza con aire comprensivo y solidario. De tanto en tanto, también, cuando las dos mujeres simplemente le miraban, se encogía de hombros y fijaba la mirada en el suelo. No parecía tener demasiado sentido ningún intento de defenderse, y, en cualquier caso, tampoco habría sabido bien qué línea de defensa adoptar. Había un par de errores en la relación de hechos que ambas intercambiaron, pero no valía la pena tratar de subsanarlos: ¿a quién le importaba realmente que Natalie, en su amargura y su rabia, le hubiera contado a Lizzie, por ejemplo, que Tucker se había acostado con otra mujer *en su propio apartamento?* El error estaba en el lugar, no en el acto de infidelidad en sí mismo. La única palabra que hubiera explicado las cosas, la mayoría de las veces, era «ebriedad». Podría haberla esgrimido a intervalos regulares, e incluso al final de cada frase, pero –casi con toda seguridad–, no habría servido de nada.

Al final de la velada, condujo a Lizzie a su cuarto y le deseó las buenas noches.

–¿Estás bien ya? –dijo Lizzie e hizo una mueca, remedándole, como si Tucker se hubiera pasado toda la noche soportando un fuerte ardor de estómago.

–Oh, sí. Estoy bien. Me merecía esos reproches.

–Espero que arregles las cosas con Cat. Es adorable.

–Sí. Gracias. Buenas noches. Duerme bien.

Tucker bajó a la sala, pero Cat se había ido: había aprovechado su ausencia para irse a la cama sin él, y sin dar explicaciones. Ahora solían dormir en cuartos separados, pero se hallaban en un momento curioso de su relación en el que el hecho de no dormir juntos no se daba por descontado, sino que hablaban de ello cada noche. O al menos lo mencionaban.

—¿Estás bien en el cuarto de los invitados? —le preguntaba Cat, y Tucker se encogía de hombros y asentía con la cabeza.

En un par de ocasiones, después de una discusión realmente violenta que parecía haberlos llevado hasta el punto de no retorno, él la había seguido al dormitorio y habían acabado arreglando las cosas. Pero aquella noche no hablaron de ello. Ella desapareció, sin más.

Tucker se fue a la cama, leyó un poco, apagó la luz. Pero no podía dormir. *No eres tú realmente, ¿verdad?*, le había preguntado aquella mujer, y se puso a darle vueltas a la cabeza a las posibles respuestas. Al final se levantó y bajó y encendió el ordenador. Annie iba a obtener más de lo que había imaginado.

5

De: Tucker <alfredmantalini@yonderhorizon.com
Asunto: Re: Re: Tu reseña

Querida Annie:

Sí, soy yo realmente, aunque no se me ocurre ningún modo convincente de probártelo. Qué tal esto: no me sucedió nada en un aseo de caballeros de Minnesota. O esto: no tengo un hijo secreto con Julie Beatty. O esto: dejé de grabar por completo después de publicar el álbum *Juliet*, así que no tengo material para doscientos álbumes guardado bajo llave en un cobertizo, ni voy sacando cosas de cuando en cuando con un nombre falso. ¿Te sirve de algo? Probablemente no, a menos que seas lo suficientemente juiciosa para aceptar que la verdad sobre cualquier persona es decepcionante, sobre todo la verdad sobre la mía. Y ello se debe a un giro aciago de los acontecimientos: cuanto más tiempo pasaba sin hacer nada, aparte de ver la televisión y beber, más un pequeño pero impresionantemente imaginativo número de personas parecía estar convencido de que me hallaba empeñado en toda una serie de cosas estrafalarias: haciendo álbumes hip-hop con Lauryn Hill en

Colorado, por ejemplo, o una película con Steve Ditko en Los Ángeles. Me gustaría conocer a Lauryn Hill y/o Steve Ditko, porque les admiro a los dos enormemente (y porque tal vez podría ganar algún dinero con ellos), pero no los conozco. El hecho es que algunos de estos mitos son tan pintorescos que me han disuadido de volver al mundo; me da la impresión de que la gente se divertía más conmigo desaparecido de lo que se divertiría si estuviera en activo. ¿Me imaginas, por ejemplo, concediendo una entrevista al tipo de revista musical aún interesada en alguien como yo? «No, no lo... No, no he... No, nosotros no...» Sería tan insulso que no resultaría convincente. Cualquiera puede decir que no ha hecho tal o cual cosa.

Hoy he sabido que voy a ser... abuelo. Como no conozco realmente a la hija embarazada en cuestión –no conozco realmente a cuatro de mis cinco hijos, he de decir–, no he sido capaz de sentir júbilo; para mí, el único contenido verdaderamente emocional de la nueva ha sido el simbólico, lo que decía de mi persona. Y no me siento particularmente mal al respecto. No tiene sentido fingir alegría cuando alguien que no conoces muy bien te dice que está embarazada, aunque supongo que me siento mal por el hecho de que las diversas decisiones que he tomado o evitado en la vida han reducido a mi hija a la condición de desconocida. En fin, el simbolismo... Enterarme de que estaba a punto de convertirme en abuelo ha sido un poco como leer mi propia necrológica, y lo que he leído me ha puesto terriblemente triste. No he hecho gran cosa con los talentos que me fueron dados –piensen lo que piensen tus amigos de la página web–, y tampoco he tenido demasiado éxito en otros ámbitos de la vida. Los hijos que nunca veo son producto de relaciones que arruiné, por indolencia o embriaguez; el hijo que sí veo, mi amado Jackson, de seis años, es fruto de una relación que también estoy destruyendo poco a poco. Su madre lleva manteniéndome unos cuantos años, así que le debo multitud de cosas, pero, como es natural, he empezado a irritarla, y su irritación me pone picajoso y combativo. Ella pensaba que nuestra relación podía funcionar porque somos diferentes. Y aunque es cierto que ella es práctica y astuta para las cosas del dinero (es mayorista de alimentos orgánicos), y es capaz de disfrutar de largas reuniones de negocios con gente que se ocupa de dinero y frutos, tales cualidades han resultado ser muy poco útiles en lo que se refiere a nuestra relación. No las valoro tanto como debería, y en cualquier caso mi falta de sentido práctico ya no está aliada con mi capacidad para escribir canciones, porque ya no escribo canciones. El temperamento artístico es especialmente estéril si sólo es eso, si no va acompañado de un producto final. (Debo confesar que sigo tan confuso como siempre en lo que se refiere al asunto de la compatibilidad. He tratado de vivir con mujeres que comparten conmigo una sensibilidad similar, con consecuencias desastrosas fácilmente previsibles, pero la opción contraria parece tan falta de esperanza como ésta. Nos juntamos con las personas porque son afines o porque son diferentes, y al final nos separamos de ellas por las mismas razones. Estoy llegando a la conclusión de que necesito una mujer que admire la debilidad de carácter y la indolencia en un hombre; si esa mujer es directora general de un banco de Wall Street o una pintora de graffiti me es absolutamente indiferente.)

Me había olvidado totalmente de la existencia de esas demos de *Juliet* hasta hace unos meses, cuando alguien que conocí hace tiempo las encontró en una estantería de no sé dónde. Fue el que consiguió sacarlas luego en CD; pero no me importó, e incluso estoy de acuerdo con cada una de tus palabras sobre que era material en bruto: trabajé y trabajé en las canciones, y lo mismo hizo mi grupo, y la idea de que una persona con oídos pudiese escuchar aquellas dos grabaciones y concluir que la esquemática y pésima es mejor que la que nos hizo sudar sangre me deja perplejo. (Para ser sincero, al tío que grabó esas versiones piratas le tiraría a la cabeza la colección entera, los ciento veintisiete álbumes que tan disparatadamente alardea que tiene, y le prohibiría volver a escuchar música en su vida.) Pero la publicación de *Naked* fue un modo de recordarme a mí mismo que un día fui capaz de hacer algo; y, en cualquier caso, me pagaron un pequeño adelanto –que entregué directamente a mi mujer–. Durante una tarde, casi me sentí un hombre que lleva a casa el sustento de la familia.

Te he dado mucha información, me temo, y no creo que puedas dudar seriamente de que yo soy yo. Soy muy yo, y hoy desearía muy mucho no serlo.

Mis mejores deseos,

Tucker Crowe

La respuesta de Tucker esperaba a Annie en el trabajo cuando llegó a la mañana siguiente. Podía haber mirado el correo en el ordenador de casa, antes del desayuno, y por supuesto estaba lo bastante ansiosa para haber deseado hacerlo. Pero, en caso de que hubiera habido una respuesta, existía la posibilidad de que al abrir ella el correo Duncan la hubiera visto, y lo mejor que Annie tenía en su vida en aquel momento era aquel secreto. Había sido lo mejor incluso el día anterior, cuando no había recibido más que dos mensajes –meramente funcionales, aunque sorprendentes– que decían muy poco, pero ahora poseía información que Duncan habría tomado como una llave que abría los misterios del universo. Ella no quería que él tuviera esa llave, por multitud de razones, la mayoría de ellas innobles.

Leyó el e-mail dos, tres veces, y salió a buscar su café muy temprano. Necesitaba pensar. O, más bien, necesitaba dejar de pensar en lo que estaba pensando, si quería ser capaz de pensar en cualquier otra cosa en el curso de aquella jornada; y en lo que estaba pensando, más que en Tucker Crowe y su complicada vida, era en cómo *Naked* había emponzoñado la atmósfera de casa.

La noche anterior, Duncan había llegado a casa tarde y oliendo a alcohol; estuvo monosilábico, incluso cortante, cuando ella le preguntó cómo le había ido el día. Se había quedado dormido enseguida, pero ella había seguido despierta, oyendo sus ronquidos y sintiendo que no le gustaba nada quien los emitía. A todo el mundo le disgustaba su pareja en un momento u otro –lo sabía–, pero se pasó horas en la oscuridad preguntándose si alguna vez le había gustado. ¿De verdad habría sido mucho peor si se hubiera pasado todos aquellos años sola? ¿Por qué tenía que haber alguien más en la habitación mientras comía, veía la televisión o dormía? Tener una pareja se suponía que era señal de haber triunfado: una mujer que compartía la cama con un hombre todas las noches se había probado a sí misma su aptitud para ciertas cosas, ¿no? Su competencia en algo. Pero su relación con Duncan se le antojaba ahora una señal de fracaso, no de éxito. Ambos habían acabado juntos porque eran los únicos que quedaban libres a su alrededor, y ella sentía que valía más que eso.

–Hola, preciosa –dijo Franco, el hombre del café.

–Hola –dijo ella–. Lo de siempre, por favor.

¿Le habría dicho Franco «Hola, preciosa» si no valiera gran cosa? ¿O atribuía demasiada importancia al saludo vulgar de un hombre que probablemente lo dispensaba unas veinte veces al día?

—¿Cuántas veces al día dice eso? —le preguntó—. Sólo por curiosidad.

—¿De verdad?

—De verdad.

—Sólo una.

Annie se echó a reír, y él se dolió en broma.

—Usted no ve a la gente que entra aquí —dijo Franco—. Podría decir «Hola, preciosa» a señoras que podrían ser mi madre o mi abuela. Antes lo hacía. Pero no está bien. Así que lo reservo para usted, mi clienta más joven.

¡Su clienta más joven! ¿Era todo un accidente geográfico? Tratándose de aquella ciudad, podría creerlo. Franco no habría dicho lo que había dicho si su café estuviera en Londres o en Manchester. Ella no habría sido una sonámbula durante quince años junto a Duncan si hubiera vivido en Birmingham o en Edimburgo. Gooleness era el viento y el mar y lo viejo, el olor a fritura que de alguna forma persistía en el aire incluso cuando nadie parecía estar friendo nada, los puestos de helados que parecían cerrados con tablas hasta cuando había gente alrededor... Y estaba el pasado. Estaba 1964, y los Rolling Stones, y el tiburón muerto, y las gentes felices de vacaciones. Alguien tenía que vivir allí. Y bien podía ser ella.

Cuando volvió al trabajo se dio cuenta de que era jueves, y los jueves era Moira quien atendía el mostrador de recepción. Moira era una Amiga del Museo que estaba convencida de que el hecho de que Annie no tuviera hijos se debía a alguna carencia, y que tal carencia podía curarse. Tenía razón, probablemente, pero no de la forma en que ella pensaba. No había habido absolutamente ninguna conversación previa a la intrusión de Moira, al parecer motivada exclusivamente por la edad de Annie más que por cualquier anhelo que ésta le hubiera expresado a aquella mujer a la que ni siquiera conocía realmente. Annie odiaba los jueves.

Aquel día era apio. Moira, una octogenaria vivaracha con delicada cabeza de pelo teñido de púrpura, estaba de pie esperándola, con un gran manojo en la mano.

–Hola –dijo Annie.

–Las hojas son las que te vienen bien. Las que le vienen bien a él, quiero decir.

–Gracias.

–¿Tienes licuadora?

–Creo que sí.

–Haz un zumo con las hojas y dáselo a beber.

–¿Y para mí? ¿Algún té, unas semillas, fruta bañada en leche?

–Bueno, contigo lo hemos intentado todo. Así que debe de ser él.

Técnicamente, Moira tenía razón: era él. Se ponía condón.

–Lo intentaré esta noche.

–Si lo intentas esta noche, tienes que intentarlo todo. Ya sabes a lo que me refiero. De todas las formas posibles.

–Lo intentaré el sábado por la noche, entonces.

Oh, santo Dios... ¿Por qué diablos le estaba dando a aquella mujer información sobre sus horarios sexuales?

–Oh, es un hombre de sábado por la noche, ¿no?

–Tengo trabajo que hacer...

–No hay nada de que avergonzarse.

–No estoy avergonzada.

Pero por supuesto que lo estaba. Estaba avergonzada de la monotonía implícita, y estaba avergonzada de su incapacidad para decirle a aquella vieja arpía metomentodo que se fuera con viento fresco.

–Oh, Alan. Hola. No le vemos por aquí muy a menudo.

Moira se dirigía a un hombre de más de setenta años que parecía llevar a un tiempo abrigo y gabardina, y dos o quizá tres bufandas. Llevaba en la mano un tarro con lo que parecía una cebollita en no muy buen estado nadando en un vinagre turbio.

–Alguien me dijo que estaban interesados en el tiburón.

–Lo estamos –dijo Moira con firmeza–. Muy interesados.

–Aquí traigo un ojo.

De: Annie Platt <annie@annienduncan.net

Asunto: Más allá de cualquier duda razonable...

... eres tú. He leído las suficientes novelas para saber que son los detalles lo que hace que una historia parezca real, y cualquiera que se haya tomado la molestia de inventar todo lo que tú has escrito merece una respuesta. Y si no eres tú, no me importa gran cosa, si he de serte sincera. Estoy teniendo una conversación de correo electrónico con un hombre interesante y reflexivo que vive muy muy lejos, así que ¿qué daño puede hacerme? (Supongo que hay otro modo de mirarlo: que seas un lunático que YO CONOZCO REALMENTE, en cuyo caso te juro por Dios que te mataré. Pero, por favor, no hagas caso de esto si no lo eres. Y voy a continuar dando por sentado que eres tú.)

Como probablemente habrás adivinado, conozco a gente que piensa mucho en tu trabajo, y que piensa mucho en ti. Yo he pensado en ti a veces, aunque no a menudo; y esto ha cambiado hace poco. Tu nombre surgió una o dos veces en un viaje que he hecho recientemente.

Y tu nuevo álbum *Juliet, Naked* –o, mejor, la respuesta que éste suscitó en un par de fans en exceso entusiastas– me hizo pensar en ti, y en Juliet, más de lo que había pensado en toda mi vida. Nunca había escrito antes nada parecido, pero esos dos álbumes me ayudaron a ver algunas cosas que –sospecho– siempre he pensado sobre el arte y la gente que lo consume vorazmente, y que aún no había elaborado lo bastante. Por supuesto, hay un montón de cosas que me gustaría preguntarte sobre las dos décadas que has estado fuera de escena, pero seguramente no quieres someterte a una especie de entrevista.

Estoy segura de que si juntas a dos desconocidos en una habitación y les pones a hablar de sus vidas, surgirán todo tipo de patrones y temas y antítesis, hasta el punto de que acabará dando la impresión de que no han sido elegidos al azar. Por ejemplo, tú tienes demasiados hijos a los que no conoces, y eso te hace infeliz. Yo no tengo ninguno, y no creo que vaya a tenerlos, y eso me hace infeliz (más de lo que hubiera imaginado hace tres o cuatro años). Así que todo el tiempo que he pasado junto al hombre con el que no tengo hijos está empezando a parecerse a todo ese tiempo que tú te has pasado bebiendo y no creando ninguna música. Ninguno de nosotros podemos recuperar ese tiempo. Y, sin embargo –y angustiosamente–, tampoco es demasiado tarde. ¿Estás de acuerdo conmigo? Espero que sí.

Te escribo desde el trabajo: un pequeño museo de una pequeña ciudad costera de la mitad norte de Inglaterra. Se supone que estoy preparando una exposición sobre el verano de 1964 en esta localidad, pero no tenemos gran cosa que exhibir, aparte de algunas fotos bastante desagradables de un tiburón muerto que la marea arrastró hasta la playa aquel año. Y, desde esta misma mañana, un ojo que al parecer perteneció al animal en aquel tiempo remoto. Hace un par de horas se ha presentado un hombre en el museo con algo –muy posiblemente un ojo de tiburón– flotando en un tarro lleno de vinagre. El hombre ha dicho que su hermano se lo había sacado al tiburón con una navaja. Hasta el momento es nuestra pieza estrella. ¿No querrás escribir un álbum temático sobre el verano de 1964 de una pequeña ciudad costera de Inglaterra? Aunque seguiríamos sin tener gran cosa que exponer.

Annie dejó de teclear. Si hubiera estado usando bolígrafo y papel, habría hecho una pelota con éste de puro disgusto, pero con los e-mails no existía la posibilidad de darse una satisfacción equivalente, dado que todo estaba diseñado para impedir que uno cometiera errores. Annie necesitaba una tecla de «mandar a la mierda» lo escrito, algo que al pulsarse bruscamente produjera un estallido gratificante y estruendoso. ¿Qué estaba haciendo? Acababa de recibir un mensaje de alguien recluido, de un hombre que llevaba veinte años ocultándose del mundo, y le estaba contando que un anciano les había traído un ojo de tiburón en un tarro con vinagre. ¿Iba a apetecerle saber algo semejante? ¿Y lo de su necesidad de tener un hijo? ¿Por qué no se lo contaba a alguien diferente? A una amiga, pongamos. O incluso a Duncan, que –que ella supiera– no tenía la menor idea de su infelicidad.

Y ahí estaba ella, flirteando, a su modo reservado y complejo. Quería gustar al destinatario. ¿Cómo, si no, explicar los circunloquios sobre su gira «Tucker» en los Estados Unidos, y su relación con «gente que piensa mucho en tu trabajo»? Habría sido mucho más sencillo decirle que el hombre con el que vivía, el hombre con el que no tenía hijos, era un fan obsesivo de Tucker Crowe, pero no quería que Tucker lo supiera. ¿Por qué no? ¿Pensaba que, si no le decía con qué tipo de persona convivía, Tucker cogería inmediatamente un avión para ir a fecundarla? Aunque se entregaran a un apasionado romance, se le antojaba difícil persuadir a Tucker de que no tomara precauciones, en vista de la familia complicada e infeliz que ya tenía. ¡Oh, Dios! Hasta el sarcasmo dirigido a sí misma resultaba patético. Seguía entrañando bromas sobre acuerdos anticonceptivos con un hombre que jamás había visto.

Pero si no le contaba cosas como lo del ojo del tiburón, ¿qué le iba a contar? Tucker ya había leído todo lo que ella tenía que decir sobre su trabajo, y Annie no podía empeñarse en bombardearle con preguntas –intuía que ésta sería una forma infalible de no volver a oír ni una palabra de él–. Ella era la persona menos indicada para enrolarse en una correspondencia electrónica con Tucker Crowe. No sabía lo suficiente, no hacía lo suficiente. Por lo tanto, no iba a responder.

Tenía que redactar una delicada carta para Terry Jackson, el concejal que había tenido la idea estúpida de la exposición de 1964, pero no podía concentrarse. Volvió a abrir el borrador destinado a Tucker.

¿De dónde salió *Juliet?* ¿Lo sabes? ¿Has leído *Crónicas,* la autobiografía de Bob Dylan? Hay un pasaje en el que alguien –quizá un productor– le dice que necesitan un tema como «Masters of War» (¿era éste?) como broche del álbum –fue en los años ochenta, cuando Dylan estaba grabando

Pero tampoco lograba recordar el nombre del álbum, y no lograba recordar lo que Dylan había dicho cuando el productor cuyo nombre no lograba recordar le pidió a

Dylan un tema parecido a otro tema que no lograba recordar para terminar un álbum cuyo título tampoco lograba recordar. Borró todo lo anterior, que sin duda podría haber constituido una línea interesante para recabar información sobre Tucker Crowe. Duncan conocería todos esos datos, por supuesto, y tendría que ser él quien estuviera escribiendo a Tucker, sólo que Tucker no tendría el menor interés en que Duncan le escribiera. Y, por supuesto, aún no le había contado a Duncan lo que había encontrado en su bandeja de entrada del correo electrónico, y no tenía ningún deseo de decírselo.

No necesitaba saber nada sobre Dylan, vio finalmente. Simplemente utilizaba un libro para apuntalar una opinión propia, como suelen hacer los académicos.

¿De dónde salió *Juliet*? ¿Lo sabes? ¿Y qué sucede con esos lugares de donde procede? ¿Se están poblando de malas hierbas? O ¿podrías volver a tropezarte con ellos algún día? Siento que esto pueda parecerte demasiado aparatoso, y acabo de prometerme a mí misma que no te bombardearé con preguntas. Si quieres ver alguna foto de mi tiburón muerto, simplemente grita. Parece ser lo único que tengo para ofrecerte a cambio de tu e-mail.

Por cierto, cuando llegué a casa anoche empecé a leer, en tu honor, *Nicholas Nickleby*.

¿Era esta última frase demasiado enfermiza? Si lo era, qué más daba. Lo que decía era verdad. Esta vez hizo clic en «enviar» antes de tener la oportunidad de cambiar de opinión.

6

Estaba bien, pensó Duncan, que Annie y él nunca hubieran estado enamorados. El suyo era un matrimonio de conveniencia, y había funcionado perfectamente: dos amigos habían hecho casar cuidadosamente sus intereses y temperamentos, y el apaño había funcionado. Duncan nunca se había sentido a disgusto, en el sentido de que dos piezas de un rompecabezas –cabe suponer– nunca se sienten a disgusto. Si imagináramos –a efectos de polémica– que las piezas de un rompecabezas tienen pensamientos y sentimientos, sería posible poner en sus labios cosas como: «Voy a quedarme aquí. ¿Adónde voy a ir si no?» Y si apareciese en escena otra pieza, ofreciendo tentadoramente sus mellas y salientes para engatusar a alguna de las piezas del rompecabezas, sería fácil para ésta resistirse a la tentación. «Mira –le diría al seductor–, tú eres como una cabina telefónica, y yo soy la cara de Mary, reina de Escocia. Simplemente no encajaríamos.» Y eso sería todo.

Duncan empezaba ahora a preguntarse si el rompecabezas era la metáfora correcta para las relaciones entre hombres y mujeres. No tenía en cuenta el total empecinamiento de los seres humanos, su determinación de seguir pegados a otro semejante aun en caso de que no encajaran. No les importaba que compusieran salientes de ángulos extraños, y les tenían sin cuidado las cabinas telefónicas y Mary, reina de Escocia. Lo que los movía no era la compatibilidad sensata y sin fisuras, sino los ojos, bocas, sonrisas, mentes, pechos, tórax y nalgas, ingenio, amabilidad, encanto, historia romántica y todo tipo de cosas que hacían imposible la consecución de un cabal acoplamiento.

Y las piezas de un rompecabezas tampoco es que fueran precisamente un modelo de pasión, la verdad. La gente podía apasionarse por los rompecabezas, pero los rompecabezas eran metódicos, podría decirse, y hasta desapasionados. Y a Duncan le parecía que la pasión era una parte integrante del ser humano. La valoraba en su música y en sus libros y en sus programas de televisión: Tucker Crowe era apasionado, y Tony Soprano también. Pero jamás la había valorado en su propia vida, y puede que ahora estuviera pagando el precio, enamorándose en un momento inoportuno. Después se preguntó si *Juliet, Naked* le había afectado de algún modo: despertándole, sacudiendo alguna parte de él que estaba entumecida. Sin duda había sido más emocional en los tiempos en que lo había escuchado por primera vez, cuando era proclive a súbitas conmociones en el estómago y a ocasionales e inexplicables accesos de llanto.

Gina se había incorporado hacía poco al profesorado a cargo del programa avanzado de Artes Interpretativas, y enseñaba a quinceañeros granujientos e ilusos que jamás de los jamases llegarían a ser famosos –o, al menos, no en los campos que ellos habían elegido–, aunque Duncan albergaba la sospecha de que algunos de ellos estaban lo suficientemente locos para acosar y acabar matando a alguno de sus ídolos. Gina era cantante, actriz, bailarina, y aunque aún seguía acariciando sueños de llegar a hacer alguna de estas cosas profesionalmente, la vida la había despojado de su capacidad de ensoñación. Los profesores que trabajaban en el programa avanzado de Artes Interpretativas eran hombres y mujeres de edad mediana y aspecto estrafalariamente juvenil, siempre a la espera de llamadas telefónicas de agentes y compañías teatrales itinerantes que nunca llegaban; pero si Gina aún alentaba débilmente su sueño para que la esperanza no se extinguiese por completo, lo hacía fuera de sus horas lectivas. Y no hablaba de ella misma todo el tiempo, a pesar de llevar el pelo de punta y teñido con henna y un montón de bisutería contundente. Se sentó al lado de Duncan en el descanso para el café el segundo día, le hizo preguntas, escuchó sus respuestas y demostró estar al tanto de algunas de las cosas que a él le parecían importantes. Al día siguiente, cuando le preguntó si podía prestarle los primeros episodios de *The Wire*, y le contó que había aceptado aquel trabajo para huir de una relación en fase terminal, Duncan supo que estaba metido en un brete. Dos días después, se preguntaba qué sucedía cuando la pieza de un rompecabezas le comunica a la pieza amiga con la que hasta ahora encaja que quiere acoplarse con una pieza de otro rompecabezas totalmente diferente. Y también, menos crípticamente, se preguntaba cómo sería el sexo con Gina, si es que alguna vez llegaba a averiguarlo.

Había hecho muy pocos amigos entre sus compañeros docentes, en gran medida porque consideraba a sus colegas pelmazos e incultos (incluso a los que daban los cursos de artes). Y ellos, a su vez, lo consideraban a él un bicho raro, en perpetua búsqueda de algún oscuro afluente de alguna corriente principal que lo pudiera llevar hasta la fuente de sea cual fuere el objeto de su interés de esa semana. Pensaban que era un seguidor veleidoso de las modas, pero en opinión de Duncan se debía a que eran de gustos fijos e inamovibles como el hormigón, y si el nuevo Dylan viniese a actuar ante ellos en la sala de profesores, pondrían los ojos en blanco y seguirían buscando puestos de trabajo mejores en el *Education Guardian*. Duncan los odiaba, y en parte por eso se había quedado tan prendado de Gina, que parecía reconocer que en el mundo se creaban grandes obras de arte todos los días. Gina habría de ser su alma gemela, y en una ciudad como aquélla, con su mar frío y gris y sus salones de bingo y sus pensionistas trémulos, las almas gemelas sin duda no surgían más que cada doscientos años. ¿Cómo no iba a pensar en el sexo, en tales circunstancias?

Salieron a tomar una copa el día en que él le llevó al trabajo la primera temporada de *The Wire*. La había escondido en su cartera, envuelta en un periódico, para que Annie no pudiera sospechar lo que tramaba. Por supuesto, sólo el sigilo de su modo de actuar habría podido despertar en ella algún recelo, así que presumiblemente aquel «contrabando» lo hacía más por él que por Gina, al investir un sencillo préstamo entre amigos de un leve aroma de adulterio. Llamó a Annie para decirle que llegaría tarde a casa, pero también ella seguía en el trabajo, y no pareció en absoluto contrariada ni mostró la menor curiosidad por saber dónde estaba. Había estado rara los últimos días, pensó Duncan. No le extrañaría nada que ella también hubiera encontrado a alguien. ¿No sería eso perfecto? Aunque no le gustaría que ella le dejara antes de que él supiera si lo suyo con Gina tenía futuro, y eso era aún muy pronto para decirlo, ya que ni siquiera habían llegado a concertar una cita.

Ante la insistencia de Duncan, fueron en bicicleta hasta un pub tranquilo que había al otro extremo de la ciudad, al otro lado de los muelles, lejos de alumnos y colegas. Gina tomó sidra, una elección que a Duncan le pareció admirable, aunque él se encontraba en un estado anímico en el que cualquier cosa que ella hubiera pedido –vino blanco, Bailey's con Coca-Cola...– habría dado fe de su sofisticación y singularidad exótica. De pronto, una pinta de sidra le pareció la bebida que él había estado deseando tomar toda su vida.

–Bien... Salud. Bienvenida a bordo.

–Gracias.

Dieron un largo trago a sus bebidas, y emitieron sonoros ruidos con los labios para indicar a) que se merecían esa bebida, y b) que no tenían ni idea de qué decirse el uno al otro.

–Oh, entonces... –Hurgó en la cartera y sacó el estuche de las películas–. Aquí están.

–Estupendo. ¿Cómo es? Quiero decir si se parece algo a otras series...

–Nada, en realidad. Y eso es lo fantástico. Rompe todas las reglas. No hay otra serie igual. Es única.

–Como yo. –Gina se echó a reír, pero Duncan vio la oportunidad de introducir un poco de sinceridad en el momento.

–Creo que eso es cierto –dijo–. Es obvio que hay montones de cosas en las que, ya sabes, tú eres diferente de, bueno, de una serie norteamericana de televisión sobre el mundo marginal de Baltimore. En realidad es sobre muchas más cosas, pero todas esas cosas de las que también trata no la hacen más cercana a ti, ya sabes a lo que me refiero, así que no hablaré de ellas. –No le estaba saliendo bien, pero de todas formas iba a seguir por ese camino–. Pero, en ciertos aspectos esenciales, tú eres igual.

–¿De veras? Sigue hablando. Tengo mucha curiosidad.

Parecía divertida, más que espantada. Tal vez Duncan saldría con bien de aquello.

–Bueno. Acabo de conocerte. Pero cuando estabas sentada en la sala de profesores esta mañana... –Lo que quería era hacerle un cumplido, decirle que le parecía atractiva, que le alegraba que hubiera ido a enseñar a su centro. Pero se encontraba atascado en aquella estupidez de *The Wire*–. Bueno, pues no... pegabas ni con cola. En el buen sentido, no en el malo. Todo el mundo allí es tan serio y resentido..., y tú iluminas todo ese entorno. Eres alegre, estás llena de energía, eres guapa... Bueno, *The Wire* no es alegre. Pero cuando ves todos los programas que ponen en la televisión... Bueno, no te queda más remedio que ver *The Wire*. Y tú...

Pensó que había salido con bien. O casi.

–Gracias. Espero que no acabes decepcionado.

–Oh, no me pasará.

La relación en fase terminal que Gina había dejado atrás en Manchester era con un coreógrafo que idolatraba a su madre y que no la había tocado a ella en dos años –ni dicho nada cariñoso en tres–. Casi con toda seguridad era gay, y odiaba a Gina por no haberlo curado de sentirse atraído por los hombres. Lo que ella más quería en el mundo era un hombre bueno y atento que la encontrara inequívocamente atractiva. A veces uno ve cómo colisionan dos coches desde muy lejos, si la carretera es recta y ambos vehículos han ido avanzando uno hacia otro por el mismo carril.

Gina recordaba vagamente a Tucker Crowe, pero le encantaba que la instruyera acerca de él. El día después de la pinta de sidra, Duncan le puso *Juliet, Naked* y *Juliet, vestida* ininterrumpidamente en el iPod de Gina, en su pequeño apartamento de un dormitorio –y una penosa escasez de muebles– de lo alto de la colina, más allá de la ciudad, lejos del mar y de Annie, y poco después se acostaron juntos, cuando ella hubo dicho exactamente las cosas que había que decir sobre la desnudez y sencillez exenta de todo tipo de afeites de *Naked*. Para Duncan, de todas formas, fue también sexo que sabía a sexo, algo que se pide a gritos y que es alarmantemente incontrolable, y no algo que sucedía los sábados después de que él y Annie hubieran alquilado un DVD. Cuarenta y ocho horas penosísimas después, en el restaurante indio de la vuelta de la esquina, Duncan le estaba diciendo a Annie que había conocido a alguien.

Annie, al oírlo, mantuvo la calma.

–De acuerdo –dijo–. Y cuando dices «conocido», supongo que estamos hablando de algo más que conocer.

–Sí.

–Te has acostado con ella.

–Sí.

Duncan estaba sudando, y su corazón corría a galope. Se sentía enfermo. ¡Quince años! ¡O incluso más! ¿Era realmente posible lanzarse desde el vientre de un avión al aire claro y azul? ¿Era lícito hacerlo? ¿O debía alguien hacer que Annie y él fueran a cursos, consultaran a consejeros, salieran de viaje juntos y se pasaran uno o dos años analizando lo que había ido mal? Pero ¿quién iba a hacer eso? Nadie, nadie iba a hacer eso. Había escasísimos lazos que ataran a Duncan. Era uno de los pioneros en las quejas contra la creciente intromisión del Estado en la vida privada de la gente, pero, de hecho, ¿no debería haber un poco más de intromisión cuando sucedían cosas como aquélla? ¿Dónde estaba la valla protectora, o la red de seguridad? Te ponían difícil saltar de un puente, o fumar, o poseer un arma, o ser ginecólogo. ¿Cómo, entonces, te dejaban salir de una relación estable, exitosa? No deberían. Si la cosa con Gina no funcionaba, podía verse a sí mismo convertido en un «sin techo», en un alcohólico sin trabajo dentro de menos de un año. Y eso sería peor para su salud que un paquete de Marlboro.

–Tendría que matizar eso. Sí, me he..., me he..., bueno, me he acostado con ella, como dices, pero puede que haya sido una equivocación. ¿Puedo preguntarte si te ha disgustado mucho? Porque tengo que decir que a mí sí. No lo planeé en absoluto.

–Entonces, ¿por qué me lo estás contando?

–¿Te parece que tenía la opción de no hacerlo? ¿De no contártelo?

–Reconocerte la posibilidad de que no lo hicieras es algo difícil de hacer en mi situación, ¿no te parece? Para ti sí era una opción. Pero no puedes preguntarme si querría saber si te has acostado con alguien o no. Me olería la tostada.

–A menos que te lo hubiera preguntado sin haberme acostado con nadie, supongo. Si te lo hubiera preguntado al principio, y hubiera seguido preguntándotelo...

–¡DUNCAN!

Duncan dio un brinco. Annie raras veces gritaba.

–Sí. Lo siento. Me he desviado del tema.

–¿Me estás diciendo que quieres terminar conmigo?

–No lo sé. Lo sabía. Pero ahora no lo sé. De repente me parece algo tremendo de decir.

–¿Y antes no te lo parecía?

–No... No tan tremendo como tendría que haberme parecido.

–¿Con quién te estás acostando?

–No es... Yo no emplearía el presente continuo. Ha habido un..., un incidente. En fin. «¿Con quién te has acostado?» es probablemente la pregunta correcta. O «¿Con quién te ha acontecido este incidente posiblemente único?»

Annie le estaba mirando como si lo quisiera matar con el cuchillo que tenía a mano.

–Es una colega nueva de la escuela.

–Muy bien.

Annie aguardó, y él empezó a balbucear.

–Es... Bueno, me sentí atraído por ella de inmediato.

Annie siguió esperando.

–De hecho hace mucho tiempo que no me sentía tan atraído por nadie...

Silencio, pero de una calidad más honda y mucho más amenazante.

–Y le encantó *Naked*. Se la puse cuando...

–Oh, por el amor de Dios...

–Lo siento.

Sabía que debía disculparse, pero no sabía exactamente de qué. No es que fuera inocente de toda imputación, ni que sintiera que pudiera ejercer ningún tipo de defensa. Era que ya no estaba seguro de cuántos delitos había cometido. La irritación de Annie ante la mención de *Naked*... ¿Era porque se la había dejado escuchar a Gina? ¿O porque le había gustado y a Annie no?

–No quiero hablar del maldito Tucker Crowe en mitad de esta conversación.

Así que probablemente era eso, pensó Duncan. No debería haber mencionado en absoluto a Tucker. Lo veía claramente.

–Lo siento. Lo repito.

Por primera vez en un par de minutos, Duncan hizo acopio del coraje suficiente para mirar a Annie a los ojos. Había muchísimo que decir de la familiaridad, si uno se ponía a pensar en ello. Era una virtud sobremanera subestimada, prescindible hasta el momento mismo en que te ves en peligro de perder algo –o a alguien– que te era familiar (una casa, una vista, un compañero). Todo aquello era ridículo. Tendría que librarse de la relación que había empezado. Sin duda —con su henna y su bisutería tosca y demás— lo de Gina debería tomarse como cosa de una noche. Oh, sonaba horrible. No quería decir eso. Se refería a que seguramente Gina se había movido en círculos donde las historias amorosas de una sola noche no eran especialmente cruciales. (Había participado en giras musicales, por el amor de Dios.) Haría caso omiso del asunto, actuaría como si nada hubiera pasado y la evitaría durante los descansos del café.

—Yo no me muevo de mi casa —dijo Annie.

—No. Por supuesto que no. Nadie te está pidiendo que lo hagas.

—Bien. Hasta ahí está claro.

—Completamente.

—Bien, ¿y qué sería lo razonable?

—¿Lo razonable? ¿Sobre qué?

—Sobre mañana.

—¿Qué va a pasar mañana?

Duncan confió en que se estuviera refiriendo a algún acto social que él había olvidado. Esperaba que la vida normal estuviera volviendo a su curso y ambos pudieran dejar atrás aquel contratiempo.

—Tú eres el que te vas —dijo Annie.

—Oh. Vaya. Ajá. No, no, no estoy hablando en absoluto de eso —dijo Duncan.

—Puede que tú no. Pero yo sí estoy hablando de eso. Duncan, he perdido la mitad de mi vida contigo. ¿Qué me queda de juventud, de hecho? No voy a perder ni un día más.

Fue hasta donde tenía el bolso, sacó un billete de diez libras, lo tiró sobre la mesa y se fue del restaurante.

7

–¿Y cómo se siente al respecto?

–Echa una mierda, Malcolm. ¿Cómo cree que me siento?

–Describa... eso que dice.

–Como una mierda.

–Puede hacerlo mejor, Annie. Usted es una mujer joven con capacidad de expresión. Y meteré diez peniques por usted en la caja de las palabrotas.

–No, por favor.

–Le perdono la primera, pero la segunda ha sido injustificada. Creo que no es buena idea romper las reglas. Bajo ninguna circunstancia.

Malcolm se hurgó en los bolsillos, encontró una moneda y la metió en la hucha que había en el pescante, detrás de su cabeza. El cerdito en cuestión estaba diseñado para que la moneda girase y girase mientras caía hacia el fondo, así que durante el minuto siguiente hubo silencio; ninguno de los dos quiso hablar hasta que la moneda acabó de girar. El leve ruido metálico, que indicaba que los diez peniques se habían juntado con los demás –todos ellos exponentes de maldiciones proferidas por Annie in extremis, ninguna de ellas capaz de escandalizar a un niño de diez años–, tardó más que de costumbre en llegar.

Unos meses antes, Annie le había contado a Ros que, de sus relaciones disfuncionales, la que más ansiedad le causaba era la que mantenía con Malcolm. Hasta el curry del viernes por la noche, Duncan no le había causado ningún problema especial. Sólo hablaba con su madre durante un cuarto de hora a la semana, y la veía muy raras veces desde que se había ido a vivir a Devon. Pero Malcolm... A Malcolm lo veía todos los sábados por la mañana, durante una hora entera, y todas las veces en que sacaba el tema de no verlo todos los sábados, o de no verlo nunca, él se quedaba visiblemente apenado. Siempre que Annie pensaba dejar el trabajo y la ciudad e irse a Manchester o a Londres o a Barcelona, la «malcolmnidad» de esos lugares surgía embarazosamente nada más empezar a acariciar la fantasía –después de la falta de Duncan, probablemente, pero antes de los atractivos de la comida o el buen tiempo o la cultura.

Malcolm era su terapeuta. Annie había visto su tarjeta en el tablón de anuncios del centro de salud donde empezó a ir al sentirse deprimida por no tener hijos, pero se había dado cuenta casi de inmediato de que Malcolm no era el profesional adecuado: era demasiado nervioso, demasiado mayor, demasiado «escandalizable» –incluso por Annie, que jamás hacía nada que pudiera escandalizar a nadie–. Cuando trató de decirle que no era el terapeuta apropiado para ella, Malcolm le había rogado que lo reconsiderara, y le había bajado la tarifa de treinta libras la hora a quince, y, finalmente, a cinco. Resultó que Annie era su primera y única paciente. Malcolm se había jubilado anticipadamente de la administración pública para formarse como terapeuta; había sido su ambición durante más de una década; aprendería rápido; además, era el único psicoterapeuta serio en

Gooleness, y jamás había encontrado a nadie tan interesante y sensible como ella... Annie no había tenido corazón —o el valor necesario— para rechazarle, y llevaba ya dos años soportando las monedas que caían girando hasta el fondo de la hucha. Annie se había negado a aceptar la norma de la caja de las palabrotas, y por eso era siempre el propio Malcolm quien metía en ella las monedas de diez peniques. (El porqué de la importancia que concedía a la caja de las palabrotas era un misterio para Annie.)

—¿Por qué le importa tanto la caja de las palabrotas?

—No estamos aquí para hablar de mí, sino de usted.

—Pero ¿no ve nunca la tele? La gente dice... esa palabra constantemente.

—Veo la televisión. Sólo que no veo esos programas. La gente no parece sentir la necesidad de decir palabrotas en *Antiques Roadshow*.[10]

—¿Lo ve, Malcolm? Es ese tipo de comentario el que me hace pensar que usted y yo no encajamos.

—¿Cómo? ¿Que diga que la gente no dice palabras malsonantes en los programas que veo?

—Es que tiene una forma tan remilgada de decirlo...

—Lo siento. Trato de aprender a no ser tan remilgado.

Lo dijo con voz suave, y humildemente, y en un tono perceptible de autoflagelación. Annie se sintió fatal, como solía sentirse cuando hablaba con Malcolm de banalidades. Por eso acababa siempre cediendo y contándole las cosas que se suponía que debía contar a un psicoterapeuta, cosas sobre sus padres y sobre su vida amorosa desdichada: los sacaba de la charla trivial, tan incómoda y deprimente.

10. Programa de la BBC británica en la que unos expertos anticuarios viajan por el país tasando las antigüedades que les llevan los vecinos de cada lugar. (*N. del T.*)

–Humillada –dijo de pronto.

–¿Perdón?

–Me ha pedido que describiera mejor cómo me sentía. Me siento humillada.

–Por supuesto que sí.

–Furiosa conmigo misma, aparte de con él.

–¿Por qué?

–Porque era lo que tenía que pasar. Él iba a conocer a alguien, o yo iba a conocer a alguien, y fin de la historia. Así que debía haberlo dejado hace siglos. Era sólo la inercia. Y ahora me ha mandado a la m..., me ha plantado.

Malcolm se quedó callado. Annie sabía que era la técnica que se suponía que los terapeutas tenían que utilizar: si guardaban silencio durante largo rato, la persona a quien estaban tratando acabaría gritando «¡Me acosté con mi padre!», y ambos podrían irse a casa. También sabía que, con Malcolm, lo cierto era justamente lo contrario. Si Annie guardaba silencio durante largo rato, sería él quien llenaría sus silencios diciendo estupideces, y ambos se pondrían a discutir. A veces se pasaban los cincuenta minutos de la sesión discutiendo, lo que al menos hacía que el tiempo pasara rápido. Las interjecciones de Malcolm no llevaban aparejada desventaja alguna, que Annie pudiera ver, y siempre que lograra sacudirse de encima la irritación que suscitaba en ella su inanidad.

–Es extraño, ¿sabe?, lo de su generación...

Cuando Annie se vio venir el comentario provocador y carcamal que casi con toda seguridad seguiría a una introducción de este tipo, y, para no relamerse en demasía de antemano, dijo:

–¿Qué es extraño, Malcolm?

–Bueno, que cantidad de gente que conozco tiene un matrimonio infeliz o frustrante. O aburrido.

–¿Y?

–Pues que están tan contentos, la verdad.

–Son felices en su desdicha.

–La soportan, sí.

Malcolm jamás había resumido tan claramente la paradoja absurda de su ambición, se dijo Annie. Era un inglés de cierta edad, de cierta clase social, de cierta parte del país, y los ingleses como él creían que no existía casi nada, por sombrío que fuera, que no se pudiera soportar. Quejarse era mostrar debilidad, y así las cosas iban de mal en peor, y la gente se hacía más y más estoica. Y, sin embargo, la terapia con un especialista no era nada sin la queja. La queja era la base de este tipo de terapias: airear las insatisfacciones y las penas con la esperanza de poder hacer algo que mejorara las cosas. Annie se echó a reír.

–¿Qué he dicho ahora? –dijo Malcolm con voz cansina.

Annie pudo oír en ella la voz de su madre. Era el tono que empleaba cuando Annie le acababa de reprender por decir que el IRA mataba gente o que los niños necesitan a sus padres... En realidad, Annie solía oír en la actualidad trivialidades inobjetables que, en el pintoresco clima político de principios de los años ochenta, habrían sonado a incendiarios eslóganes fascistas.

–¿De verdad cree que no se ha equivocado de trabajo?

–¿Por qué tendría que creer eso?

–Bueno, la razón por la que acudí a usted fue que no quiero contentarme con mi matrimonio infeliz, aburrido y frustrante. Quiero más. Y usted piensa que soy una quejica. En realidad, usted seguramente acabará pensando que todo el que se sienta en esta silla es un quejica.

Malcolm miraba fijamente la alfombra, que era probablemente el lugar adonde había ido a parar aquel enigma.

–Bueno –dijo Malcolm–. No estoy seguro de que sea así.

—Entonces, ¿cómo es? Si no es así.

—Ha dicho que no quiere contentarse con lo que tiene.

—Sí. Con una vida mísera.

Dijo esto como si Malcolm fuera sordo –algo que, por supuesto, no habría cambiado mucho las cosas–. Annie se distrajo momentáneamente al tratar de decidir si la sordera podía haber tenido algo que ver en lo insatisfactorio de aquellas sesiones. Cuando Malcolm parecía no oír lo que ella le decía, ¿se debía a que era incapaz de hacerlo?

—El contexto es importante.

—Pero la gente que está contenta no tiene una vida mísera.

Annie abrió la boca, lista para lanzar la frase ingeniosa y descalificadora que siempre le venía a los labios cuando Malcolm hacía cualquier observación, pero, para su sorpresa, no se le ocurrió ninguna. Tenía la boca vacía. ¿Tendría razón Malcolm? ¿Contaba la satisfacción más que la vida? Era la primera vez que pensaba en algo que le hubiera podido decir Malcolm.

No le había contado a Duncan que los sábados por la mañana iba a hablar de sus problemas con un terapeuta. Él creía que iba al gimnasio, o de compras. Pero no le habría parecido mal en absoluto si se hubiera enterado. Lo habría tomado como algo honroso, por mucho que él no hubiera estado implicado directamente en el campo de batalla de la psicoterapia: para él habría sido como un ejemplo más del tipo de cosas que los diferenciaba –que los ponía por encima– del resto de las gentes de Gooleness. Ésa era una de las razones por las que Annie lo mantenía en secreto. La otra era que en realidad no tenía ningún problema, aparte de Duncan. Y esto él no habría querido saberlo, al menos al principio –luego habría querido saberlo todo, y eso no habría sido posible–. Así que se llevaba sus cosas para la piscina, o volvía con un libro de segunda mano de la tienda solidaria, o con una bolsa de la compra, y mantenía en secreto a Malcolm. Cuando se fue de casa de Malcolm, cercana al instituto de secundaria, echó a andar hacia la ciudad, y cayó en la cuenta de que no tenía ninguna necesidad de comprar nada para probar a Duncan que no había estado contándole a un completo desconocido lo mucho que él la decepcionaba. Era extraño, volver a casa andando sin nada en las manos. Extraño, y un poco azaroso, y sí, por supuesto, un poco triste. Eran las mentiras las que le recordaban que en casa había alguien con quien volver. Pero cuando volvió a su casa recientemente vacía, Duncan estaba sentado en la sala, esperándola.

–He hecho café –dijo–. De puchero.

Lo del puchero era importante, porque de otro modo no lo habría mencionado. Duncan pensaba que hacer café de verdad era un poco lioso, con lo de la ebullición y la espera y demás, y proclamaba que le encantaba el instantáneo. Probablemente el gesto de aquella mañana era una penitencia por su infidelidad.

–Vaya, gracias.

–No seas irónica...

–¿Por qué iba a importarme el tipo de café que tomas?

–Si no me hubiera acostado con nadie te gustaría que lo hubiera hecho.

–Si no te hubieras acostado con nadie estarías tomándote un instantáneo.

Duncan le dio la razón en este punto quedándose callado y tomando un sorbo de su taza.

–Pero tienes razón. Es mucho mejor ese que has hecho.

Annie se preguntó cuántas concesiones de ese tipo tendría que hacer Duncan para que llegaran a tener una relación que pudiera durarles hasta el final de sus días. ¿Un millar? Y, después de eso, tendría que empezar a ocuparse de las cosas que a ella realmente le preocupaban.

–¿Por qué estás aquí?

–Bueno... Pues..., aún vivo aquí, ¿no?

–Dímelo tú.

–No creo que simplemente puedas decirle a alguien si vives con él o no. Es más algo consensual, ¿no te parece? –dijo Duncan.

–¿Quieres vivir aquí?

–No lo sé. Estoy metido en un lío, ¿no?

–Sí, lo estás. Creo que tengo que advertírtelo, Duncan: no voy a luchar por ti. El problema contigo es que no eres el tipo de persona por la que uno suele pelearse. Eres mi opción de vida fácil. En el momento en que dejes de serlo, dejas de ser una opción.

–Muy bien. Perfecto. Eso es hablar claro. Gracias.

Annie se encogió de hombros, como diciendo «de nada», gesto que servía de broche de lo que a su juicio habían sido un par de minutos impecables.

–¿Dirías que habría alguna forma de que pudiera volver? ¿Si fuera eso lo que quisiera hacer?

–No si lo expresas de ese modo. No.

Una cosa estaba clara: a Duncan no le había ido bien el resto de la noche del viernes. Annie se sintió tentada de presionarle para enterarse de detalles, pero incluso en medio de su rabia pudo ver que no era un impulso sano. Era fácil imaginar, sin embargo, que la otra mujer se habría sentido totalmente desconcertada ante la aparición de Duncan en el umbral de su puerta –si es que era allí adonde había ido la noche pasada–. Duncan nunca había poseído grandes dotes para la diplomacia, ni intuición, ni encanto; ni siquiera en los días en que empezaban a salir juntos, y lo poco que poseía sin duda se hallaba muy minado por los quince años en los que no lo había utilizado. No había duda: aquella pobre mujer se sentía muy sola –era casi imposible llegar a Gooleness de cualquier parte sin haber dejado atrás un rastro de infelicidad y fracaso–, pero cualquier mujer lo bastante desesperada como para invitar a Duncan a su vida a las once de la noche de un viernes no tenía remedio (posiblemente ni aun bajo supervisión médica). Annie supuso que Duncan se había pasado la noche en un sofá, sin pegar ojo.

–¿Qué debería hacer, entonces?

No era una pregunta retórica. Quería que Annie lo aconsejara de veras.

–Necesitas encontrar un sitio donde vivir, preferiblemente esta misma mañana. Y, después de eso, ya veremos.

–Pero ¿y mi...?

–Tendrías que haber pensado en ello antes.

–Subiré arriba y...

–Haz lo que tengas que hacer. Yo estaré fuera un par de horas.

Luego Annie se preguntó cómo habría terminado él la pregunta. ¿Y su... qué? Si la hubieran llevado a una oficina de apuestas a punta de pistola y le hubieran exigido que apostara sobre qué era lo que Duncan consideraba tan vital como para no poder pasarse un par de días sin ello, habría apostado por las grabaciones piratas de Tucker Crowe.

Mientras Duncan hacía el equipaje Annie se fue a trabajar. Se dijo a sí misma –literalmente, con palabras susurradas para su coleto– que tenía montones de e-mails que revisar, pero hasta Malcolm habría deducido –dada toda la información de interés en aquel caso– que lo que quería era ver si le había contestado Tucker Crowe. Era su *affaire* del trabajo, un *affaire* con un hombre de otro continente a quien ni siquiera conocía y a quien lo más probable era que jamás llegara a conocer.

El museo no abría hasta las dos los sábados, así que no había nadie más en el local; se pasó los dos minutos primeros de su prometida ausencia de dos horas de casa vagando por las salas de lo que oficial y grandilocuentemente llamaban «la colección permanente». Hacía siglos que no miraba detenidamente aquello por lo que la gente pagaba por ver, y no sintió tanta vergüenza como la que pensó que sentiría. La mayoría de los museos de ciudades costeras tenían máquinas para el baño, los singulares carros victorianos que permitían a las damas entrar en el agua sin exponerse a la vista de los bañistas, pero no todos tenían una caseta de marionetas del siglo XIX, con sus grotescos títeres y todo. Gooleness, se sabía, era la última ciudad del Reino Unido que empleó a «sumergidores» y «bañeros»; los «sumergidores» metían dentro del agua a las damas, mientras los «bañeros» hacían lo mismo con los varones, y ambos oficios habían casi desaparecido por completo en la década de 1850. Gooleness, sin embargo, había quedado tan retrasada en el avance de los tiempos que el museo poseía pruebas fotográficas de ambos equipos de profesionales de finales del siglo XIX. Y, para su sorpresa, Annie pudo ahora comprobar que la colección de fotografías del museo era realmente buena. Se detuvo ante su preferida: la de un concurso de castillos de arena que debía datar de principios del siglo XX. En ella apenas se veían niños –sólo una niña pequeña al fondo, con un vestido hasta la rodilla y una especie de sombrero hecho probablemente con papel de periódico–, aunque el concurso parecía haber congregado a millares de personas.

(¿Le diría Ros que aquél, también, era el mejor día de la vida de un pobre minero, el día en que había visto desde la primera fila el concurso de castillos de arena de Gooleness de 1908?) Pero los ojos de Annie siempre se fijaban en una mujer que había a la derecha, arrodillada en la arena, modelando la torre de una iglesia, con lo que parecía un largo abrigo y un sombrero de culi que le daba un aire tan triste y mísero como el de un viejo campesino durante la guerra del Vietnam. Ahora estás muerta, pensaba siempre Annie cuando la veía. ¿Te gustaría no haber perdido el tiempo haciendo eso? ¿Te gustaría haber pensado: A la mierda con todos, y haberte quitado ese abrigo para poder tomar el sol en la espalda? Estamos aquí durante un tiempo tan corto. ¿Por qué malgastar parte de él construyendo castillos de arena? Ella malgastaría las dos horas siguientes, porque tenía que hacerlo, y luego no volvería a malgastar ni un solo segundo del tiempo que le quedaba, fuera el que fuese. A menos que, de una forma u otra, acabara viviendo de nuevo con Duncan, o trabajando en aquel museo para el resto de su vida laboral, o viendo *Eastenders* los domingos de lluvia, o leyendo cualquier cosa que no fuera *El rey Lear*, o pintándose las uñas de los pies, o tardando más de un minuto en elegir algo de la carta de un restaurante, o... La vida no tenía remedio, ciertamente. Estaba toda mal montada.

Duncan no hubiera creído posible que alguien pudiera sentirse tan mal como se había sentido él en el restaurante indio, cuando le contó a Annie que le había sido infiel y cuando luego la vio marcharse. Pero el caso era que hacer la maleta le estaba resultando bastante más penoso. Cierto que la conversación de la infidelidad había entrañado el contacto visual más lacerante que jamás había tenido que soportar en su vida; tendría que pasar algún tiempo para que pudiera olvidar el dolor y la ira que había visto en los ojos de Annie; si no la hubiera conocido bien, incluso habría llegado a la conclusión de que también había odio, y posiblemente cierto desprecio. Pero ahora, mientras metía su ropa en la maleta, se sintió físicamente enfermo. Aquélla era su vida, aquella de allí mismo, y por muchas cosas que metiera en su equipaje, no podría llevársela con él. Aun en el caso de que pudiera llevarse todo lo que poseía, seguiría dejándola atrás.

Había pasado la noche anterior con Gina, en su cama. Gina no se había sorprendido al verle –al menos él no había percibido en ella nada semejante–. Es más: le habló como si, de un modo u otro, le hubiera estado esperando. Duncan trató de explicarle que, de momento, prefería considerarla una amiga a la que se puede pedir el sofá de su casa para pasar la noche, pero Gina no parecía entender la distinción, posiblemente porque él no le había explicado que se había quedado sin casa, ni las circunstancias que llevaba aparejadas su condición de «sin techo».

–No sé por qué vas a querer disfrutar del sexo conmigo una noche, y dormir en el sofá a la siguiente –dijo.

–Bueno, está claro que no han sido noches consecutivas –dijo Duncan, y casi pudo oír cómo los ojos de Annie giraban dentro de sus órbitas.

–No, pero no ha pasado gran cosa entre ellas, ¿o sí? A menos que vengas a decirme que has terminado conmigo, en cuyo caso ni siquiera te quedarías a dormir en el sofá. Te largarías de aquí con viento fresco. –Gina se echó a reír, así que Duncan rió también.

–No, no. Pero...

–Estupendo. Asunto zanjado.

–Es que...

Gina le echó los brazos alrededor del cuello y le besó en los labios.

–Hueles a cerveza.

–Estuve... Estaba bebiendo cerveza cuando... –Intentaba recordar si alguna vez había mencionado a Annie. Tenía la certeza de haber dicho «Nosotros yo» un montón de veces en las dos o tres conversaciones que había mantenido con Gina, como por ejemplo «Nosotros yo nunca podemos parar después de un episodio de *The Wire*», o «Nosotros yo hicimos un pequeño viaje por los Estados Unidos en verano», aunque Gina nunca había mostrado la menor curiosidad por la derivación que suponía aquel nuevo y peculiar pronombre personal. Y luego, cuando había aprendido a excluir la existencia de Annie, tuvo que volver a introducirla, de forma anónima, porque se dio cuenta de que empezaba a sonar a que se había pasado los últimos quince años yendo al cine y escuchando música solo. Así, empezó a decir cosas como: «Sí, la he visto. La vi con la mujer con la que..., ya sabes, con la que estaba saliendo. En aquel tiempo...»

–He tenido una tarde difícil, la verdad.

–Lo siento.

–Sí. No recuerdo si te la he mencionado alguna vez... En fin, he tenido que arreglar algo esta tarde. Por ti.

–¿Te refieres a..., en el plano romántico?

Estuvo tentado de matizar las últimas palabras de Gina, y explicarle que en realidad no se relacionaba con Annie en el plano romántico, que era más bien una cuestión de piezas de un rompecabezas. Pero se dio cuenta de que seguramente no iba a resultar de gran ayuda.

–Supongo que sí.

–¿Algo de larga duración?

Duncan calló unos instantes. Sabía la respuesta a esa

131

pregunta. Quince años era «algo de larga duración», inequívocamente, así que habría sido insincero si hubiera dicho algo como «¿A qué te refieres?», o «Dime duraciones»...

–¿A qué llamarías tú «larga duración»?

–¿Un año?

–Mmm... –Hizo una mueca que sugería un cálculo mudo. Calculaba más o menos con los dedos, pero mentalmente–. Sí.

–Oh. Oh, querido. ¿Y ha sido cruento?

–Un poco, sí.

–¿Por eso has sacado el asunto del sofá?

–Supongo que podría deberse a eso, sí.

–¿Y estás con ella ahora?

–No.

–De acuerdo.

Y, por lo que se refería a Gina, eso era todo lo que había que decir de su relación amorosa previa. Duncan sintió nostalgia durante toda la noche, y durmió mal; Gina, sin embargo, parecía inapropiadamente alegre en todos los aspectos. Duncan se vio obligado a concluir que aquella mujer no se hacía ni la menor idea de la magnitud de su ruptura con Annie, posiblemente porque era superficial y carecía de empatía. Sólo después cayó en la cuenta de que no era muy probable que Gina llegara a captar la magnitud de lo que le estaba pasando, porque él, deliberada e incluso tramposamente, se lo había minimizado en extremo. Había hurtado catorce años a su relación con Annie, y le había pedido a Gina que reconociese su condición de demoledora de hogares. Le había contado que tenía un rasguño y se había enfadado porque no le había ofrecido morfina.

La vuelta a casa –de forma inevitable– no le sirvió para que amainara su nostalgia. Antes bien la empeoró. Quería quedarse más, quizá ver un DVD y fingir que era un sábado por la mañana normal, pero dudó que la treta pudiera ayudarle. Terminó de hacer el equipaje –lo necesario para una semana o así, no más– y se fue de casa. Duncan no sabía demasiado de las vicisitudes de la vida amorosa de Tucker Crowe –nadie sabía, en realidad, aunque se habían dado muchas especulaciones en la web–, pero imaginaba que había sido tempestuosa. ¿Cómo la sobrellevaba? ¿Cuántas veces había tenido Tucker que hacer el equipaje de ese modo, y decir adiós a un hogar? A Duncan le habría gustado –no era la primera vez que lo deseaba– conocer personalmente a Tucker Crowe. Le habría encantado preguntarle lo que se llevaba consigo cuando salía de una vida y entraba en otra. ¿Era la ropa interior la clave? Imaginó, sin saber por qué, que Tucker podría tener algún consejo para él, algo como «No te preocupes por las camisetas», o «Nunca dejes tu cuadro preferido». La estampa preferida de Duncan era un cartel original de *Agente 007 contra el Dr. No* que, por increíble que parezca, Annie y él habían encontrado en una tienda de viejo de Gooleness. Estaba completamente seguro de que fue él quien lo pagó, así que se creyó con derecho a llevárselo. Pero era muy grande, y tapaba una gran mancha de humedad de la pared del dormitorio. Si dejaba la mancha a la vista, tendría problemas. Se conformó con su segunda imagen preferida: una fotografía de Tucker Crowe de 30 × 45 cm que había comprado en eBay. Fue tomada a finales de los años setenta, en el Bottom Line de Nueva York, y Crowe tenía muy buen aspecto: estaba joven y seguro de sí mismo y feliz. Lo habían hecho enmarcar, pero Annie nunca quiso ponerlo en la sala ni en el dormitorio, así que estaba apoyado contra la pared del despacho. A ella no le importaría que se lo llevara –de hecho, le molestaría que no lo hiciera–, y a Duncan le pareció lo más conveniente, dado que era lo primero que tenía que llevarse según el consejo de Tucker. Consejo imaginario, en cualquier caso. Sería un poco embarazoso, quizá, entrar en el apartamento de Gina con una pequeña bolsa de viaje y una fotografía enorme, pero a Gina le encantaba, o eso decía. Gina desbordaba entusiasmo en montones de cosas.

Duncan se pasó casi todo el fin de semana en compañía de Gina. Comieron bien, vieron dos películas, dieron un paseo por la playa, hicieron el amor dos veces: el sábado por la noche y el domingo por la mañana. Y todo le parecía una equivocación, fuera de lugar, extraño. Duncan no podía sacudirse la sensación de que estaba viviendo la vida de otra persona, una vida que era mucho más placentera de la que él había llevado recientemente, pero que no casaba con él, no le venía bien, o quién sabe. Y luego, el lunes por la mañana, se fueron al trabajo juntos en bicicleta, y cuando llegó la hora de la primera clase de la jornada, Gina le dio un beso de despedida en los labios, y le estrujó juguetonamente las nalgas mientras sus colegas les miraban, emocionados y estupefactos. A la hora del almuerzo, todos sabían que eran pareja.

8

¿Qué decir? A Tucker no se le ocurría nada. O, mejor, no se le ocurría nada que hubiera podido ayudar en algún sentido. «Démonos otra oportunidad.» «Estoy completamente seguro de poder cambiar.» «¿Quieres que vayamos a un consejero matrimonial?» La previa y extensa historia de fracasos en sus relaciones sólo resultaba de utilidad hasta cierto punto: de hecho, lo que hacía era convencerle de que debía ceder con mucha más rapidez ante lo inevitable. Era como un mecánico que le echara una mirada a un viejo coche y le dijera a su propietario: «Bien, sí, puedo intentarlo. Pero lo cierto es que volverá aquí dentro de dos meses, y se habrá gastado un buen montón de dinero entretanto.» Había intentado cambiar en el pasado; había ido a consejeros de parejas, y había vuelto a intentarlo, y para lo único que había servido todo aquello era para atenuar un tanto su sufrimiento. La experiencia, pues, era algo que te facultaba para no hacer nada con la conciencia clara. La experiencia era una cualidad sobrevalorada.

Para él fue una auténtica novedad que Cat hubiera estado «más o menos viéndose con alguien», aunque «de una forma bastante semiplatónica». (En un impulso de hacer una diablura, se sintió tentado de presionarla para que le diera una definición de «semiplatónica», pero le dio miedo que Cat pudiera tratar de ofrecérsela y los dos tuvieran que afrontar el bochorno consiguiente.) Por mucho que lo intentó, sin embargo, no lograba imaginarlo como una noticia de primera plana, ni siquiera como un titular de la sección de deportes. Cat era una mujer joven, y en consecuencia no suscribía la idea de que la relación monógama entre hombres y mujeres estaba abocada al fracaso, carecía de sentido, era mísera e inviable; llegaría a suscribirla –pensaba él–, pero tenía que pasar aún cierto tiempo. Por supuesto, Cat estaba saliendo con alguien. Tucker se preguntó si conocería al hombre en cuestión, y luego se preguntó si preguntarle a ella si él lo conocía. Al final decidió no hacerlo. Imaginaba lo que sucedería si lo hacía: Cat le diría que sí, que Tucker lo había conocido en cierta ocasión, y Tucker tendría que confesar que no lograba recordarlo. A menos que Cat estuviera viéndose con uno de sus amigos, el nombre no le diría absolutamente nada.

Cat le miraba fijamente. Él revolvía el café con la cucharilla; llevaba haciéndolo unos minutos. ¿Le había hecho ella una pregunta? Tucker rebobinó mentalmente hasta que logró oír su voz:

–Creo que hemos llegado al final del camino –había dicho Cat, lo que en realidad no era una pregunta, aunque estaba claro que exigía un acuse de recibo, al menos.

–Lo siento, cariño. Pero creo que probablemente tengas razón.

–¿Y eso es todo lo que tienes que decir?

–Supongo que sí.

Jackson entró en la leonera, vio a Tucker y a Cat sentados y expectantes y salió corriendo otra vez.

–Te lo dije –dijo Tucker.

Trató de dejarlo así, pero estaba realmente enfadado. Jackson era un chico inteligente, y tardó apenas tres segundos en percibir el peligro latente en aquel recinto: el silencio, el visible nerviosismo de sus padres.

–Ve a buscarle –dijo Cat.

–Ve tú. Ha sido idea tuya. –Y, a continuación, al ver que Cat iba a reaccionar–: Lo de decírselo, quiero decir. Decírselo de esta forma. Formalmente.

Tucker no sabía muy bien cómo debían hacerlo, pero sabía que lo iban a hacer mal. ¿Por qué había decidido Cat que la leonera era el sitio adecuado? Ninguno de ellos la utilizaba nunca. Era oscura y olía a humedad. Era como si le hubieran despertado en mitad de la noche y le hubieran gritado: «¡Va a suceder algo extraño e inquietante!» a través de un megáfono. Tampoco el modo de estar sentados –el uno junto al otro en un sofá– era muy normal en la vida de Cat y Tucker. Eran una pareja que siempre se relacionaba de frente.

–Sabes que no puedo –dijo Cat–. No vendrá a menos que vayas tú a buscarle.

Y aquello, por supuesto, era una ilustración nítida del problema al que Cat se enfrentaba. Pronto –no aquel día, no en aquel mismo momento, pero pronto–, Jackson se vería forzado a elegir con qué progenitor quería vivir, y tal decisión no podría considerarse en absoluto una elección. Cat, como el padre norteamericano medio, no había visto mucho a Jackson desde sus primeros seis meses de vida. Había estado muy ocupada trayendo la comida a casa. Cat sabía que, en el futuro cercano, no iba a desayunar muy a menudo con su hijo, lo que –pensó Tucker– hacía su determinación de acabar con la relación aún más ardua y penosa. Y esta seguridad de Tucker, el conocimiento tranquilizador de que aquella ruptura al parecer inevitable no implicaba la separación de padre e hijo, probablemente restó una gran dosis de encarnizamiento a sus esfuerzos para arreglar las cosas. Jackson y él eran una «pareja», y no necesitaban ningún abogado.

Jackson estaba en su cuarto, aporreando los botones de un juego barato de ordenador. No levantó la vista cuando Tucker abrió la puerta.

—¿Quieres volver abajo?

—No.

—Será mucho más fácil si los tres hablamos.

—Ya sé de qué queréis hablar.

—¿De qué?

—«Mami y papi tienen problemas, y nos vamos a separar. Pero eso no quiere decir que no te queramos, y bla, bla, bla...» Eso es. Así que no tengo por qué bajar.

Dios, pensó Tucker. Seis años y estos críos ya saben parodiar el lenguaje de un fracaso marital.

—¿De dónde has sacado todo eso?

—Pues..., quinientos programas de la tele, más quinientos chicos del cole... Eso hacen mil, ¿no?

—Exacto. Quinientos más quinientos suman mil.

Jackson no pudo evitar que un pequeño destello de triunfo le iluminara la cara.

—Está bien. No tienes por qué bajar. Pero, por favor, sé cariñoso con tu madre.

—Sabe que quiero vivir contigo, ¿no?

—Sí, lo sabe. Y le duele mucho.

—Papá, ¿tendremos que ir a vivir a otra casa?

—No lo sé. Si tú no quieres, no.

—¿De veras?

—De veras.

—Entonces, ¿no importa que no tengas dinero?

–No. No importa nada.

A Tucker le complació el tono desdeñoso de la pregunta de Jackson. Indicaba que sólo un niño sin ningún conocimiento de cómo funcionaba el mundo hubiera sacado a colación un asunto semejante.

–Genial.

Tucker volvió a bajar para explicarle a su mujer que tendría que renunciar a su hijo y a su casa.

Tucker ahora aceptaba sin reserva alguna que no era capaz de hacer que un matrimonio –o algo parecido a un matrimonio– funcionase. (Nunca había estado totalmente seguro de estar casado o no con Cat. Cat se refería a él como «su marido», y a él siempre le sonaba un poco raro, pero nunca había podido preguntarle directamente si existía alguna base legal para definir de tal forma su estatus. A ella le dolería mucho si él no se acordaba de algo tan importante. Ciertamente, no había habido ceremonia alguna desde que era abstemio, pero antes de eso podía haber sucedido cualquier cosa.) Tucker era uno de esos tipos cuyos fallos se mantenían coherentes estuviera con quien estuviera. Había tenido amigos que habían conseguido que sus segundos matrimonios funcionaran, y siempre hablaban del alivio que habían sentido al darse cuenta de que el primero había fracasado por la propia dinámica de las cosas, y no por fallos inherentes a ellos mismos. Pero como varias mujeres –mujeres que no se parecían en nada– se habían quejado de las mismas cosas, tenía que aceptar que la dinámica no tenía nada que ver con el asunto. Era él. Al principio, algo –el enamoramiento, la esperanza, lo que fuera– había ayudado a enmascarar su verdadera naturaleza. Pero luego la marea siguió su ciclo y todo quedó al descubierto, y todo era feo, oscuro y abrupto y desabrido.

Una de las principales quejas era que él nunca hacía nada, algo que Tucker no podía evitar considerar injusto; no porque la queja no tuviera base, que obviamente la tenía, sino porque, en ciertos círculos, Tucker era uno de los más famosos ociosos totales de Norteamérica. Todas aquellas mujeres sabían que no había hecho nada desde 1986. Ello –le parecía– era su único atractivo comercial, y a un tiempo su inagotable fuente de fascinación. Pero cuando continuó sin hacer nada de nada, apareció el agravio. ¿Dónde quedaba la justicia en ese estado de cosas? Podía ver que varias de aquellas mujeres, Cat incluida, habían supuesto, sin expresarlo nunca –o incluso probablemente sin reconocérselo a ellas mismas– que serían capaces de redimirlo, de hacerlo volver a la vida. Se habían autoproclamado musas, y él respondería a su amor, inspiración y cuidado creando la música más bella y apasionada de su carrera. Y luego, cuando no sucedía nada de eso, se veían con un ex músico que se pasaba el día de un lado a otro de la casa bebiendo, viendo la televisión y leyendo novelas victorianas en pantalones de chándal, y lo que veían no les gustaba mucho. ¿Quién podría culparlas? No había gran cosa en él que pudiera gustarles. Con Cat había sido diferente, porque Tucker había dejado de beber y se había ocupado de Jackson. Pero para ella seguía siendo una gran decepción. También era una gran decepción para sí mismo, pero eso no era de gran ayuda para nadie.

Tampoco era un vago feliz, en cualquier caso. Nunca había sido capaz de superar la pérdida de talento –en caso de que fuera talento lo que había tenido en un tiempo–. Se había habituado –qué duda cabe– a la idea de que no volvería a haber ningún otro álbum, o siquiera otra canción, en un futuro cercano, pero nunca se había podido resignar a mirar su incapacidad para escribir como algo diferente a un estado pasajero, lo que implicaba que se hallara inmerso en una inquietud constante, como si estuviera en un aeropuerto esperando la llamada de su vuelo. En los viejos tiempos, cuando volaba mucho, nunca había podido concentrarse en un libro hasta que el avión había despegado, así que se pasaba el tiempo previo al embarque hojeando revistas y curioseando en las tiendas de regalos, y ésa era la sensación que le habían dejado las dos décadas pasadas: un largo pasar las hojas de una revista. Si hubiera sabido de antemano el tiempo que iba a pasarse en el vestíbulo del aeropuerto de su propia vida, habría hecho unos preparativos de viaje diferentes, pero en lugar de ello allí estaba sentado, suspirando, moviéndose nerviosamente, y, con mucha más frecuencia de lo que cabía desear, contestando con brusquedad a sus compañeros de viaje.

–¿Qué es lo que vas a *hacer?* –le preguntaban todas las Cat y Nat y demás esposas y amantes y madres de sus hijos, cuyos nombres a veces –de forma lamentable– se desdibujaban y superponían unos a otros. Y él siempre les respondía lo que creía que querían oír: «Voy a buscar trabajo», o «Me voy a reciclar estudiando para contable». Y ellas suspiraban y ponían los ojos en blanco, lo que para él no era sino subrayar la imposibilidad de su situación: ¿cómo si no responder; cómo no decir que estaba buscando un empleo, que iba a hacer cualquier cosa, que iba a dejar de ser un ex algo? Unos meses atrás, había hecho que Cat reparara en el hecho de que estaba poniendo los ojos en blanco, y le pidió alguna sugerencia. Tras unos segundos de deliberación, afirmó que en su opinión Tucker debería ser un cantautor, pero un cantautor que realmente cantara y escribiera canciones. No había expresado la idea exactamente en esos términos, claro está, pero el contenido era más o menos ése. Tucker se había reído mucho, y ella se había enfadado. Acababa de soltarse un dedo más de la cuerda a la que los dos se estaban aferrando.

Hasta hacía un par de años, el mejor y único amigo de Tucker en el vecindario era conocido como Farmer John, en homenaje a la vieja canción de los Premier, porque se llamaba John y vivía en una granja. Luego sucedió una cosa extraña, y una de las consecuencias fue que Farmer John llegó a ser conocido afectuosamente por sus íntimos como Fucker.[11] (Este selecto círculo, para mortificación de Cat y deleite pueril de Tucker, incluía a Jackson.) Entonces ocurrió algo extraño: un día de 2003, uno de los fans medio dementes que se llamaban a sí mismos croweólogos tomó el sendero de tierra que conducía a la granja de Farmer John, creyendo que era la granja de Tucker. Cuando Farmer John se dirigía hacia el coche del recién llegado para hablar con él, se abrió la puerta del conductor y se apeó el fan y se puso a sacarle fotos a John frenéticamente con una cámara de lujo. Tucker nunca había sabido a ciencia cierta cómo se ganaba la vida John; porque no era granjero, eso seguro. Y cada vez que alguien le preguntaba por ello respondía con grandes –y a veces hasta agresivas– evasivas. La suposición general era que debía de estar implicado en alguna actividad algo ilegal –aunque inofensiva–, y ésa era quizá la razón por la que John se abalanzó sobre el fotógrafo, que montó en el coche y siguió disparando la cámara mientras huía como alma que lleva el diablo. Al cabo de unos días, la más intimidante de aquellas fotografías (y John, un hombre de largo y enmarañado pelo cano, nunca dejaba de resultar

11. *Farmer:* «granjero»; *Fucker:* «cabrón, hijo de puta, gilipollas». *(N. del T.)*

intimidante) circulaba por Internet de página en página. Neil Ritchie, el fotógrafo, se hizo casi famoso: era el hombre que había logrado la primera instantánea de Tucker Crowe en quince años. Aún ahora seguía siendo la primera imagen suya que uno encontraba cuando buscaba en la web una fotografía de Tucker Crowe.

Al principio, a Tucker le dejó perplejo lo fácilmente que había «colado» la fotografía en el ciberespacio. Nadie preguntó nunca cómo un hombre que tenía un aspecto *equis* en 1986 podía tener un aspecto tan diametralmente diferente en 2003. El pelo puede crecer y ensuciarse y encanecer, por supuesto. Pero ¿podían las narices cambiar de forma tan fácilmente? ¿Podían los ojos ir juntándose más y más? ¿Podía la boca hacerse más grande y los labios más finos? Pero aquella fotografía jamás se usaba en ninguna parte donde probablemente fueran a someterla a análisis. Hacía mucho tiempo que Tucker había desaparecido de la corriente principal de los *mass media* para ir a dar a las aguas estancadas donde los chiflados y teóricos de la conspiración hacían su agosto. Y, en cualquier caso, hablar de plausibilidad era errar el tiro. La escasa gente que no le había olvidado, la gente que había convertido sus canciones en himnos que contenían guías profundamente benéficas para prácticamente todo, *querían* que se pareciera a Farmer John. Según esa gente, Tucker era un genio, y se había vuelto loco, y ése era el aspecto de los genios locos. Y la ira de John era perfecta, también. Neil Ritchie tenía, casi con toda seguridad, otras fotografías de John dirigiéndose a su coche, pero no cuadraban con la idea que tenemos de alguien rotundamente obsesivo sobre su intimidad. El momento en que John se puso como un loco fue el momento en que se convirtió en Tucker Crowe, un anacoreta trastornado. Entretanto, Tucker, el auténtico, el que llevaba a Jackson a los partidos de la Little League, se peinaba el pelo con pulcritud, llevaba unas gafas sin montura moderadamente a la moda y se afeitaba todos los días. Se sentía Fucker por dentro, y por eso se aseguraba siempre de que su aspecto fuera el de alguien al que uno le compraría tranquilamente una póliza de seguros.

Sea como fuere, Farmer John pronto se convirtió para Tucker y Cat (y Jackson) y algunos otros amigos y vecinos en Fake Tucker,[12] y Fake Tucker se convirtió, inevitablemente, en Fucker.[13] Y cuando Tucker necesitaba salir de casa y entrar en el mundo, era a Fucker al que se llevaba consigo, no porque la confusión le sirviera de ayuda en algún sentido, sino porque ya no conocía a ningún otro varón. Sin embargo, siempre era un tanto complicado salir de noche con Fucker. Tucker no podía beber, y Fucker no podía no beber, y aunque Tucker era capaz de ver cómo alguien se bebía lenta y moderadamente una copa, no le hacía ningún bien ver cómo alguien agarraba una curda de espanto. Así que el trato era el siguiente: Fucker tenía que recibir el aviso con una hora de antelación, y en esa hora se tomaba unos cuantos dedos de Bushmills y se ponía un poco a tono. Cuando Tucker le iba a recoger tan sólo necesitaba un dedito más, y ya estaba listo para tomarse de cuando en cuando una gran taza de café.

Fucker quería escuchar a un grupo que estaba tocando en un bar de la localidad.

–¿Por qué?

–Porque puede ser divertido.

–Oh, tío –dijo Tucker–. ¿Tenemos que hacerlo?

12. *Fake Tucker*: «falso Tucker». *(N. del T.)*
13. *Fucker* (cabrón, hijo de puta, gilipollas...): contracción jocosa de *Fake Tucker*. *(N. del T.)*

–No bebes, no escuchas música... ¿Por qué me pides que salga contigo, entonces? ¿Qué te parece si, cuando quieras verme, quedamos para desayunar? A menos que también tengas algo contra los huevos. O que te los esnifaras, allá por los ochenta, y no puedas estar en un sitio donde haya huevos.

–Necesito hablar, creo.

–¿Por qué? ¿La has jodido con Cat?

–Sí.

–Vaya. ¿Quién lo iba a decir?

Tucker valoraba mucho el sarcasmo franco de John. Resultaba estimulante, como una de aquellas esponjas que a Cat le gustaban tanto y se suponía que te quitaban la piel muerta.

–Puede que tengas razón. Puede que nos venga bien ir a escuchar a ese grupo. Así no tendré que escucharte a ti.

–He dicho todo lo que tenía que decir. Aparte de que eres un idiota. ¿Cómo está Jackson?

–Está bien. Él tampoco se ha sorprendido mucho, la verdad. De lo único que quería asegurarse era de que se quedaba conmigo, y de que los dos nos quedábamos en la casa.

–¿Es eso posible?

–Parece que sí. Cat va a buscarse un apartamento en la ciudad; algún sitio donde Jackson pueda dormir cuando le apetezca.

–¿Así que le has robado la casa a Cat?

–De momento.

–¿Qué va a cambiar?

–O empiezo a ganar dinero, o Jackson cumple dieciocho años y se va a la universidad.

–¿Aceptas apuestas sobre lo que va a suceder primero?

–A lo mejor *Juliet, Naked* me hace ganar algún dinero.

–Oh, sí. Había olvidado que has sacado un nuevo álbum. Tiene que haber millones de personas que quieran escuchar unas versiones birriosas de temas que olvidaron hace muchos años.

Tucker se echó a reír. John nunca había escuchado su trabajo antes de mudarse a las cercanías, pero una noche, borracho, le contó a Tucker que, cuando rompió con su mujer, había puesto *Juliet* una y otra vez. Se había mostrado desdeñoso con *Naked*, más o menos por las mismas razones que la mujer inglesa que le había escrito, aunque John había sido mucho menos elocuente al expresarlas.

Hacía mucho tiempo que Tucker no había estado en ninguna parte escuchando a un grupo musical, y apenas podía creer lo familiar que le resultaba. ¿No tendría que haber cambiado algo desde entonces? ¿De verdad tenías que seguir amontonando todas tus pertenencias ahí al lado, vendiendo tus discos y camisetas en la trastienda, hablando con el chiflado sin amigos que te había venido a ver tres veces seguidas esa semana? Pero nadie podía cambiar gran cosa en el campo de la música en vivo. Era lo que era. Los bares y los grupos que tocaban en ellos no eran de gran utilidad para el relucientemente blanco mundo de Apple; no serían más que lonchas de queso industrial para la cena y retretes atascados hasta la desaparición del mundo.

Tucker fue a la barra y pidió las bebidas: una Coca-Cola para él y un Jameson para Fucker. Se sentaron en una mesa de un costado del local, lejos del escenario bajo y minúsculo y de las luces que lo iluminaban.

–Pero te las vas arreglando –dijo Fucker.

–Sí.

–¿Preguntándote si volverás a follar alguna vez?

–Todavía no.

–Pues deberías.

–Si tú puedes encontrar alguien con quien acostarte, todo el mundo puede.

Fucker estaba liado con una profesora de lengua divorciada del instituto local.

–Pero tú no tienes mi encanto.

–Lisette seguramente pensó que eras yo.

–¿Sabes una cosa? Esa foto nunca me ha hecho el menor bien con las mujeres. Piensa en ello, amigo mío.

–Ya lo he pensado. Y la conclusión a la que he llegado es que es una fotografía tuya, no mía, y en ella sales como un psicópata de ojos saltones.

Las luces bajaron, y el grupo salió al escenario ante la indiferencia general de los bebedores del local. Los músicos no eran precisamente jóvenes, y Tucker se preguntó cuántas veces habrían estado tentados de dejarlo, y por qué no lo habían hecho. Quizá porque no habían podido pensar en algo mejor que hacer; quizá porque hasta les seguía pareciendo divertido. No estaban mal. Sus temas propios no eran nada del otro mundo, y lo sabían, porque tocaron «Hickory Wind» y «Highway 61» y «Sweet Home Alabama». Conocían a su auditorio, en cualquier caso. Tucker y John estaban rodeados de hombres calvos con coletas grises. Tucker miró a su alrededor para ver si había alguien menor de cuarenta años, y vio a un joven que apartó rápidamente la mirada en cuanto sus ojos se cruzaron.

–Oh, oh... –dijo Tucker.

–¿Qué pasa?

–Ese chico de ahí, junto a la entrada de los servicios. Creo que te ha reconocido.

–Genial. Hacía tiempo que no me sucedía. ¿Te apetece un poco de diversión?

–¿A qué le llamas tú diversión?

–Ya pensaré en algo.

Pero entonces la música era demasiado atronadora para poder hablar, y Tucker empezó a ponerse mohíno. Temía el comienzo de la melancolía. Era la verdadera razón por la que no había querido salir. Se pasaba muchísimo tiempo sin hacer nada, pero el truco de no hacer nada –al menos en su caso– estribaba en no pensar mientras lo hacía. El problema de ir a ver actuar a grupos musicales era que mientras los veías no había mucho que hacer *más que* pensar, si eras arrastrado por una ola de frenesí visceral o intelectual; y Tucker estaba seguro de que la Chris Jones Band jamás sería capaz de hacer que la gente olvidara quiénes eran y cómo habían llegado a ser lo que eran, pese a sus sudorosos esfuerzos. La música mediocre y a todo volumen te encerraba en ti mismo, te hacía deambular de un lado a otro de la mente hasta que estabas completamente seguro de ser capaz de ver cómo podías acabar encontrando una salida. En los setenta y cinco minutos que pasó consigo mismo, se las arregló para volver a visitar casi todos los lugares que habría deseado no volver a ver jamás. Se remontó desde Cat y Jackson hasta todos los demás fracasos matrimoniales y sus hijos; la tierra baldía profesional de sus últimos veinte años se extendía a lo largo de ellos, como unas vías de tren herrumbrosas paralelas a un interminable atasco de tráfico. La gente subestimaba la rapidez del pensamiento. Era posible contemplar casi todos los incidentes importantes de una vida durante el tiempo de actuación de un grupo en un bar.

Cuando los músicos saludaron al puñado de parroquianos que les aplaudía y abandonaron el escenario, John desapareció por la puerta lateral para ir a su encuentro. Un par de minutos después, reapareció seguido del grupo, que iba a hacer un bis.

—Como algunos de vosotros sabéis, hace ya mucho tiempo que no hago esto –dijo John por el micrófono.

Un par de tipos rieron a carcajadas, bien porque conocían la historia o bien porque le habían oído cantar alguna vez en el pasado. Tucker miró al chico que les había estado mirando fijamente antes. Se había levantado y se abría paso hacia el escenario. Parecía que iba a desmayarse de la emoción. John agarró el pie del micrófono, hizo una seña con la cabeza a los músicos y todos ellos interpretaron como mejor pudieron una imitación tipo Crazy Horse del bronco pero reconocible tema «Farmer John». Fucker sonaba horrible: demasiado alto, desafinado y enloquecido, lo cual no importaba en absoluto a su único fan, que brincaba de aquí para allá lleno de excitación, mientras sacaba todas las fotos que podía con su móvil. John terminó con un muy poco airoso salto en el aire varios segundos después del último acorde de los músicos, y le lanzó a Tucker una sonrisa radiante.

El chico abordó a John cuando éste se dirigía a su asiento, y hablaron durante un par de minutos.

—¿Qué le has dicho?

—Oh, un montón de cosas manidas. Pero no importa. El que hablaba era Tucker Crowe.

Cuando Tucker llegó a casa esa noche todos dormían, así que se sentó y escribió a Annie la inglesa. La llamaba Annie la inglesa porque no era la Annie con la que llevaba ya cierto tiempo practicando un casto pero estimulante flirteo: una verdadera inyección de moral. La Annie norteamericana era la madre de Toby, el amigo del colegio de Jackson. Tenía unos treinta y cinco años y se había divorciado recientemente. Una mujer guapa y solitaria. Había empezado a pensar en ella a las pocas horas —de acuerdo, minutos– de que Cat le dijera que habían llegado al final del camino. Sorprendentemente, sin embargo, pensar en la madre de Toby no le había alegrado gran cosa. Sólo había podido vislumbrar un montón de lúgubres e inevitables consecuencias: sexo no muy acertado, su incapacidad para continuar una relación, dolor y destrucción de una de las más importantes relaciones de Jackson.

Bueno, a la mierda. Quizá debía limitarse a flirtear con alguien que vivía en otro continente, una mujer que sólo vivía en el ciberespacio y no tenía un hijo en el equipo de béisbol de Jackson, ni hijo de ningún tipo, una de las razones por las cuales se había mostrado tan atractivamente comunicativa en sus mensajes. Sea como fuere, había tenido a la Annie inglesa en la cabeza en el bar. Dos de las preguntas que ella le había hecho en su último e-mail eran similares a las preguntas que él había acabado haciéndose a sí mismo durante su encierro sónico de horas antes en el bar, y le daba la impresión de que sería de mayor utilidad pensar en ellas como parte de una conversación con otra persona.

Querida Annie:

Hay otra forma de probar que soy quien digo ser. ¿Has visto alguna vez esa fotografía que alguien hizo de una persona enloquecida y asustada hace unos años? Dices que conoces a gente a la que aún le gusta mi música; bien, pues seguro que son de esas personas familiarizadas con esa fotografía, porque piensan que el hombre que aparece en ella soy yo. Creen que es un retrato revelador, aunque poco halagüeño, de un genio creativo que padece algún tipo de crisis nerviosa, pero no es cierto. Es una estampa fidedigna de mi vecino John, que es un buen tipo y no –que yo sepa– un genio de la creación. Y no estaba atravesando ninguna crisis nerviosa. Está perdiendo los papeles. John se puso como una fiera porque, muy razonablemente, no quería que ningún tipo anduviera husmeando en sus asuntos, acaso porque tiene toda una plantación de cannabis en el terreno de detrás de su casa. (No tengo ni idea de si lo tiene o no. Lo único que sé es que es muy quisquilloso con los intrusos.)

Tucker dejó de escribir y abrió la carpeta de las fotos. Había enviado un adjunto con una fotografía por e-mail un par de veces antes, y estaba seguro de que podría volver a hacerlo. Encontró una de Jackson y de él frente al Citizens Bank Park, de aquel verano pasado, e hizo clic en el icono de adjuntar, esperanzado. Parecía funcionar. ¿Pero pensaría ella que estaba intentando insinuarse? ¿Podría el envío de una foto suya con su hijo, sin ninguna mujer a la vista, interpretarse como un tanteo amoroso? Quitó el adjunto, por si acaso.

De todas formas, es una buena historia, ¿no? Aquí John ha sido bautizado como Fucker (= Fake Tucker), si me permites el taco. Y perdóname que lo haya puesto a continuación de una palabra que alude de alguna forma a Nuestro Señor. Y esta noche Fucker ha cantado con un grupo en un bar y ha enardecido a un jovenzuelo del público que evidentemente creía que estaba presenciando mi resurrección. Si alguien te dice que estoy volviendo, puedes decirle que fue Farmer John quien cantó (precisamente «Farmer John». ¿Conoces esa canción? «Estoy enamorado de su hija, oh, oh...»).

No, la fotografía tenía sentido en el e-mail. ¿Cómo probar, si no, que no se parecía a John? Y estaba tratando de probar que era mucho más guapo que John. Estaba tratando de dejar bien claro que John y él no se parecían en nada, y que la monserga aquella del Hombre Salvaje de los Bosques no era más que un mito chistoso de Internet. Volvió a adjuntar la fotografía.

Éste soy yo, frente al estadio de béisbol, con mi hijo pequeño, Jackson. Desde que dejé la música he llevado el pelo corto, probablemente porque temía que la gente pudiera pensar que me había vuelto alguien como John. Además, llevo gafas, y antes no las llevaba. Me he pasado mucho tiempo leyendo la letra pequeña de novelas muy largas, y

¿Novelas muy largas? ¿Por qué sentía la necesidad de explicar a la Annie inglesa por qué necesitaba llevar gafas? ¿Para que no pensara que era porque se había hecho muchas pajas? Borró la frase de la letra pequeña y demás. No era de su incumbencia. Además, lo de disculparse por el taco resultaba un tanto melindroso. Si no soporta los tacos, que la follen... Y esta última expresión le suscitó de inmediato unas cuantas preguntas. ¿Cómo quería que fuese físicamente la Annie inglesa? Si tuviera la certeza de que pesaba cien kilos, ¿seguiría con esta correspondencia? Quizá, en reciprocidad, tendría que pedirle una foto suya, pero entonces sí iba a parecer algún tipo de acosador horrible. Y, en cualquier caso, ¿qué se suponía que iba a hacer con esa chica? ¿Invitarla a visitarlo? Lo cierto es que se puso a pensar en ello...

Es muy posible que, en alguna fecha de los próximos meses, vaya a Inglaterra a ver a mi nieto. ¿A qué distancia está tu museo de Londres, donde vive mi hija? Me gustaría ver esas fotos del tiburón muerto. ¿O vas tú alguna vez a Londres? No conozco a nadie en Inglaterra, así que...

Así que ¿qué? Borró la última frase, y también la anterior. Era correcto decirle a alguien que quería ver sus fotos de un tiburón muerto, ¿no? ¿O también podría verse en ello un matiz indecoroso? Dios Santo. Con razón había renunciado a hablar con gente que no conocía.

9

La extraordinaria noticia de que Tucker había hecho una aparición pública un tanto estrafalaria pasó inadvertida durante un par de días para Duncan. Estaban sucediendo tantas cosas en su vida personal que no había tenido tiempo para mirar la página web, un descuido que –cayó en la cuenta más tarde– probaba claramente una de las crueles teorías de Annie sobre los croweólogos.

«Sé que "Ocupa bien tu tiempo" es un cliché», solía decir Annie. «Pero lo cierto es que si la gente tuviera algo que hacer durante todo el día, no tendría tiempo para escribir las letras de Tucker de derecha a izquierda para descubrir si había en ellas algún mensaje oculto.»

Sólo una persona había hecho tal cosa en el tablón de mensajes, y esa persona no hacía nada durante todo el día porque –como se sabría después– escribía desde el pabellón psiquiátrico de un hospital, pero Duncan entendía lo que Annie quería decir. En el momento en que Duncan había encontrado algo que hacer –a saber: tratar de recuperar el volante de las manos del demente que parecía estar conduciendo su vida–, había olvidado por completo a Tucker. Una noche en que Gina se había ido a la cama pronto,

Duncan se sentó ante el ordenador de ella y volvió a visitar su pequeña comunidad cibernética, más que nada porque quería sentirse normal durante unos minutos y hacer algo que acostumbraba hacer poco tiempo atrás. Contemplar la fotografía de Tucker sacada unas cuantas noches antes, en un escenario y en compañía de un grupo del que Duncan no había oído hablar en su vida, ciertamente no ayudaba gran cosa a su voluntad de reorientación. De hecho le produjo una sensación de vértigo.

Parecía genuina. El hombre era indiscutiblemente el mismo que aparecía en la infame fotografía de Neil Ritchie: las mismas guedejas largas y entrecanas, la misma dentadura descolorida, aunque esta vez los dientes se le veían porque estaba sonriendo, y no porque los exhibiera en el furor de la cólera.

Era increíble que alguien que hubiera oído hablar de Tucker estuviera en aquel momento entre los clientes del bar, viéndolo en compañía de unos músicos que, con toda probabilidad, no eran sino un puñado de rockeros de pub normales y corrientes que actuaban por los bares de Pennsylvania —y no mucho más allá—. Resultó que el jovencito que logró la exclusiva estaba metido en el mismo tipo de peregrinaje de Crowe en el que Duncan y Annie se habían embarcado en el verano. Él, sin embargo, se había empeñado en buscar y encontrar a Tucker, y al parecer había tenido una suerte asombrosa. Pero ¿por qué habían tocado precisamente «Farmer John»? Duncan tendría que pensar en ello. Con ese tema, un hombre tan serio y reflexivo como Crowe estaría tratando de decir algo que rompiera con veinte años de silencio, pero ¿qué? Duncan tenía, cómo no, la versión de Neil Young; intentaría encontrar el original antes de irse a la cama.

Había más cosas, sin embargo. El testigo, que se identificó tan sólo con sus iniciales, E. T., había conseguido hablar con Crowe cuando éste bajó del escenario, y Crowe había charlado con él un rato.

Así que pensé bueno tengo que intentarlo y fui y me acerqué a él y le dije Tucker soy un gran fan tuyo y estoy contentísimo de verte volver a actuar. Una bobada ya sé pero a ver a quién se le ocurre algo mejor. Y luego le dije ¿vas a cantar tus temas en el escenario pronto? y él dijo Sí y luego dijo también que estaba a punto de sacar un álbum nuevo. Y le dije sí conozco *Naked* y él dijo no no me refiero a esa mierda.

Duncan se sonrió para sus adentros. Aquel desdén por sí mismo probaba –quizá, de un modo extraño, con mayor grado de certeza que la propia fotografía– que era ciertamente Tucker Crowe. Era todo un patrón de comportamiento, repetido incontables veces en las entrevistas de los viejos tiempos. Tucker sabía que *Naked* no era una mierda, pero era típico de él describirlo así, poco después de su aparición, a un fan enormemente ansioso. Pero Duncan decidió no contarle esta parte de la historia a Annie. La malinterpretaría, y llegaría a la conclusión de que Tucker daba por buena su opinión sobre *Naked*, cuando lo que hacía en realidad era lo contrario.

Voy a sacar un nuevo álbum un álbum de versiones de los temas de Dean Martin pero en plan rock-raíces norteamericanas y yo dije FIUUU y él sonrió y fue a sentarse con su amigo y yo pensé ya no puedo molestarle más. Sé que lo del álbum de Dean Martin suena raro pero eso es lo que me dijo. No puedo explicaros lo asombroso que fue todo todavía estoy temblando.

No le parecía bien no poder compartir todo esto con Annie. Gina se entusiasmaría cuando se lo contara por la mañana; pero a veces se preguntaba si ese entusiasmo era genuino de verdad. De cuando en cuando le daba la sensación de que era un poco teatral, aunque puede que no hubiera dado con ese adjetivo si ella no hubiera tenido ese pasado. Bien, era una actriz, y actuaba, incluso cuando no parecía estar muy motivada por su personaje. Muy posiblemente no podía entender lo que significaba la vuelta de Tucker —carecía de la perspectiva suficiente—, pero se pondría a brincar y a gritar «Oh, Dios mío» de todas formas. Quizá sería mejor que no le contara nada, y así no tendría por qué acabar no gustándole por ser tan falsa. Annie, sin embargo, había vivido en su totalidad la desaparición de Tucker y captaría de inmediato el impacto emocional de esas noticias. ¿Su relación con Gina le impedía compartir ese tipo de cosas con Annie? Pensaba que no. Miro el reloj. Aún no se habría acostado, a menos que sus hábitos hubieran cambiado radicalmente desde su marcha.

—¿Annie?

—¿Duncan? ¿Qué pasa? Estaba en la cama.

—Oh. Lo siento.

Confiaba en que el hecho de acostarse pronto no fuera por su culpa, pero temió que pudiera ser un síntoma de depresión.

—Escucha. Ha sucedido algo sorprendente —dijo.

—Espero que sea sorprendente de veras, Duncan. Espero que la gente normal comparta ese entusiasmo tuyo.

—Lo compartirían si supieran lo que significa.

—Es algo relacionado con Tucker, ¿no?

—Sí.

Annie suspiró sonoramente, y él lo tomó como una invitación a que continuara.

–Ha cantado. En vivo. En un bar. Estuvo con..., bueno, parece que con un grupo del montón. Les pidió que hicieran un bis con él, y cantó «Farmer John». ¿Conoces esa canción? «Granjero John, estoy enamorado de su hija, oh, oh...» Y luego le contó a alguien de los presentes que estaba preparando un álbum de versiones de Dean Martin.

–Muy bien. Estupendo. ¿Puedo irme a la cama ya?

–Annie, te estás tirando piedras contra tu propio tejado.

–¿Perdón?

–Sé que eres capaz de ver lo asombroso que es todo esto. Y estás diciendo que te aburre porque piensas que así te tomas el desquite. Yo pensaba que estabas por encima de esas cosas.

–Estoy entusiasmada, Duncan, de verdad. Si te estuviera hablando por un videoteléfono, verías enseguida que no quepo en mí de gozo. Pero es muy tarde y estoy cansada.

–Si quieres ponerte así...

–Quiero, sí.

–¿Así que no ves ninguna forma de que lleguemos a tener algún tipo de amistad?

–Esta noche no.

–Supongo... Hazme callar si crees que esta analogía es inapropiada, o..., o está fuera de lugar. Pero siento que Tucker es en cierta manera nuestro hijo. Quizá más mío que tuyo... Quizá, no lo sé, era hijo mío, pero era muy pequeño cuando tú y yo nos conocimos, y lo adoptaste. Y si mi hijo, tu hijastro, hubiera hecho algo extraordinario, a mí me gustaría compartirlo contigo por mucho que...

Annie le colgó. Y él acabó escribiéndole un e-mail a Ed West, uno de los participantes de la página web, pero no era lo mismo.

En los días siguientes, los asiduos de la página compartieron todo lo que sabían sobre la canción en cuestión, con la esperanza de llegar a descodificar el mensaje de Crowe al mundo. Debatieron si los «ojos de champán» de la hija del granjero tenían o no importancia; ¿era Tucker consciente del papel que el alcohol había desempeñado, y puede que siguiera desempeñando, en su vida? A pesar de todo el aparato crítico que tenían a su disposición, no parecía que pudiera hacerse gran cosa con el resto de la letra, que eran del tenor de «Amo su forma de andar / hablar / contonearse», etc. ¿Pretendía sencillamente proclamar su amor por la hija de un granjero? Probablemente había varias en las cercanías de su casa, así que ¿por qué no podía haberse enamorado de una de ellas? (Y, por supuesto, era imposible imaginar a la hija de un granjero sin imaginar unas mejillas sonrosadas como manzanas, y quizá incluso cierta carnosidad favorecedora en cintura y nalgas. ¡Compárese y contrástese esto con la belleza pálida, de talla mínima de Julie Beatty! Si en verdad estaba enamorado de la hija de un granjero, los viejos y poco saludables tiempos de la Costa Oeste habían quedado definitivamente atrás.)

En la página se hablaba mucho de la relación con Neil Young y su versión de «Farmer John», ya que Young era un músico a quien Crowe siempre había admirado, y un artista que se las había arreglado para envejecer creativa y productivamente. ¿Era una expresión de pesar por todo el tiempo perdido? ¿O estaba diciendo que Young le había enseñado cómo seguir hacia adelante? La inclusión de ese tema en *Nuggets*, la influyente compilación de 1972 de Lenny Kaye, junto con otros parecidos de los Standells y los Strawberry Alarm Clock, también suscitó numerosos comentarios, aunque nadie pudo sacar nada en limpio de esa relación. Lo importante era que, por segunda vez en unos días, habían tenido entre manos algo que debatir. Primero *Naked* y ahora aquello... Era como si la hibernación de Tucker estuviera llegando a su fin.

Annie imprimió la fotografía de Tucker y Jackson en el trabajo, se la llevó a casa y la pegó en la puerta del frigorífico con la pegatina imantada de Sun Studios que se suponía que un día reclamaría Duncan, en caso de que alguna vez volviera a estar en situación de pensar en los detalles más pequeños de una vida hogareña. Era una bonita foto, en cualquier caso: Jackson era un niño precioso, y el orgullo que sentía Tucker por él era obvio y conmovedor. Pero Jackson y Tucker no estaban en la puerta del frigorífico simplemente porque parecieran felices –de eso no le cabía a Annie la menor duda–, y, cada vez que sus ojos se cruzaban con los de ellos, acababa pensando en qué le producían, y si todo aquello no era terriblemente morboso. Había en ello, en efecto, un elemento de fantasía humilde, no podía negarlo: Tucker había mencionado en su e-mail que volvía a estar soltero, así que... No necesitaba traducirlo. (Annie quería ser honrada consigo misma, pero esa honradez no implicaba tener que completar cada frase que se decía, máxime cuando la oración subordinada que había quedado en el aire sugería tanto vacío.)

De todas formas, había otra explicación menos embarazosa para aquella inyección de aliento que le había proporcionado la fotografía: su relación con Tucker, incluso en el estadio en que se hallaba, incluso excluyendo los sueños de colegiala que imaginaban a Tucker viajando a Londres, e incluso a Gooleness, e incluso alojándose en su casa, e incluso no durmiendo en el sofá, era harto excitante. ¿Cómo no iba a serlo? Ella tenía algo que nadie más en el mundo tenía –que ella supiera–: charlas por e-mail con una especie de celebridad: Tucker Crowe, un hombre enigmático, con talento, inteligente que había desaparecido hacía mucho tiempo. Eso le habría alegrado el día a cualquiera, ¿o no?

Pero además estaban los placeres –más oscuros, relacionados con Duncan– que estaba descubriendo en la situación. Le había llevado aproximadamente minuto y medio darse cuenta de que, si Duncan llegaba a fijarse en la foto de la puerta del frigorífico, no tendría la menor idea de a quién estaba mirando, y la ironía del asunto era lo bastante jugosa para paladearla debidamente, y sola, sin guarnición de amargura. Podría decirle cualquier cosa. Y él la creería, porque tenía la certeza de que actualmente Tucker Crowe tenía aspecto de Rasputín, o quizá de mago Merlín: Annie había examinado la página web de Duncan, cuando Tucker le contó lo de la aparición no programada de Fucker en el bar, y su fotografía estaba colgada en ella, como le había dicho Tucker que estaría. (Y reparó, con gran deleite, que Fucker había descrito *Naked* como una mierda. ¿Cómo habría interpretado Duncan esto?) En realidad, todo era demasiado. Su relación real con Tucker habría bastado para poner loco de celos a Duncan si alguna vez llegaba a descubrirla, aunque Annie no sabría asegurar de cuál de los dos se sentiría celoso. Pero hasta una simulada relación de ella con el hombre de la foto del frigorífico le habría producido a Duncan unas cuantas punzadas agudas.

Si quería que Duncan viera la fotografía, necesitaba que fuera a visitarla, y que se diera cuenta de algo de lo que normalmente no se hubiera dado cuenta ni en un centenar de años: un pequeñísimo cambio en el entorno doméstico. Quizá si ampliaba la fotografía y la ponía de forma que tapara por entero una de las paredes, él preguntara qué es lo que había hecho en la cocina; pero, dado que eso estaba fuera de sus posibilidades tanto técnicas como financieras, tendría que emplear un modo menos sutil para hacer que se fijara en la fotografía. Lograría que la mirara, a cualquier precio. De eso no le cabía la menor duda.

Le dejó un mensaje en el móvil cuando sabía que estaría en clase.

«Hola, soy yo. Escucha, siento lo de anoche. Sé que intentabas ser amable, y entiendo lo mucho que necesitabas compartir esas noticias con alguien. En fin. Si quieres intentarlo de nuevo, prometo estar más receptiva.»

Duncan la llamó al trabajo a la hora del almuerzo.

–Ha sido un detalle por tu parte.

–Oh, no es nada.

–La cosa es bastante asombrosa, ¿no?

–Increíble.

–Hay una foto en la página.

–Le echaré una ojeada luego.

Se hizo un silencio. Duncan era tan transparente... Annie sintió una insólita punzada de afecto. Él quiso continuar la conversación, y buscaba también un modo elegante de hacer que el pequeño destello de interés surgido entre ambos se volviera algo más cálido e íntimo. No es que quisiera que volviera con él, necesariamente; Annie entendía esto, pero estaba segura de que Duncan se había sentido desconcertado y dolido por su ira. Y de que también sentiría nostalgia. Duncan odiaba no tener sus cosas con él, incluso en sus días libres.

–¿Puedo pasarme por casa en algún momento para tomar un té?

La elegancia parecía estar fuera de su alcance. Se había conformado con la desesperación, en la esperanza de que ella respondiera a su desamparo.

–Bueno...

–Cuando te venga bien a ti, por supuesto...

Como si la posible molestia, más que la infidelidad en sí misma y el embrollo que había causado, fuera la responsable de la vacilación de su ex pareja. Annie dijo:

–Puede que otro día, esta misma semana. Dejemos que el polvo se asiente un poco.

–Oh. ¿Sí? ¿Sigue habiendo, ya sabes..., polvo?

–Por aquí sí. No sé cómo estará la cosa por donde tú andas...

–Supongo que si digo que aquí no hay polvo, pensarás..., no sé..., que todo me va de maravilla.

–Lo único que pensaría es que no te habías dado cuenta, Duncan, la verdad. No solías darte cuenta de nada cuando vivías aquí.

–Ah, pensé que estábamos hablando de polvo metafórico.

–Y lo estábamos. Pero siempre queda sitio para una broma, ¿o no?

–Ja, ja... Sí, por supuesto. Siempre que quieras. Estoy seguro de que merezco que me pinchen un poco.

De pronto Annie se sintió abrumada por la absoluta imposibilidad de su relación con Duncan. No era sólo imposible en su estado actual: lo había sido siempre. Había sido como una cita inadecuada por Internet con un hombre inadecuado y anodino que había durado años y más años. Y sin embargo algo la incitaba a flirtear con él, si es que el flirteo pudiera incluir amargura, y excluir la diversión, la alegría y la promesa de sexo. Era rechazo, decidió. Y el rechazo en Gooleness era un tipo especial de rechazo.

–¿Qué te parece el jueves?

Pero lo cierto es que no le apetecía esperar tanto: quería que viese la fotografía cuanto antes. Se daba cuenta, no obstante, de que desear vivamente que alguien no reconociese la fotografía de otra persona no era nada airoso, y posiblemente fuera indicio de una crisis anímica.

Terry Jackson, concejal del área de museos, estaba descontento de la falta de progresos en la organización de la exposición de 1964, y había ido al museo para hacérselo saber a Annie.

–¿Así que de momento la pieza central de la exposición es ésa? ¿Ese ojo del tiburón en vinagre? Porque cuesta imaginar que a alguien le apetezca contemplarlo durante un buen rato.

–No creemos en piezas centrales.

–¿No «creemos»?

–No, nosotros...

–Deje que se lo diga de otra forma, entonces. ¿Es ese ojo de tiburón lo mejor que tenemos?

–La idea es que estamos reuniendo tantas piezas importantes que no nos detenemos a hablar de las mejores que hemos conseguido.

Cada vez que Annie se reunía con Terry Jackson no podía evitar que la distrajera sobremanera su copete, que era gris pero tupido y esmeradamente moldeado con fijador. ¿Qué edad tendría él en 1964? ¿Veinte? ¿Veintiuno? Desde que Jackson había proyectado esa exposición, su exposición soñada –que Annie había sido lo bastante ingenua, y lo bastante arrogante, para creer que sería capaz de hacerla realidad–, ella tenía la sensación de que el concejal había dejado algo atrás aquel año y que ella podría ayudarle a encontrarlo. Pero estaba claro que el ojo de tiburón no era precisamente lo que andaba buscando.

–Pero no tienen ninguna de esas piezas importantes...

–No tenemos suficientes, ciertamente.

164

–No puedo decir que no esté decepcionado, Annie. Porque lo estoy.

–Lo siento. Es un empeño muy difícil de sacar adelante. Creo que aun en el caso de que hubiéramos decidido ampliar la época e intentar una exposición de «Gooleness en la década de 1960», nos habríamos encontrado con dificultades.

–No puedo creerlo –dijo el concejal–. Esta ciudad era una locura en los años sesenta. Pasaban montones de cosas.

–Le creo.

–No, no me cree –dijo él, cortante–. Hace que me cree para complacerme. La verdad es que usted piensa que éste es un museo de mala muerte, y siempre lo ha pensado. Le habría encantado exhibir ese ojo de tiburón en una sala y decirle a todo el mundo que eso define Gooleness. Y le parecería divertido. Ya sabía yo que tendríamos que haber puesto a una chica de aquí al frente de este museo. Alguien que sintiera de verdad esta ciudad.

–Sé que no me he criado aquí. Pero me gustaría pensar que he llegado a adquirir cierta sintonía con la ciudad.

–Paparruchas. Se muere de ganas de largarse. Pues bien, ahora que su novio se ha ido de casa, puede hacerlo, ¿no? Ya nada la retiene aquí.

Annie estudió con detenimiento la pared de detrás de la cabeza del concejal, en un intento de detener la lágrima que al parecer se le estaba formando en el ojo derecho. ¿Por qué en el derecho? ¿Se debía a que el conducto lacrimal derecho estaba conectado con el lado izquierdo del cerebro, y el lado izquierdo del cerebro era el que procesaba los traumas emocionales? No tenía ni idea, pero le servía de alivio reflexionar sobre ello.

–Lo siento –dijo Jackson–. No tenía derecho a sacar a colación su vida personal. Gooleness es una gran ciudad,

165

pero es una ciudad pequeña, se lo concedo. Mi sobrino estudia en la escuela de Duncan, y parece que todo el mundo sabe lo de ustedes dos.

–No se preocupe. Y, por supuesto, tiene usted razón. Ahora quedan menos cosas que me aten a esta ciudad. Pero me gustaría intentar sacar adelante esta exposición antes de marcharme. Si es que me marcho.

–Bien. Muy amable por su parte. Y lamento haberme irritado un poco por la falta de progresos. Aquel año... No puedo explicarlo. Todo me parecía mágico, y pensé que también se lo habría parecido a los demás, y que todos correrían al museo con..., con...

–Ése ha sido en parte mi problema, ¿sabe, Terry? Tampoco estoy muy segura de qué tipo de cosas debería estar donando la gente.

–Bien, yo nunca he tirado nada. He conservado los periódicos, las entradas de cine, los malditos billetes de autobús, prácticamente todo. Hasta uno de aquellos anticuados carteles azules y rojos que anunciaba a los Rolling Stones, y un autógrafo de Bill Wyman, porque fue el único cabrón que accedió a dármelo. Tengo fotos de mi madre en la entrada de los grandes almacenes Grant's, el día anterior a que demoliesen el edificio. Tengo una caja llena de fotos del puto tiburón, tengo fotos mías y de mis amigos en el viejo Queen's Head, antes de que lo convirtieran en ese night club de mala muerte...

–Me pregunto si podría usted prestarnos algunas de esas cosas.

Annie dijo esto último con la mayor discreción y cortesía, dadas las circunstancias. Si el concejal la asesinaba, estaba segura de que un jurado entendería sus razones, siempre que él hubiera explicado antes la historia reciente de la financiación de los museos pequeños, y de las restricciones que se imponían a cualquier tipo de exposición imaginativa.

–Nadie tiene ningún interés en mirar mi vieja colección birriosa. Yo, desde luego, no. Yo quiero ver las de los demás.

–Pero ¿le importaría que yo le echase una ojeada?

–¿Para que le sugiera ideas, se refiere? ¿Para hacerse una composición de lugar más exacta?

–Bueno, sí, para eso también.

–Oh, si cree que debe hacerlo.

–Gracias. Y yo no descartaría que usted nos prestara alguno de sus recuerdos.

–Debe de estar muy desesperada.

–Sí –dijo Annie–. Bien.

Y lo dejó así.

El concejal tenía razón, por supuesto: ella nunca se había tomado en serio Gooleness, ni tampoco Duncan. Ése, al fin y al cabo, era uno de los más fuertes y ricos vínculos entre ellos: su desdén por la ciudad en la que vivían y por la gente con la que convivían. Era la razón por la cual se habían unido, y por la que habían seguido juntos, arropándose para ponerse al abrigo de los vientos fríos de la ignorancia y el filisteísmo. Así que ¿qué tipo de conservadora podía ser ella, si jamás había estado convencida de que existiera un pasado o un presente merecedor de conservarse? Lo único que Duncan y ella habían sido capaces de ver era una falta de cultura, y no es posible exponer la falta de cultura en un museo.

Sí, seguramente se iría; casi todo en ella anhelaba marcharse. Nada la retenía en Gooleness, como Terry había dicho, aparte de la persistente y probablemente ilusoria convicción de que ella era mejor que ese tipo de personas que no querrían quedarse.

Duncan sabía que ella llegaba casa a las seis, así que apareció a eso de las seis y tres minutos. Pero Annie se había asegurado de llegar a las seis menos cuarto, a fin de tener tiempo para hacer cosas que luego resultó que no necesitaba hacer. No había tardado tanto en colgar el abrigo como había supuesto, y no había necesidad alguna de mover la fotografía de la puerta del frigorífico unos diez centímetros hacia la izquierda, y luego otros diez centímetros hacia la derecha, para volver finalmente a donde había estado todo el tiempo.

Pero él no la miró, de todas formas. De hecho no miró nada.

–Supongo que supiste desde el principio que estaba cometiendo una terrible equivocación –dijo Duncan cuando ella le preguntó si quería una galleta. Estaba encorvado sobre el té, y miraba fijamente el asa de su taza de té «bLIAR».[14] (Annie había pensado en darle cualquiera de las otras, para que tomar el té en ella no lo pusiera lloroso, pero Duncan ni reparó en ese detalle)–. La verdad es que habría cometido una terrible equivocación aunque hubiera estado sin pareja todos estos años. Aunque hubiera estado loco por..., por...

Annie se quedó mirando fijamente su taza. No tenía ninguna intención de preguntarle por Gina.

–Ya ves. La cuestión es que..., que pienso que puede estar loca.

–No deberías ser tan duro contigo mismo.

–Sé que quieres que eso suene a broma. Pero si te hablo con sinceridad, ésa es una de las razones por las que he

14. En el Reino Unido y otros países, a Tony Blair se le cambió el apellido Blair por el de Bliar *(liar:* «mentiroso»), por haber mentido para participar en la invasión y en la guerra de Irak. *(N. del T.)*

168

llegado a esa conclusión. Actúa como si el hecho de habernos encontrado fuera una especie de milagro. Que hubiera conseguido un trabajo en la escuela, y que yo estuviera allí, esperándola. Bueno, sé que no soy gran cosa.

Annie sintió la misma punzada que había sentido al hablar por teléfono con él la noche anterior, pero empezaba a preguntarse si no sería lisa y llanamente piedad humana. Sentía alivio por su marcha, y a él le preocupaba que el interés que otra mujer sentía por él pudiera ser un síntoma de locura. ¿Cómo no iba a sentirse protectora?

–Todo es muy difícil, ¿verdad? –dijo Duncan–. Todo este asunto de..., como quieras llamarlo.

–No sé muy bien a qué te refieres. ¿Cómo lo llamarías tú?

–Conocer a alguien.

–Ah.

–Bien, te conocía a ti. Te conozco. Eso me parece importante. Más importante de lo que creía. La otra noche, cuando te llamé... Bueno, ya sé que se trataba de Tucker, y que dije tonterías sobre cómo Tucker era como nuestro hijo, sin tener en cuenta que el hecho de no tener hijos es un tema muy delicado. Pero el impulso... Y ya ves, a ella no quiero contarle nada. Estas noticias no tienen nada que ver con ella.

–Dale tiempo al tiempo.

–No me siento frustrado sólo por eso, Annie. Quiero vivir aquí. Contigo. Y contarte cosas.

–Puedes contarme cosas siempre que quieras.

A Annie se le cayó el alma a los pies. No lograba pensar ni una sola cosa de las que Duncan pudiera contarle que le interesaran lo más mínimo.

–Eso no es lo que quiero decir.

–Duncan, llevamos bastante tiempo siendo más amigos que amantes. Quizá deberíamos pensar en hacer oficial esa relación.

La cara de Duncan se iluminó, y por espacio de un instante Annie pensó que se hallaba ya a salvo, en la otra orilla.

–¿Te refieres al matrimonio? Porque yo sería feliz si...

–No, no. No me estás escuchando. Lo contrario del matrimonio. Una amistad no marital, no sexual, de una vez a la semana en un pub.

–Oh.

Annie empezaba a resentirse ante la injusticia de todo aquello. Lo bueno de que Duncan la hubiera dejado era que no era ella quien tenía que acabar con la relación. Ahora, de repente, era como si ella tuviera a un tiempo que ser abandonada *y* llevar a cabo ella misma tal abandono. ¿Cómo habían llegado a eso?

–El caso es que –dijo, con clara conciencia de que utilizaba aquella frase como introducción de una mentira absurda– estoy empezando a verme con alguien. Bueno, aún estamos en los primeros, primerísimos momentos, y no nos hemos...

Si el alguien en cuestión era quien ella pensaba que era –y no había otros candidatos que pudieran venirle a la cabeza–, «conocido aún» eran las dos palabras que faltaban al final de su última frase. Pero a Tucker Crowe no le importaría, se dijo. Él sabía cómo funcionaba la ficción y para qué servía.

–¿Que estás viéndote con alguien? Estoy... Bueno, estoy aterrado.

Si en algún momento Duncan quisiera saber la razón por la que la gente a veces lo encontraba insufrible, Annie podría haberle mencionado, como botón de muestra, aquella descripción que acababa de ofrecer de su agitación interior. ¿Quién utilizaba sin ironía una palabra como «aterrado»?

–También yo me sentí bastante aterrada cuando me contaste lo de Gina.

–Sí, pero...

Annie vio claramente que Duncan confiaba en no tener que explayarse sobre las diferencias entre su situación y la de ella, que eran, por descontado, más profundas de lo que él sabía. (¿Y si no lo fueran? ¿Y si Gina era tan imaginaria como Tucker? Ésta era sin duda una explicación más plausible que la que él esperaba que Annie se tragara: que una mujer le había echado una mirada y acto seguido le había invitado a su cama. De hecho, el problema no era siquiera el físico de Duncan. Era mucho más difícil de creer que una mujer que hubiera pasado la tarde charlando con Duncan siguiera queriendo acostarse con él.)

–Pero ¿qué?

–Bueno... Gina era ya un *dato*. Era *información ya conocida*. Esto es totalmente diferente.

–Lo de Gina es bastante nuevo. Al menos para mí. Y, de todas formas, ¿qué es ella? ¿Una especie de explosión nuclear capaz de anular toda oposición? ¿No tengo derecho a tener una vida porque tú te has hecho con una antes?

Duncan tenía un aire doliente.

–Hay muchas cosas en lo que has dicho con las que discrepo.

–Suéltalas, pues.

–Por orden. A) No me gusta pensar que eres la oposición. No es así como te considero. B) Todo eso de «conseguir una vida». Quería creer que ya tenías una, antes de romper conmigo. Y, como he tratado de explicarte, no estoy muy seguro de tener una vida. No en el sentido al que tú te refieres. Bueno. Te estás apartando del punto en cuestión. El punto en cuestión es que has conocido a alguien.

–Sí.

–¿Lo conozco?

Por espacio de un instante, Annie se sintió tentada de recriminarle el empleo del pronombre masculino («lo»), pero no podía tenerlo todo a la vez: no podía sacar mucho provecho de la fotografía de la puerta del frigorífico si al mismo tiempo quería convencerle de que se había vuelto lesbiana.

¿Lo conocía Duncan? Bueno, sí y no. En realidad no, decidió.

–No.

–Eso ya es algo, supongo. ¿Habéis...?

–No sé muy bien si quiero hablar de mi situación, Duncan. Es un asunto privado.

–Lo entiendo. Pero me ayudaría mucho que me respondieras a una pregunta más.

–¿Ayudarte? ¿Cómo?

–¿Lo conociste antes de que..., de que yo..., antes de lo que ha pasado recientemente?

–Habíamos tenido algún contacto, sí...

–¿Y él...?

–Déjalo, Duncan. Lo siento.

–Es justo. ¿Y dónde nos deja eso a nosotros?

–Pues más o menos donde estábamos, me parece a mí. Tú te estás viendo con alguien, estás viviendo con alguien. Y yo también me estoy viendo con alguien. Cualquier observador imparcial diría que los dos hemos dado un paso hacia delante. Sobre todo tú.

Annie confiaba en que tal observador imparcial se pasara más tiempo mirando por la ventana de Gina que por la suya.

–Sé que eso es lo que parece, pero... Oh, Dios. ¿De verdad vas a hacerme pasar por esto otra vez?

–¿Por qué?

—Por Gina.

—Duncan, ¿oyes lo que estás diciendo?

—¿Qué he dicho?

—Yo no te obligo a hacer nada. Si no quieres estar con Gina, deberías decírselo. Pero eso no tiene nada que ver conmigo.

—No puedo decírselo. No si no hay nada que decirle.

—¿De qué estás hablando?

—Bueno, si fuera a casa y le dijera: «Verás, Annie y yo vamos a volver juntos», o..., o «Annie tiene tendencias suicidas, y no puedo dejarla sola», estoy seguro de que lo entendería. Pero no puedo ir a casa y decir: «Estás loca», ¿no crees?

—Bueno, no. Supongo que no le dirías eso a nadie.

—¿Qué debería decirle, entonces?

—Me da la impresión de que te has precipitado al irte a vivir con ella. Deberías decirle eso... Oh, Duncan, esto es absurdo. Hace un par de semanas me dijiste que habías conocido a alguien, y ahora quieres que te escriba el guión de la ruptura.

—No te estoy pidiendo que lo escribas. Lo único que necesito es un borrador. De todas formas, si le digo algo a Gina, ¿dónde voy a vivir?

—¿Así que estás dispuesto a seguir viviendo con ella para siempre en lugar de buscar un apartamento?

—Esperaba poder volver aquí.

—Lo sé, Duncan. Pero hemos roto. No estaría bien.

—La mitad de esta casa es mía.

—He pedido que me aumenten la hipoteca para comprar tu parte en ella. No sé si me lo concederán o no, pero el tipo de la constructora pensaba que tenía bastantes posibilidades. Y si necesitas algo de dinero, yo podría prestártelo. Parece justo.

Cuanto más se alargaba la conversación, con más rapidez se disipaban las ambigüedades y confusiones de Annie. El evidente pesar de Duncan ayudaba muchísimo, en el sentido morboso habitual. Ahora que Duncan no estaba rechazándola, Annie tenía absolutamente claro que no quería estar con él ni un segundo más, y su resentimiento le confería una fuerza y una claridad de ideas que le encantaría tener en todos los ámbitos.

–Nunca pensé que fueras tan... *dura*.

–¿Soy dura por haberme ofrecido a prestarte dinero?

–Pues sí. Prefieres prestarme dinero que dejarme volver a casa.

Y había otra cosa: Duncan era mezquino, por encima de todo lo demás. Preferiría continuar una relación con una mujer que no le gustaba a prestarle unas cuantas libras.

–Hazme otra taza de té, haz el favor –dijo Annie–. Voy un momento arriba, al baño.

No necesitaba ir al baño, y no necesitaba otra taza de té, y no quería que Duncan se quedara. Pero así tendría que ir al frigorífico para sacar la leche, y al llegar a la puerta del frigorífico no podía no ver la fotografía.

Cuando bajó y entró en la cocina, Duncan estaba mirándola fijamente.

–Es él, ¿no?

–Lo siento. Debería haberla quitado de ahí.

–No quiero ser grosero, pero... ¿es su hijo? ¿Su nieto?

Annie se quedó desconcertada unos instantes: se sentía perdida entre los estratos de la ironía. Duncan se estaba perdiendo tanta información crucial que con lo único que se había quedado al cabo era con una foto de un hombre de pelo gris, con gafas, en compañía de un chiquillo.

–Has sido grosero, sí.

—Lo siento. Es que no está tan claro a simple vista.

—Es su hijo. Él es de tu edad.

No lo era, pero podría haberlo sido. Más o menos.

—Pues está para el arrastre. ¿Tiene más niños?

—Duncan, lo siento, pero creo que deberías marcharte. No me siento cómoda con esas preguntas.

No fue ni la mitad de divertido de lo que había imaginado que sería.

Pero seguía teniendo su e-mail, que no había leído entero más que una vez. Lo había imprimido en el trabajo, junto con la fotografía, y los había metido en un sobre para que no se le doblaran las esquinas y se ensuciaran entre todas las porquerías del fondo del bolso de diario. Después de prepararse algo de comer, se sentó y sacó la hoja y la foto del sobre, pero volvió a ponerse de pie cuando decidió que le gustaría ponerse las gafas de leer —se las ponía raras veces.

Se estaba acordando de algo. La carta (porque eso es lo que era ahora), las gafas, el sillón... ¿Cuántas veces había visto a su madre y a su abuela sentarse para examinar cuidadosamente algo que acababa de llegar por correo? ¿Y quiénes eran todas aquellas gentes que les escribían? Empezaron a llegarle nombres, nombres que no había recordado en muchos años: Betty, de Canadá (¿quién era Betty?, ¿por qué estaba en Canadá?, ¿cómo la había llegado a conocer la abuela? La tía Vi, de Manchester, que no era tía realmente... Cuando Annie era una quinceañera, y atravesaba por tanto una época arisca y suficiente, no podía evitar sentir que había algo de deprimente en el alborozo que invariablemente acompañaba a la llegada de aquellas cartas. ¿A quién le importaba que la sobrina de Betty estuviera embarazada, o si el nieto de la tía Vi era veterinario en prácticas? Si mamá y la abuela no hubieran estado tan recluidas y aburridas, aquellas cosas no hubieran sido celebradas como noticias.

Y ahora ahí estaba Annie, permitiendo que coronara su jornada el mensaje de un hombre a quien ni siquiera conocía.

10

En el último e-mail que Annie le había enviado a Tucker, le había hecho la pregunta siguiente:

¿Qué harías si pensaras que has perdido quince años de tu vida?

Aún no tenía respuesta, posiblemente por el desbarajuste doméstico al que Tucker había hecho velada referencia la última vez que le había escrito, así que había tenido que dirigirse a ella misma la pregunta. En ese momento trabajaba con la hipótesis de que el tiempo era dinero. ¿Qué haría si hubiera perdido quince mil libras? A su juicio, existían dos alternativas: o bien se renunciaba a ellas, o bien se intentaba recuperarlas. Y se podía tratar de recuperarlas: bien de la persona que te las había arrebatado, o bien tratando de compensar la pérdida de otras maneras: vender artículos, apostar a un caballo, hacer montones de horas extraordinarias...

Esta analogía sólo tenía validez hasta cierto punto, como es lógico. El tiempo no era dinero. O, dicho de otro modo, el tiempo del que ella hablaba no podía convertirse en dinero contante y sonante, como los servicios de un abogado, o de una prostituta. O bien (de nuevo «o bien», porque de otro modo tendría que admitir que aquellas hipótesis de trabajo no funcionaban), en caso de poder hacerlo teóricamente, nadie le iba a pagar lo que pedía. Podía llamar a la puerta de Duncan –perdón, ¡a la de Gina!– y pedir una compensación por el tiempo que había perdido con él, pero el valor de este tiempo sería muy difícil de calcular, y en cualquier caso Duncan estaba sin un penique. Además, no quería dinero. Quería recuperar el tiempo, gastarlo en algo diferente. Quería volver a tener veinticinco años.

Si no hubiera perdido tanto tiempo con Duncan, estaría mejor cualificada para dilucidar adónde había ido aquel tiempo; nunca había sido muy buena en álgebra, y el álgebra era –o eso le parecía– lo que necesitaba para el tipo de pensamiento que quería utilizar. Una de las trampas en las que seguía cayendo –por mucho que fuera consciente de ello– era equiparar el tiempo que había pasado con Duncan con el tiempo general. La ecuación $T = D$, cuando, por supuesto, T era en realidad igual a $D + Tr + S + F$ y $A + C$, donde Tr era Trabajo, S era Sueño, F y A era Familia y Amigos, C era Cultura, y así sucesivamente. En otras palabras, con Duncan sólo había perdido su tiempo romántico, pero la vida era mucho más que eso. En su defensa, sin embargo, le gustaba pensar que aquella D era mucho más que un elemento alineado junto a los otros. Consideraba los F y A de él como si fueran suyos, aunque había que admitir que Duncan tenía menos que ella de ambos. Quién sabe si el Tr habría sido diferente si D no hubiera vivido en la misma ciudad. Pero tal vez sí. Los dos seguían en su sitio, en trabajos que no satisfacían a ninguno de los dos, porque encontrar empleo en el mismo lugar al mismo tiempo habría sido casi imposible. ¿Y de quién era la C de la que hablaba, además? Era él quien compraba la música y los DVD; a quien no le gustaba ir al teatro (ni en Gooleness ni en otras ciudades). No sabía hacer ecuaciones, ciertamente, pero si hubiera sabido hacerlas la suya sería más o menos así:

$$T = \frac{Tr + S + F \, y \, A + C}{D}$$

Y había otra parte de la ecuación en la que a Annie no le gustaba pensar: su propia estupidez y apatía (PEA). Ella había desempeñado una parte en todo aquello. Había permitido que su vida fuera a la deriva. Toda la maldita ecuación anterior iba a tener que multiplicarla por PEA, para acabar obteniendo un número mucho mayor del que en un principio había imaginado. Y si al final resultaba que había perdido veinte o cincuenta o cien años, ¿de quién era la culpa?

Pero habían pasado quince años. ¿Y qué había perdido con el paso de esos años? Hijos, casi con toda certeza, y si hubiera de llevar a Duncan ante los tribunales por algo, en eso se basaría la demanda. ¿Y en qué más? ¿Cuáles eran las cosas que no había podido hacer por haber pasado tanto tiempo con un hombre tan aburrido, con un imbécil desleal, aparte de vivir el tipo de vida que habría deseado llevar cuando tenía veinticinco años? Seguía volviendo al sexo. Su sexo había sido reduccionista y falto de imaginación, sin duda, pero también indiscutible: Duncan le había impedido tener relaciones sexuales con otros hombres, y, con mucha frecuencia, con él mismo. (Nunca habían sido una pareja muy proclive a los desvaríos amorosos, pero si alguien hubiera llevado la cuenta de estas cosas tendría que conceder que él desoía las insinuaciones de ella en tal sentido muchas más veces que ella las de él.) ¿Cómo podría ella recuperar los quince años de oportunidades perdidas ahora que tenía treinta y nueve años? ¿Cuánto sexo suponía eso, en cualquier caso? ¿Suponiendo que hace quince años hubiera conocido a alguien a quien hubiera amado apasionadamente, y que la relación hubiera durado? Así que serían quince años de sexo con Otro hombre (OH) menos quince años de sexo con Duncan. El incluir Calidad (C) en el cálculo hubiera requerido una sofisticación matemática que habría excedido con mucho su capacidad, pese a que probablemente sería necesario aventurar una cifra final precisa.

Dicho de otro modo: quería ver si alguien desearía tener sexo con ella. ¿Por dónde empezar, en Gooleness?

En primer lugar, le preguntó a Ros, dado que Ros era mucho más joven que ella, y que la gente joven se hallaba más cerca del sexo que ella.

—Puedo decirte cómo conocer mujeres gay en Londres —le dijo Ros.

—Muy bien. Gracias. Antes voy a intentarlo con hombres hetero en Gooleness, pero tal vez vuelva a pedirte consejo si no encuentro nada.

—¿Qué es lo que realmente quieres? ¿Historias de una noche?

—Tal vez. Si pueden alargarse a una segunda, no me quejaría. A menos, claro, que la primera noche sea horrible. ¿No conoces a hombres solteros?

—Mmmm..., no. No estoy segura de que los haya. No del tipo que estás buscando.

—¿De qué tipo estoy buscando?

–Bueno, en Gooleness hay clubs, y tíos, y... Pero...

–Sé las cuatro palabras siguientes que vas a pronunciar...

–¿Cuáles?

–«Con el debido respeto.»

Ros se echó a reír.

–Podemos salir –dijo–. Si te apetece.

–Pero ¿tú eres...?

–¿Gay? ¿O casada?

–Las dos cosas.

–Verás: yo no voy a buscar; la que vas a buscar eres tú. Las dos, mientras, estaremos pasando una noche de picos pardos. Y si veo que estás de suerte, me excuso y me largo. A menos que me necesites para algo.

–No seas desagradable.

–No seas mojigata. Las cosas han cambiado desde la última vez que te acostaste por primera vez con alguien. A menos que haya alguien del que no me hayas hablado.

–No. Duncan. En 1993.

–Jo, te vas a llevar una gran sorpresa.

–Eso es lo que me preocupa. ¿Qué tipo de sorpresa voy a llevarme?

–Imagino un mundo de pornografía y de juguetes sexuales. Y supongo que habrá, como mínimo, tres personas implicadas.

–Oh, Dios...

–Y al cabo de cinco minutos de que hayas terminado con un mínimo de dos personas, empezarán a aparecer imágenes explícitas de tu cuerpo de treinta y nueve años en los teléfonos móviles de tus amigos. Y en todo Internet, por supuesto, pero eso no hay ni que decirlo.

–Muy bien. Bueno, si eso es lo que hay que hacer.

–Lo que necesitarías es alguien como tú, ¿no? No me

refiero a una mujer conservadora de un museo. Me refiero a alguien que acabe de salir de una relación larga y que se sienta similarmente perplejo ante lo que sucede hoy día.

–Supongo que sí.

–Déjame pensar. ¿Qué haces el viernes por la noche?

Annie la miró.

–Sí. De acuerdo. Perdón. Quedamos en el Rose and Crown a las siete, y te llevaré un plan.

–¿Un plan sexual?

–Un plan sexual.

El Rose and Crown, a mitad de camino entre el museo y la escuela, era donde solían citarse normalmente. Era un pub del centro vulgar y corriente, por lo general medio lleno de dependientes de comercio y de oficinistas demasiado miedosos para beber en alguno de los locales del paseo marítimo, donde parecían tener disc-jockeys, incluso el domingo a la hora del almuerzo. (Annie se preguntaba si en alguna parte del país existiría algún pinchadiscos pugnando por encontrar un hueco en la profesión; parecía muy improbable, dado el número de negocios que creían necesitar uno para sus locales. Por el contrario, Annie sospechaba que la demanda era tal que la gente joven se veía abocada a poner música en los bares le entusiasmara o no hacerlo, como una especie de servicio militar. Sea como fuere, el Rose and Crown tenía una máquina de discos que ofrecía «Edelweiss» en versión de Vince Hill, oferta raramente aceptada, según la experiencia de Annie. Era difícil imaginar que pudieran fraguarse en aquel lugar planes sexuales. Y si de verdad se daban, sin duda serían planes de sexo seguro, gestados despacio y desarrollados con mucha cautela.)

Ros pidió dos medias pintas de *bitter* y se sentaron al fondo del pub, lejos de un silencioso grupo de mujeres de aire fragante que parecían preguntarse las razones profundas de una jornada de ventas particularmente mala en el Body Shop. Annie se dio cuenta de que estaba nerviosa, o excitada, o algo... No porque creyera de veras que iba a tener un plan, sino porque alguien estaba a punto de mostrar interés por la forma en que ella podría pasar parte del resto de su vida –hacía muchísimo tiempo que no daba que hablar a nadie–. Era el proyecto de alguien. Y llevaba ya una buena temporada sin ser siquiera su propio proyecto.

–Hay un grupo de lectura –dijo Ros–. Pero no en Gooleness exactamente. En un pueblo de las cercanías. Te presto mi coche.

–¿Y hay solteros en él?

–Bueno, no. De momento no. Pero una amiga que es del grupo dice que si hubiera algún soltero licenciado en letras en la zona, allí es adonde acabaría apareciendo tarde o temprano. Parece que hace un par de años hubo uno. En fin. Era una idea. Y la otra opción es irnos fuera el fin de semana. A Barcelona. O a Reikiavik, si es que aún existe Islandia.

–Así que, digámoslo claro: la mejor manera de conseguir algo de sexo en Gooleness es apuntarte a un club de lectura que no está exactamente en la ciudad, en el que no hay ningún hombre, o irse a otro país.

–Son las ideas que se me ocurren de entrada. Ya se me ocurrirán otras. Y aún no hemos tocado el tema de las citas por Internet. Oh. Mira: como por arte de magia.

Dos hombres de poco más de cuarenta años entraron en el pub. Mientras uno de ellos estaba en la barra pidiendo dos pintas de *lager,* el otro examinaba la máquina de discos. Annie lo observó detenidamente y trató de imaginarse quitándose la ropa para él o con él. Pero ¿desearía él que lo hiciera? Annie no tenía ni la más remota idea de si podría resultar medianamente atractiva para un hombre. Le dio la impresión de llevar ya muchos años sin mirarse al espejo. Estaba a punto de preguntárselo a Ros (y seguramente tener una amiga lesbiana tendría que servir de ayuda, ¿o no funcionaban así las cosas?) cuando el hombre de la máquina de discos se puso a decirle a gritos al otro:

–¡Gav! ¡Gav!

La música que había elegido sonó al fin. Un vivo, vibrante y metálico soul que parecía –pero no lo era– de Tamla Motown.

–¡Joder! –dijo Gav–. Adelante, Barnesy. Vete entrando en calor.

–Demasiada moqueta –dijo Barnesy, que era pequeño, musculoso y enjuto, y llevaba pantalones muy holgados y una camisa deportiva de Fred Perry. Si hubiera tenido dieciséis años, y ella hubiera sido su profesora, Annie lo habría etiquetado como el tipo de chico que empezaría una pelea con el más grande de la clase sólo para demostrar que no le tenía miedo.

Dejó la bolsa de deportes en el suelo, pese a la moqueta. Era obvio que no se necesitaba mucho para empujar a Barnesy hasta el límite, por mucho que no estuviera muy claro lo que hubiera al otro lado.

–No me vengas con excusas –dijo Gav–. Estas damas quieren ver lo que tienes en mente. ¿No es cierto, señoras mías?

–Bueno –dijo Ros–. Parte de ello.

Ése, pensó Annie, era el tipo de cosas que tendrían que ocurrírsele si alguna vez empezaba a ligar con hombres en los pubs. Era la rapidez lo que la intimidaba. No es que aquel «Parte de ello» fuera una frase digna del ingenio de Wilde, pero surtió su efecto, y los dos hombres rieron. Annie, entretanto, seguía esforzándose para componer una sonrisa cortés. Le llevó cinco minutos conseguirlo, y probablemente le llevaría veinticuatro horas conseguir una rápida respuesta verbal acorde. Gav y Barnesy sin duda se habrían marchado para entonces.

Resultó que lo que Barnesy «tenía en mente» era un extraordinario repertorio de gimnásticos movimientos de baile, que procedió a mostrar de principio a fin de la canción. Para los ojos legos de Annie, lo que Barnesy hacía era una vertiginosa mezcla de breakdance, artes marciales y danza cosaca –eran giros y molinetes con los brazos y flexiones y patadas–, pero lo que impresionaba realmente era su total falta de vergüenza, su absoluta confianza en que lo que estaba haciendo era algo que la media docena de clientes del pub deseaba contemplar.

–Santo Dios –dijo Ros en voz alta, cuando el hombre hubo acabado–. ¿Qué ha sido eso?

–¿Qué quieres decir con qué ha sido eso?

–Nunca he visto nada semejante.

–¿Es que no vives en Gooleness?

–Sí, vivo en Gooleness. Las dos vivimos en Gooleness.

–¿Y nunca has visto bailar soul del norte?

–No, no puedo decir que haya visto tal cosa. ¿Y tú, Annie?

Annie sacudió la cabeza y se ruborizó. ¿Por qué se ruborizaba? ¿Por qué le daba vergüenza decir que jamás había visto bailar soul del norte? Le habría encantado darse un par de puñetazos en las mejillas, por estúpidas y traidoras.

–Pues es lo que *es* Gooleness –dijo Barnesy–. El Gooleness de noche. Llevamos viniendo aquí desde el 81, ¿no, Gav?

–¿De dónde venís?

–De Scunny. De Scunthorpe.

–¿Y habéis venido a Gooleness desde Scunthorpe para bailar soul del norte?

–Por supuesto que sí, qué diablos. Son sólo ochenta kilómetros.

Gav volvió de la barra y puso las pintas encima de la mesa donde Annie y Ros estaban sentadas.

–¿Qué hacéis esta noche?

Durante un instante, Annie tuvo la idea absurda de que Ros iba a decirles exactamente lo que estaban haciendo, y de que Gav o Barnesy o ambos iban a ofrecerse para solucionar el problema sexual en cuestión. No le parecía, empero, que le apeteciera tener coyunda alguna con ninguno de ellos.

–Nada –dijo Annie rápidamente.

La rapidez de la respuesta, el ansia que parecía contener, fueron lo diametralmente opuesto a lo que quería conseguir. Al salirle al paso a Ros para que no hablara del plan sexual, estaba (más o menos) ofreciendo sexo.

–Bien, pues aquí estamos –dijo Gav, que parecía demasiado regordete para ser un danzarín de soul del norte, en caso de que los movimientos de Barnesy fueran indicativos del tipo de destrezas que había que poner en práctica para bailar soul del norte–. Nos estamos riendo, ¿no? Dos hombres bien parecidos, dos mujeres guapas.

–Ros es gay –dijo Annie. Y añadió, servicial–: Lesbiana –como si ello aclarara cualquier duda que cualquiera pudiera albergar sobre la clase de homosexual que era Ros. Si hubiera sucumbido a la tentación de propinarse un par de puñetazos en las mejillas que había sentido antes, no habría estado en situación de decir algo tan mortificantemente grosero. Ros, dicho sea en su honor, se limitó a emitir un gruñido de queja y a poner los ojos en blanco. Habría estado en su derecho de levantarse e irse del pub y no haber vuelto a hablarle a Annie jamás.

—¡Annie!

—¿Lesbiana? —dijo Gav—. ¿Auténtica? ¿En Gooleness?

—No es lesbiana —dijo Barnesy.

—¿Cómo lo sabes? —dijo Gav.

—Es lo que dicen las chicas cuando no les gustas. ¿Te acuerdas de aquellas dos en la discoteca de Blackpool? Nos dijeron que no les iban los hombres, y luego las vimos con la lengua dentro de la garganta de los pinchadiscos.

Ros se echó a reír.

—Siento si ha parecido un desplante —dijo—. Pero ya era gay muchísimo antes de que vosotros dos entraseis por esa puerta.

—Joder... —dijo Barnesy con asombro—. Y vas de gay así, tranquilamente.

—Sí.

—Pues tengo que decirte —dijo Gav, con súbita excitación— que a mí...

—No tienes que decírmelo —dijo Ros.

—Si ni siquiera sabes lo que iba a decirte...

—Ibas a decirme que, aunque los machos gays te dan ganas de vomitar, la idea de las hembras gays te excita un montón.

—Oh —dijo Gav—. Lo habías oído ya, ¿no es eso?

—¿Cómo funciona el asunto, de todas formas? —dijo Barnesy—. Si una es gay y la otra no.

—¿Que cómo funciona? —dijo Ros, y acto seguido añadió—. Oh. No. No estamos juntas. Somos amigas.

—Amigas lesbis —dijo Gav—. ¿Lo pilláis?[15]

Barnesy le propinó un buen puñetazo en el brazo.

—Ésta es la segunda estupidez que has dicho. Si conta-

15. Juego de palabras: *Lezby friends* («amigas lesbianas») se pronuncia prácticamente igual que *let's be friends* («seamos amigos»). *(N. del T.)*

mos la que antes no te ha dejado decir. ¿Cuántos años tienes, puto idiota? Perdonadme el vocabulario, señoras. Bueno, la verdad es que no importa, ¿verdad?

–¿En qué sentido? –dijo Ros.

–Bueno, en el caso de que queráis venir con nosotros. Si os soy sincero, estoy demasiado agotado para el sexo después de toda una noche de farra, así que el hecho de que seas gay no tiene tanta importancia como podría haberla tenido en otra ocasión.

–Eso es agradable de oír –dijo Ros.

–Yo ni siquiera sé lo que es el soul del norte –dijo Annie.

Estaba casi segura de que no había nada ofensivo en el hecho de admitirlo, y, que ella supiera, se las había arreglado para hacerlo sin que se le pusiera la cara como la grana.

–No sabes lo que es... –dijo Barnesy en tono tajante–. ¿Cómo es posible que no sepas lo que es? ¿Es que no te gusta la música?

–Sí, me gusta. Adoro la música. Pero...

–¿Qué es lo que te gusta, entonces?

–Oh, pues... Todo tipo de cosas.

–¿Como cuáles?

Aquello, pensó Annie, era insoportable. ¿Aún te hacían ese tipo de preguntas, al cabo de los años? Sí, no había duda, y se hacía cada vez más difícil responder a medida que envejecías. En los tiempos anteriores a Duncan, era fácil: era joven, y le gustaba el mismo tipo de música que al jovencito que entonces se lo estaba preguntando, quien, como ella, estaba a punto de entrar en la universidad, o ya en una facultad, o recién licenciado. Así que podía decir que le gustaban los Smiths y Dylan y Joni Mitchell, y el jovencito habría asentido con la cabeza y tal vez añadido a la lista a The Fall. Decirle a un compañero de tu clase que te gustaba

Joni Mitchell era en realidad otra manera de decirle: «Si nos ponemos en lo peor, y me dejas embarazada, no importa.» Pero ahora, al parecer, se esperaba que dijera a la gente que no era como ella, a la gente que posiblemente no tenía una licenciatura en letras (sabía que era presuntuosa, pero había decidido que el tal Barnesy no era ningún licenciado en lengua inglesa), y sabía también que no podría hacerse entender. ¿Cómo iba a poder hacerse entender si no podía utilizar algunas de las piedras angulares de su vocabulario, nombres como Atwood y Austen y Ayckbourn? Y eso eran sólo las A. Era horrorosa la perspectiva de tener que relacionarse con otro ser humano sin esas muletas. Significaba exteriorizar algo diferente, algo más que estanterías de libros.

–No sé. Escucho mucho a Tucker Crowe.

¿Era cierto lo que decía? ¿O lo cierto era que pensaba mucho en Tucker Crowe? ¿Era su manera de decir: «Estoy "ocupada". Por un hombre que no he visto en mi vida, que vive en otro país»?

–¿Qué canta? ¿Country y western? Odio esa puta mierda.

–No, no. Es más..., no sé, como Bob Dylan, o como Bruce Springsteen. O Leonard Cohen.

–No me molesta algo del Boss de vez en cuando. «Born in the USA» está bien cuando te has bebido unas cuantas copas y vuelves a casa en coche. Bob Dylan es para estudiantes, y nunca he oído hablar del otro, de ese Leonard.

–Pero también me gusta la música soul. Aretha Franklin y Marvin Gaye.

–Ésos están bien. Pero no son Dobie Gray, ¿no te parece?

–Bueno, no –dijo Annie. No sabía quién era Dobie Gray, pero no había ningún riesgo en suponer que él (¿él?) no era ni Marvin ni Aretha. ¿Qué es lo que Dobie Gray hacía, de hecho?

—¡Eso era de Dobie Gray! «Out On The Floor!»

—Y te gusta mucho.

—Es.., no sé, el Himno Nacional del soul del norte. No es una cuestión de que te guste o no. Es un clásico.

—Ya...

—Sí. Dobie. Y luego están Major Lance, y Barbara Mason, y...

—Muy bien. Nunca he oído ninguno de esos nombres.

Barnesy se encogió de hombros. En este caso, el encogimiento parecía indicar que no podía hacer mucho por ella, y durante un momento Annie sintió que se ponía pedagógica, por mucho que fuera ella la que estaba tratando de aprender. «Puedes hacerlo mejor», tenía ganas de decirle. «No es que espere una clase del profesor Reith, pero al menos podrías describir cómo suena esa música.» Pensó, inevitablemente, en Duncan, en su entusiasmo, en su afán constante de que la música de Tucker cobrara vida a través de las palabras que solía emplear para hablar de ella. Quizá se podía decir más sobre Tucker Crowe, con todo aquello de la historia de Juliet y de la influencia del Antiguo Testamento. Pero ¿hacía eso su música mejor, el hecho de que hubiera más cosas que airear? ¿Era Duncan por ello más interesante?

Al final, tras pacientes indagaciones, Annie y Ros supieron que el soul del norte se llamaba así porque gustaba a la gente del norte de Inglaterra, en especial a la gente de Wigan, lo cual —curiosa y extrañamente— se les antojó a ambas una razón de peso; había muy escasos terrenos vitales —tenían la impresión— en los que la gente de Wigan y Blackpool pudieran influir poco o mucho en la jerga de la cultura negra norteamericana. Aquella música —en su mayor parte— había sido compuesta en la década de los años sesenta, y, a oídos de ambas amigas, sonaba a Tamla Motown.

–Pero la mayoría de la música Tamla es demasiado famosa, ¿entiendes? –dijo Gav.

–¿Demasiado famosa?

–No lo bastante rara. Tiene que ser rara.

Así que Duncan, a la postre, y a pesar de todos los indicios en contrario, acabaría por encontrar cosas comunes con Gav y Barnesy. La misma necesidad de oscuridad, el mismo recelo de que si un tema musical llegaba a un gran número de personas, en cierto modo perdía valor.

–De todas formas –dijo Barnesy–. ¿Venís o qué?

Annie miró a Ros, y Ros miró a Annie, y ambas se encogieron de hombros y se echaron a reír y vaciaron sus respectivas jarras.

El festejo nocturno tuvo lugar en el Club de Trabajadores Varones de Gooleness, ante el que Annie habría pasado un millar de veces sin reparar siquiera en su existencia. Annie trató de adjudicarse la condición de feminista diciéndose a sí misma que jamás se había fijado en aquel local porque no habría sido bienvenida en él, pero sabía que la razón era más bien otra: la segunda palabra del nombre resultaba tan intimidante como la tercera.

Mientras esperaban detrás de sus nuevos amigos para sacar la entrada (aquella noche las damas sólo pagaban la mitad, lo que significaba que a Ros y a ella sólo les costaría cinco libras), Annie experimentó una extraña sensación de triunfo: estaba a punto de descubrir el Gooleness real, una ciudad que ella había rehuido voluntariamente durante todos aquellos años. Barnesy les había dicho que lo que iban a ver –en lo que iban a participar, incluso, en caso de que ella lograra hacer acopio del valor necesario para ponerse a bailar– era Gooleness tal cual era, y se había mostrado muy categórico al respecto. Así, mientras bajaba las escaleras hacia el interior del club, anhelaba ver bullir, pulular, menearse, contorsionarse a toda una multitud de bailarines, entre los cuales reconocería a muchos: antiguos alumnos, tenderos locales, visitantes asiduos del museo... Todos ellos la mirarían como diciendo: «¡Aquí estamos! ¿Por qué vienes tan tarde?» Sí, ésa podría ser...; ésa era la noche en que podría sentir que pertenecía a Gooleness.

Pero cuando doblaron el descansillo y echaron la primera mirada a la pista de baile que se extendía allí abajo, la sensación de triunfo se encogió hasta quedar convertida en un duro nudo de azoramiento. Había treinta o cuarenta personas desperdigadas por la vasta sala, de las que apenas una docena bailaba en la pista. Cada bailarín disponía de metros y metros de espacio para sí mismo (la mayoría de ellos eran hombres, y la mayoría de ellos bailaban solos). Ninguno de los bailarines ni de los bebedores a la vista era joven. Resultó, pues, que Annie había conocido siempre lo que era Gooleness: un lugar cuyos mejores días habían quedado atrás, un lugar que se aferraba sombríamente a los restos de lo que tuvo en los buenos tiempos, en los años ochenta o setenta o treinta o incluso en el siglo anterior al XX. Gav y Barnesy se detuvieron un momento en las escaleras y miraron hacia abajo con nostalgia.

–Tendríais que haber visto esto cuando nosotros empezamos a venir –dijo Gav–. Era de locos. –Suspiró–. Maldita sea, ¿por qué todo tiene que marchitarse y morir? Pide las cervezas, Barnesy.

Si Gav y Barnesy hubieran mencionado antes el marchitamiento y la muerte –pensó Annie–, seguramente ellas no se habrían molestado en ir con ellos a aquel club.

Ros y Annie entendieron que no se las incluía en la ronda, así que Ros se dirigió a la barra mientras Annie observaba cómo un viejo de copete gris trataba de decidir si se ponía a bailar o se limitaba a golpear el suelo con los pies y a hacer chasquear los dedos. Era Terry Jackson, el concejal que atesoraba un montón de billetes viejos de autobús; cuando vio a Annie pareció sobresaltarse, y dejó de llevar el ritmo con los dedos.

—Joder —dijo—. Annie, la dama del museo. Jamás habría imaginado que éste fuera su ambiente.

—La vieja música, ¿no? —dijo ella.

Se sintió satisfecha con su respuesta. No es que fuera terriblemente hilarante, pero resultaba apropiada y desenfadada, y la había ideado con moderada rapidez.

—¿A qué se refiere?

—Vieja música. Museos.

—Ah, ya. Muy bueno. ¿Quién la ha traído?

Annie torció un poco el gesto. ¿Por qué tenía que haberla traído alguien? ¿Por qué no podía haber descubierto aquel sitio ella misma, o haber ido sola, o haber convencido a otros para que fueran con ella? En realidad sabía la respuesta a aquellas preguntas. No tenía por qué sentirse molesta.

—Un par de tipos que hemos conocido en el pub.

Le entraron ganas de reírse ante lo estrafalario de aquella explicación sobremanera corriente. Ella no era de ese tipo de personas que conocen a unos tipos en un pub.

—Seguramente los conoceré —dijo Terry—. ¿Quiénes son?

—Dos tipos de Scunthorpe.

—¿No serán Gav y Barnesy? Son legendarios.

—¿Sí?

—Bueno, lo son porque llevan viniendo de Scunny unos veinte años. Sin falta. Y Barnesy sabe bailar, ¿lo sabía usted?

—Nos ha hecho una demostración en el pub.

—Es un hombre serio. Siempre lleva ese pequeño bote de polvos de talco.

–¿Y qué hace con él?

–Espolvorea el suelo. Para agarrarse bien. Es lo que hace la gente seria. Talco y una toalla; eso es lo que llevan en la bolsa de deportes.

–¿Usted no es serio, entonces, Terry?

–No puedo bailar como entonces. Pero no me pierdo un día. Esto es más o menos lo que nos queda de todo aquello. Es una especie de largo adiós a los viejos tiempos, cuando yo tenía una escúter, y solíamos meternos en... líos en el paseo marítimo. Los *mods* de aquí se volvieron adeptos al soul del norte. Pero esto no va a durar mucho más, ¿no cree? Mírenos.

De pronto, Annie lo vio todo con claridad meridiana, y sintió náuseas. Todo se había ido al traste: el puto «lote» completo: todo era ya pasado. Gooleness, Duncan, sus años fértiles, la carrera de Tucker, el soul del norte, las exposiciones del museo, el tiburón muerto hace tantos años, el pene del tiburón muerto tantos años atrás, y el ojo, los años sesenta, el Club de los Trabajadores Varones, los propios trabajadores varones probablemente... Había salido aquella noche porque creía que tenía que haber un presente en alguna parte, y había seguido a Gav y a Barnesy porque confiaba en que ellos supieran dónde estaba... Está, se corrigió. Y la habían arrastrado a otra casa encantada. ¿Dónde estaba el ahora? En los putos Estados Unidos, seguramente, en alguna parte donde no vivía Tucker, o en el puto Tokio. En cualquier caso, en otro sitio. ¿Cómo podía soportarlo la gente que no vivía en la puta Norteamérica o en el puto Tokio..., andar nadando incesantemente en el pretérito imperfecto?

Pero aquella gente tenía hijos. Por eso podía soportarlo. La conciencia de esto último iba aflorándole despacio a través de la ginebra que había tomado antes, y luego un poco más rápidamente a través de la *lager* que había ido después, y de la *bitter* que había seguido a la *lager*, y la creciente rapidez tal vez era debida a toda aquella acumulación de burbujas. Por eso quería tener hijos. El lugar común decía que los hijos eran el futuro, pero no era así: eran el presente activo, no reflexivo. No eran nostálgicos, porque no podían serlo, y hacían que se retrasara la nostalgia en sus padres. Incluso cuando caían enfermos o eran víctimas de los matones en el colegio o se volvían heroinómanos o se quedaban embarazadas, estaban en el presente, y Annie quería estar en él con ellos. Quería preocuparse personalmente por los colegios y las víctimas de los matones y las drogas.

Una revelación, pues. Era eso lo que parecía ser. Pero las revelaciones, a juicio de Annie, eran un poco como los buenos propósitos de Año Nuevo: se hacía caso omiso de ellas, sobre todo si se experimentaban durante una noche de soul del norte, cuando se han tomado un par de copas. Había tenido tres o cuatro revelaciones a lo largo de su vida, y todas le habían sobrevenido o borracha o muy ocupada. ¿Para qué servían las revelaciones, entonces? Uno las necesitaría de veras en la cima de una montaña un par de horas antes de tener que tomar una decisión que cambiaría su vida, pero ella no podía recordar haberlas tenido nunca estando sola, y aún menos acompañada. Y, de todas formas, ¿qué utilidad tiene una iluminación que le revela a uno que todo lo que hace gira en torno a lo que ya está muerto y a lo que está agonizando? ¿Qué se supone que puede uno hacer con tal información?

La consecuencia de hacer caso omiso de la revelación que Annie acababa de tener fue que se quedó en el club, y bebió, y bailó un poco, sobre todo con el regordete de Gav, porque Barnesy estaba muy ocupado haciendo el pino y dando patadas de kung-fu y espolvoreando el suelo con polvos de talco, y porque Ros se marchó hacia medianoche, con el permiso de Annie, y porque Terry Jackson se quedó en la barra, bebiendo y poniéndose taciturno al recordar los viejos tiempos, cuando uno podía pelearse sin que nadie corriera a lloriquearles a las malditas brigadas de Salud y Seguridad. Y cuando por fin se fue del club, a las dos de la madrugada, Barnesy la siguió a la calle, y la acompañó a casa, y Annie se vio a sí misma invitando a pasar la noche en el sofá a un hombre al que acababa de conocer, y luego sentándose en el sofá viendo cómo él intentaba poner las piernas en cruz mientras le declaraba su amor.

—Te amo.

—No, no me amas.

—Te amo, maldita sea. Te amo, joder. Te he amado nada más verte en el pub.

—Porque mi amiga ha resultado ser gay.

—Eso me ha hecho más fácil decidirme.

Annie se rió y sacudió la cabeza, y Barnesy pareció dolido. Era algo nuevo, sin embargo. Una anécdota, un suceso, un momento que no se refería a nada de su vida pasada, o a la vida del país. Aquello estaba sucediendo «ahora», en su sala de estar. Tal vez ésa fuera la razón por la que se había decidido a ofrecerle a Barnesy el sofá. Tal vez esperaba que a él se le ocurriera intentar abrir las piernas en cruz mientras le decía que la amaba; y resultaba gratificante que fuera precisamente eso lo que estaba sucediendo.

—No te lo digo porque, bueno, ya sabes, porque me esté esforzando por hacer acrobacias. Es al revés. Estoy esforzándome por hacer acrobacias porque te amo.

—Eres un cielo —dijo Annie—. Pero necesito irme a dormir.

—¿Puedo ir contigo?

–No.

–¿No? ¿Así, «no» sin más?

–Así.

–¿Estás casada?

–¿Te refieres a si mi marido está durmiendo en la cama marital, y por eso no te dejo que vengas conmigo? Pues no.

–¿Cuál es el problema, entonces?

–No hay ningún problema. Bueno, sí lo hay, en realidad. Estoy con alguien. Pero vive en Norteamérica.

La coherencia y la repetición estaban empezando a hacer que sintiera la mentira como verdad, en el sentido de que un sendero acaba siendo efectivamente un sendero cuando ha transitado por él la gente suficiente.

–Bueno, pues ahí lo tienes... En Norteamérica...

Alzó las manos con las palmas hacia arriba, como para subrayar lo que creía que acababa de demostrar.

–No tenemos ese tipo de relación.

–Piensa en lo que te digo.

–No hay nada que pensar, Barnesy.

–Creo que te equivocas.

–¿Qué es lo que tengo que pensar?

–No se trata de pensar, ¿no crees? –dijo Barnesy con pasión.

–Luego tengo razón. No hay nada que pensar.

–Voy a divorciarme. Si es que eso cambia las cosas. Llevo pensándolo ya hace tiempo, pero el conocerte me ha hecho decidirme.

–¿Estás casado? Joder, Barnesy. Tienes mucha cara.

–Sí, pero escúchame. Mi mujer odia los clubs que abren toda la noche. Odia el soul del norte. Le gusta esa mierda de..., no sé. Esas chicas con melena larga que ganan concursos para descubrir talentos...

Calló, y pareció considerar lo que había dicho.

—Maldita sea. Es cierto. No tenemos nada en común. Acabo de darme cuenta de lo mal que encajamos. Voy a divorciarme, en serio. No te lo estoy diciendo para convencerte. Me voy a divorciar de todas formas.

—Bien, espera a ver cómo te sientes cuando vuelvas a casa.

—Lo tengo decidido.

—No creo que tú y yo fuéramos a estar mucho mejor juntos.

—¿Por qué no? Esta noche te has divertido, ¿no?

—Sí, sí. Me lo he pasado bastante bien. Pero en realidad me he pasado casi toda la noche con Gav. O con Terry Jackson. O con Ros. Tú has estado solo la mayor parte del tiempo.

—Es que es así como bailo. Es mi forma de bailar, haciendo el pino y demás. Tengo que estar solo en la pista. No sería así si estuviéramos…, ya sabes, en casa viendo la tele.

—¿Quieres decir que no estarías solo en un cuarto, viendo tu propia tele; o quieres decir que no estarías haciendo el pino cuando estuviéramos viendo nuestro programa preferido?

—Bueno, las dos cosas. Ninguna. Iría a pescar solo. O sea, ya lo hago. Te lo estaba diciendo, nada más.

—Es bueno que seamos sinceros el uno con el otro desde el principio.

—Me estás tomando el pelo —dijo Barnesy en tono lastimero.

—Sí, un poco.

—Está bien. Estoy diciendo tonterías, ¿verdad? —Se puso de pie—. Creo que debo irme.

—Lo del sofá te lo ofrecía en serio.

—Eres muy amable. Pero no me interesa mucho, la verdad. Mi plan ha sido siempre «sexo o quiebra».

–¿Y qué es «quiebra»?

–Quiebra es volver al club. No acostumbro a retirarme enseguida. Dice mucho en tu favor el que haya perdido un rato viniendo aquí.

Barnesy le tendió la mano, y Annie se la estrechó.

–Ha sido un placer, Annie. No tanto como el que esperaba tener, pero bueno, ya se sabe... No se puede tener todo.

A la mañana siguiente, Annie ni siquiera estaba demasiado segura de si había soñado o no a Barnesy, y se preguntaba si el cuerpo menudo y musculoso y los polvos de talco y los giros y volteretas de aquel hombre no los tendría que «descodificar» su psicoanalista, que al cabo le haría saber que tenía una visión muy peculiar de la sexualidad masculina.

A la mañana siguiente, en su sesión con Malcolm, cometió el error de tratar de explicar su salida de la noche anterior. Tal vez seguía algo ebria cuando fue a verlo y decidió que Malcolm era un blanco razonablemente fácil para su estado de ánimo de temeridad un tanto eufórica. Hablar con él sobre sus planes para conseguir sexo sería tan divertido como dispararle con una pistola de agua. Le disparó, pues, y le mojó con el chorro, y Malcolm siguió allí sentado, con aire de tristeza, y Annie no lograba recordar cómo se le había podido pasar por la cabeza que aquello podría resultarle divertido.

–¿Un plan sexual? ¿Salió con una amiga homosexual para prostituirse?

Annie se preguntó por dónde empezar.

–El que sea lesbiana no tiene mayor importancia.

Por ahí no, probablemente.

–No sabía que hubiera una lesbiana en Gooleness.

Por ahí no, no había duda. A Malcolm no le iba a resultar fácil dejar la sexualidad de Ros al margen.

—Como mínimo hay dos. Pero eso no...

—¿Adónde van?

—¿Qué quiere decir con «adónde van»?

—Bueno, sé que no estoy al tanto de estas cosas. Pero nunca he oído hablar de ningún bar o club de lesbianas en Gooleness.

—No necesitan ir a clubs, Malcolm. De la misma forma que usted no necesita ir a clubs de heterosexuales. Los clubs no son una parte necesaria de la homosexualidad.

—Bueno, yo no creo que me sintiera cómodo en un pub no heterosexual.

—Van al cine. Y a restaurantes, y a pubs, y a casas de gente.

—Ah —dijo Malcolm, en tono misterioso—. A casas de gente...

La insinuación era clara: en las casas de la gente, tras la puerta cerrada, uno podía hacer cualquier cosa.

—Quizá sea mejor que hable directamente con ella —dijo Annie—. Si es que está tan interesado en las lesbianas de Gooleness.

Malcolm se sonrojó.

—No estoy interesado —dijo—. Sólo siento... curiosidad.

—No quiero parecer egotista —dijo Annie—, pero ¿podríamos hablar de mí?

—No sé qué le ha traído aquí hoy. ¿De qué quiere hablar?

—De mis problemas.

—He perdido el hilo de cuáles son. Parece ser uno cada semana. Ni siquiera mencionamos ya su larga relación monógama. Todos esos años no parecen significar nada. Está más interesada en ligar con hombres en clubs nocturnos.

—Malcolm, ya le había hablado de esto antes. Si se va a poner en plan juez, quizá sea mejor que deje de venir a su consulta.

—Bueno, eso suena a que se propone hacer un montón de cosas sobre las que me sentiría obligado a ponerme en plan juez. Lo cual, a su vez, me suena a que tendría que seguir viniendo a verme.

—¿En qué cosas se sentiría obligado a juzgarme?

—Bueno, ¿de veras tiene intención de ir por ahí acostándose con unos y otros?

Annie suspiró.

—Es como si no me conociera en absoluto.

—No conozco esa versión de usted. La que de pronto decide que quiere tener sexo con el primer Tom, Dick y/o Harry con el que se tope.

—Pero no lo he hecho, ¿o sí?

—¿Anoche, se refiere?

—Podría haberme acostado con Barnesy, pero no lo hice.

Debería haberse tomado la molestia de averiguar su nombre de pila. El nombre de pila la habría ayudado a mantener cierta dignidad en situaciones como aquélla.

—¿Y por qué no lo hizo?

—Porque, a pesar de lo que usted pueda pensar, no soy una puta redomada.

No era puta en absoluto, por supuesto. Llevaba quince años acostándose con un solo hombre, y de cuando en cuando, y casi siempre sin verdadero entusiasmo. Pero el mero hecho de decir «No soy ninguna puta redomada» le había reafirmado de algún modo la confianza sexual en sí misma. No se imaginaba diciendo esas palabras veinticuatro horas atrás.

—¿Qué le fallaba a ese hombre?

–Nada. Era tierno. Raro, pero tierno.

–¿Entonces? ¿Qué es lo que busca?

–Sé exactamente lo que busco.

–¿De veras?

–Sí. De veras. Alguien de mi edad, o mayor. Alguien que lea. Quizá alguien con inclinaciones creativas de algún tipo. No me importaría que tuviera un hijo, o varios. Alguien que haya vivido un poco.

–Sé a quién está describiendo.

Annie lo dudaba mucho, pero durante un momento se preguntó si Malcolm iba a sacarse de la manga a alguien (tal vez un hijo recientemente divorciado que escribía poesía y tocaba en la filarmónica de Manchester).

–¿De verdad?

–Lo opuesto.

–Lo opuesto ¿a qué?

–Lo opuesto a Duncan.

Era la segunda vez en poco tiempo que Malcolm hacía una observación que podría definirse –de forma errónea, seguramente– como perspicaz. Tucker era lo opuesto a Duncan. Duncan no tenía hijos, ni inclinaciones creativas, y no había vivido lo más mínimo. O al menos no había lanzado piedras contra la ventana de una beldad famosa, ni había sido un alcohólico, ni había hecho giras por Norteamérica y Europa, ni había malbaratado un gran talento natural. (Incluso la forma de no vivir de Tucker podría describirse como vida, si una estaba loca por él.) ¿Era eso? ¿Estaba enamorada de Tucker porque era lo opuesto a Duncan? ¿Estaba *Duncan* enamorado de Tucker porque era lo opuesto a Duncan? En ambos casos Annie y Duncan se las habían arreglado para crear un espacio vacío, un espacio complicado, con todo tipo de esquinas tramposas y extrañas protuberancias y sorprendentes mellas, una especie de espacio dentado que Tucker hubiera llenado con precisión minuciosa.

–Eso es una estupidez –dijo Annie.

–Oh –dijo Malcolm–. Oh, bueno... Sólo era una teoría.

Querida Annie:

«¿Qué harías si pensaras que has perdido quince años de tu vida?» ¿Me tomas el pelo? No sé si alguien te lo habrá dicho alguna vez, pero soy el peor experto del mundo en este asunto concreto. Me refiero a que es obvio que he perdido más de quince años de mi vida, pero espero que pases por alto esos años de más y me mires como a un espíritu afín. Quizá incluso como a un gurú.

Antes que nada, tienes que rebajar mucho esa cifra. Haz una lista de todos los buenos libros que has leído, de las películas que has visto, de las conversaciones que has tenido, y así sucesivamente, y asigna a todas esas cosas un valor temporal. Con un poco de contabilidad creativa, podrás reducir esos quince años a diez. Yo he rebajado los míos a esa cantidad, aunque he hecho trampas aquí y allí. He incluido en la rebaja, por ejemplo, todos los años de mi hijo Jackson, que se ha pasado un montón de esos años perdidos en el colegio y dormido.

Me gustaría decir que todo lo que ingresas en aproximadamente una década te lo puedes descontar en concepto de pago de impuestos, pero no es así como me siento. Me sigue poniendo enfermo todo el tiempo que he perdido, pero sólo me lo confieso a mí mismo justo antes de conciliar el sueño, y por eso quizá no soy el mejor de los durmientes. ¿Qué puedo decirte? Si realmente fue un tiempo perdido –y necesitaría revisar tus libros biográficos con detenimiento antes de poder confirmarte este punto–, tengo malas noticias para ti: es tiempo pasado. Tal vez puedas añadir unos años más a tu vida dejando las drogas, o el tabaco, o yendo al gimnasio todos los días, pero me temo que pasados los ochenta los años no son tan divertidos como se dice.

Sabes, siquiera por mi dirección de e-mail, que tengo debilidad por Dickens; ahora mismo estoy leyendo sus cartas. Son doce volúmenes, y cada uno de ellos tiene varios centenares de páginas. Si sólo hubiera escrito cartas, habría tenido ya una vida bastante productiva, pero no sólo escribió cartas. También hay cuatro volúmenes de sus artículos periodísticos, y bien gruesos. Dirigió un par de revistas. Tuvo una vida amorosa intensa y no convencional, y unas cuantas amistades memorables. ¿Me olvido de algo? Oh, sí: es autor de una docena de las grandes novelas en lengua inglesa. Así que estoy empezando a preguntarme si mi apasionamiento con él no lo causa, en parte al menos, el hecho de que Dickens sea lo opuesto a mí. Es ese hombre cuya vida miramos y pensamos: Dios, no anduvo haciendo el tonto... Es algo que sucede, ¿no? El que la gente se sienta atraída por sus opuestos.

Pero no hay mucha gente como el viejo Charlie. La mayoría de los humanos no llegan a crear obras destinadas a durar. Venden anillas de cortinas, como el personaje de aquella película interpretado por John Candy. (Bueno, las anillas pueden durar; pero probablemente no son algo de lo que la gente habla cuando uno pasa a mejor vida.) Así que no se trata de lo que haces. No puede tratarse de eso, ¿verdad? Tiene que tratarse de cómo eres, de cómo amas, de cómo te tratas a ti mismo y a quienes te rodean, y eso es lo que a mí me corroe por dentro. Me pasaba el tiempo bebiendo y viendo la televisión, sin amar a nadie, ni a esposas ni a amantes ni a hijos, y eso sí que no hay manera de maquillarlo. Por eso Jackson es algo tan importante. Es mi última esperanza, y derramo todo lo que me queda sobre la cabeza de ese chiquillo mío. ¡De ese pobre crío! A menos que supere los logros combinados de Dickens, JFK, James Brown y Michael Jordan, me habrá defraudado. Aunque yo no estaré aquí para verlo.

Tucker

Querida Annie:

Te envío este e-mail unos cinco minutos después del anterior. Mi consejo –se me ocurre ahora– no vale absolutamente para nada y resulta casi ofensivo. Te he sugerido que podemos redimir el tiempo perdido criando y amando a nuestros hijos, cuando tú no tienes ninguno, y es ésa una de las razones por las que sientes que has desperdiciado el tiempo. No soy tan perverso ni obtuso como ello podría dar a entender, pero también veo claramente que mi tentativa de convertirme en tu gurú podría haber tenido un resultado más airoso.

Por cierto, viajo a Londres la semana que viene, en circunstancias nada felices. ¿Nuestra relación va bien así? ¿O te apetece tomar una copa?

Era la parte de los opuestos lo que había dado lugar a aquello, por supuesto. Annie no sabía de quién o de qué se había enamorado, pero se sentía tan perdida y soñadora y desvalida como jamás se había sentido en toda su vida.

11

–¿Cómo se puede perder un bebé? –dijo Jackson–. Si ni siquiera ha nacido. Si ni siquiera puede ir a ninguna parte.

Las cejas se le habían alzado mucho sobre los ojos, delatando una dicha contenida; el chico estaba seguro de que su broma iba a tener una respuesta muy chistosa –Tucker podía verlo claramente–, pero él no iba a reírse hasta que le dieran luz verde.

–Sí, bueno... Cuando la gente dice que alguien ha perdido un bebé... –vaciló. ¿Había alguna forma más fácil, más delicada de hacer esto? Probablemente, pero al diablo con ella–. Cuando la gente dice que alguien ha perdido un bebé, quiere decir que el bebé ha muerto.

Las cejas descendieron a su sitio.

–¿Ha muerto?

–Sí. A veces sucede. Bastantes veces, de hecho. Lizzie ha tenido mala suerte, porque normalmente sucede al principio, cuando el bebé no es ni siquiera un bebé. Pero el suyo era un poco más mayor.

–¿Va a morirse también Lizzie?

–No, no. Ella va a estar bien. De momento está muy triste.

–¿Así que los bebés también mueren? ¿Los bebés que no han nacido aún? Es horrible.

–Sí, lo es.

–Pero... –dijo Jackson animándose–. Pero entonces no vas a ser abuelo.

–No... Todavía no.

–Ni en mucho tiempo. Y si aún no vas a ser abuelo, eso quiere decir que todavía no vas a morirte.

Y, dicho esto, Jackson empezó a correr de un lado para otro, lanzando gritos de alegría.

–¡JACKSON! ¡DEJA DE HACER EL TONTO!

Tucker raras veces le gritaba, de forma que, cuando lo hacía, el efecto era radical. Jackson calló al instante, se tapó las orejas con las manos y se echó a llorar.

–Me has hecho daño en los oídos. Mucho daño. Ojalá te hubieras muerto tú en lugar de ese pobre bebé.

–No lo dices de verdad.

–Esta vez sí lo digo de verdad.

Tucker sabía por qué se había enfadado tanto. Se sentía culpable. Posponer el hecho de convertirse en abuelo no había sido lo primero que había pensado cuando la madre de Lizzie le llamó para comunicarle la noticia, pero ciertamente había sido lo segundo, y el espacio existente entre ambos no había sido tan respetuoso como él habría deseado. Había sido indultado. Alguien, allá arriba, había decidido prolongar su..., no su juventud, por supuesto, ni siquiera –tenía que admitirlo– su época mejor de la vida, sino su estado de... pre-abuelidad. Y no era lo que él deseaba en realidad. Él deseaba que Lizzie fuera feliz, que hubiera tenido un bebé sano. Pero no hay mal que por bien no venga, etcétera.

Entretanto, los sollozos de Jackson habían dejado de ser enfurecidos y amargos. Ahora eran lastimeros y contritos.

–Lo siento, lo siento tanto, papi... No lo decía en serio. Me alegro de que haya muerto el bebé y no tú.

Los niños, por una u otra razón, no logran dar en el clavo por completo.

–Bueno, supongo que tendremos que ir a Londres a ver a Lizzie, ¿no? –añadió Jackson.

–Oh, no. Creo que no. No creo que ella quiera que vaya.

Ni se le había pasado por la cabeza ir a verla. ¿Era eso malo? Probablemente. Según su experiencia, «probablemente» solía ser la respuesta a esta pregunta en concreto, si la pregunta se la dirigía uno a sí mismo. Pero estaría allí Natalie, y Lizzie estaba muy unida a su padrastro... No había ninguna necesidad de que él se sentara a su cabecera sin saber qué decir.

–Ella querrá verte, papi. Yo te querría ver si estuviera enfermo.

–Sí, pero... Tú y yo... somos diferentes. Yo no conozco tanto a Lizzie.

–Ya veremos –dijo Jackson.

Llegó Cat para llevar a Jackson a comer una pizza. Le dijo a Tucker que podía acompañarlos, pero éste declinó la invitación. El niño necesitaba pasar algún tiempo solo con su madre, y de todas formas Tucker aún no estaba preparado para jugar a las familias modernas rotas y felices. Era lo bastante chapado a la antigua (y lo bastante sencillo) como para creer que si un hombre y su mujer pueden compartir una pizza también pueden compartir la cama. Cuando vio a Cat, sin embargo, sintió cierto desconcierto al caer en la cuenta de que podía haber aceptado la invitación perfectamente, y haberse sentado en el restaurante y haber comido y charlado con ellos; la herida había tardado en sanar muy poco tiempo. Apenas unos meses antes habría tomado esto como una muestra de que su salud psíquica mejoraba rápidamente, pero, según su experiencia, todo aquello que tuviera que ver con hacerse viejo raras veces auguraba nada bueno. Presumiblemente, entonces, se trataba de una lúgubre prueba de que no podía remediar el hecho de que ya todo le importara un pimiento. Cat era una mujer muy guapa. Pero, aunque le fuera la vida en ello, él no era capaz de recordar qué era lo que le había atraído de ella. Y ya no era capaz de recrear mentalmente las circunstancias que le habían llevado al matrimonio, o al engendramiento de Jackson, o incluso a los días tormentosos de su último año juntos.

—Supongo que tendrás que ir a Londres –dijo Cat cuando él le contó lo de Lizzie.

—Oh, no –dijo él, aunque aquel «oh» empezaba a sonarle (incluso a él) teatral y superfluo. Esta vez sí se le había pasado por la cabeza la idea–. Creo que no. No creo que ella quiera que vaya.

¿Por qué no repetir una frase que antes había resultado convincente?

—¿Eso crees? –dijo Cat.

—No estamos muy unidos –dijo Tucker–. No creo que ella espere que cruce el Atlántico para que una vez allí no pueda hacer nada por ella.

—Casi aciertas –dijo Cat–. Ella espera que no lo hagas.

—Exacto –dijo Tucker–. Es lo que acabo de decir.

—No, no lo es. Tu forma de decirlo sugiere que a ella le da igual que vayas o que no vayas. Y mi forma, lo que yo hago, lo que tu hija hace, es pensar lo peor de ti: que no vas a hacerlo. No sabes mucho de padres e hijas, ¿no?

—No gran cosa, no.

No tanto como debería, siendo como era padre de dos chicas.

—Ella cruzó el Atlántico para venir a verte cuando se enteró de que estaba embarazada. Hay una especie de trato que debes cumplir con ella.

Tucker telefoneó a Natalie.

—¿Y cuándo crees que vendrás a verla? —le preguntó Natalie.

—Oh —dijo Tucker—. En cuanto arregle unas cuantas cosas.

—Pero ¿vas a venir de verdad? Lizzie no pensaba que fueras a hacer ese esfuerzo.

—Sí, me imaginé que pensaría eso. La conozco mejor de lo que ella cree. Y ella no me conoce a mí en absoluto.

—Está muy enfadada contigo en este momento.

—Bueno, supongo que lo que le ha pasado no ha hecho más que agitar todo tipo de «malos rollos» internos.

—Creo que tendrás que acostumbrarte a ello, ahora que tus hijos empiezan a tener hijos. Les hace ver el absoluto desastre que eras.

—Estupendo. Estoy deseando que me pase.

Acabó de atarle los botones del abrigo a Jackson y le besó en la coronilla. Por supuesto, el único hijo con el que no había sido un desastre era el único hijo cuyos retoños probablemente no llegaría a ver.

Sólo mucho más tarde —después de acostar a Jackson— cayó en la cuenta de que no tenía dinero para el viaje a Londres. Más aún: no tenía dinero ni para ir a Nueva York. De momento, Cat le estaba ayudando. Lo que pudiera esperarle después era un misterio —un misterio cuya resolución no le importaba gran cosa—. Nadie iba a dejar que Jackson se muriera de hambre, y eso era lo único que importaba. Volvió a llamar a Natalie para decirle que no le había sido posible arreglar las cosas para que alguien cuidara del niño.

–¿No quiere cuidarle su madre? Cielos.

Aquel «Cielos»... Tan inglés, tan venenoso.

–Por supuesto que querría, pero...

–Pero ¿qué?

–Pero está de viaje. De negocios.

–Creía que se dedicaba a cosas de yogures.

–¿Y los yogures no pueden implicar viajes?

–¿No se pasarían de fecha?

Al menos aún podía sentir la herida abierta, supurante que Natalie tenía muy dentro, y eso ya era algo. Aquella combinación de resentimiento y estupidez era ahora tan difícil de soportar como lo había sido antaño.

–Pues tráelo. Estoy segura de que a Lizzie le gustará volver a verlo. Estaba encantada con él.

–No creo que sea una buena idea.

–¿Por qué?

–Bueno, está el colegio y demás...

–Lizzie dijo que Cat y tú os estabais separando.

–Eso es algo que..., bueno, parece que es cierto, sí.

–Y no puedes pagarte el billete a Londres.

–No es eso.

–Entonces puedes pagarte el billete a Londres...

–En caso de necesidad extrema...

–Éste es el caso exactamente.

–No puedo pagarme el billete a Londres, no. Tengo un pequeño problema de liquidez en este momento.

–Pagamos nosotros.

–No, no puedo...

–Tucker, por favor.

–Muy bien. Gracias.

No tener dinero no era tan malo, en realidad, siempre que Tucker no hiciera otra cosa que salir a tomar un café con Fucker una vez al mes. Los adultos, sin embargo, en especial los adultos con varios hijos, a veces se encontraban en situaciones en las que necesitaban acceso a unos fondos más pródigos que el tarro de monedas del dormitorio que las ex esposas habían dejado generosamente atrás. El marido de Natalie se dedicaba a... Lo cierto es que Tucker no tenía ni idea de a qué se dedicaba. Recordaba que era algo que él desaprobaba, o menospreciaba, así que probablemente se dedicaba a algo que implicaba asistir a reuniones, y posiblemente ir vestido con traje. ¿Era un agente de algún tipo? ¿Cinematográfico? Empezaba a acordarse. Simon (?) estaba al frente de la sede londinense de alguna abominable agencia de Hollywood. Creía recordar. Era una sanguijuela sin talento, en cualquier caso. Tucker estaba seguro de eso. Es fácil sentirse superior a esa gente cuando eres tú quien tiene el talento. Pero cuando dejas de tener talento ellos se convierten en gente adulta con un trabajo, y tú en el caso perdido que tiene que aceptar caridades de ellos.

—¿Conoces a alguien en Londres? —dijo Natalie—. ¿Tienes dónde alojarte?

—Sí, una amiga —dijo Tucker—. Bueno, no vive en el mismo centro, pero podemos coger el tren o lo que...

—¿Dónde vive «ella»?

Tucker estaba seguro de que había puesto comillas en «ella». Era muy propio de Natalie ponerlas en aquel pronombre en aquel momento.

—En un sitio llamado Gooleness. En la costa.

Natalie gritó a través de la línea.

—¡Gooleness! ¿Cómo diablos conoces a alguien que vive en Gooleness?

—Es una larga historia.

—Está a centenares de kilómetros de Londres. No puedes alojarte allí. Mark y yo te encontraremos un sitio.

Se llamaba Mark, entonces, no Simon. Bien pensado,

Mark podía no ser una sanguijuela sin talento, después de todo. Debía de ser el marido de otra la sanguijuela sin talento.

–¿De veras? No quiero causar ningún problema.

–El apartamento de Lizzie está vacío, sin ir más lejos. Zak y ella van a quedarse un tiempo con nosotros, en cuanto Lizzie salga del hospital.

¿Era Zak su novio? ¿Había oído antes ese nombre? El problema era que había demasiados parentescos tangenciales. Demasiados niños, demasiados padrastros, demasiados medios hermanos y medias hermanas. Tucker cayó en la cuenta de que era incapaz de poner nombre a la mitad de gente emparentada con sus hijos. Natalie, por ejemplo, tenía otros hijos, pero ¿quién diablos sabía sus nombres? Cat. Cat los sabía.

–¿Sigues queriendo traerte a Jackson contigo? ¿Ahora que ya sabemos que tu problema de con quién dejarlo era una pura falacia?

–No, creo que no.

Así que iría a Londres solo.

–¿Cuándo llegamos?

–Dentro de diez minutos. Pero, Jackson, tienes que entender que estamos a diez minutos del aeropuerto. Y que luego tendremos que esperar al avión. Y luego esperar a que despegue. Y luego volar durante siete horas. Y luego esperar el equipaje. Y luego esperar un autobús. Y luego puede que tardemos otra hora desde el aeropuerto al apartamento de Lizzie. Así que si no te parece divertido, aún estás a tiempo. Puedo llevarte con tu madre, y...

–Me parece divertido.

–¿Todo ese tiempo sentados esperando te parece divertido?

–Sí.

No había salido bien lo de decirle a Jackson que iba a ver a Lizzie sin él: había habido muchas, muchas lágrimas, y al final Tucker había capitulado. Había habido veces en su vida en las que habría pagado por que se derramaran por él unas lágrimas como aquéllas: todos y cada uno de sus otros hijos habían llorado imparablemente cuando su madre había intentado dejarlos a su cuidado un día, o una tarde, o veinte minutos, mientras ella iba a darse un baño, y todas y cada una de aquellas veces se había sentido inútil y desdichado. De muy pequeños, sus propios hijos tenían miedo de él. Ahora tenía un niño que le necesitaba y le amaba y se sentía angustiado cuando salía (porque con Jackson siempre había sido «salir» algún día, y nunca «marcharse» durante un tiempo), y ante esto Tucker se sentía intimidado. Se suponía que los padres no llegaban a tal grado de dependencia. Se suponía que a veces no daban a sus hijos el beso de buenas noches porque estaban de viajes de negocios o en giras de conciertos.

Así que tuvo que llamar a Natalie para pedirle que comprara otro billete para Jackson, lo cual le hizo sentirse aún más mísero que la vez anterior. Una cosa era no poder costearse su propio billete, pero se suponía que los padres eran provisores, amén de saltarse algún que otro beso de buenas noches. Él, sin embargo, se veía obligado a depender de la generosidad de su ex mujer –la anterior a la actual– y de la sanguijuela de su marido.

Facturaron el equipaje, compraron una pequeña montaña de dulces y un par de docenas de cómics. Tucker se sentía muy mal, ansioso y sudoroso; cuando llevó a Jackson a hacer pis se miró en un espejo y se alarmó ante su falta absoluta de color en la cara. (A menos que el blanco pudiera considerarse un color, lo que probablemente sería acertado al tratarse de un blanco tan intenso.) Tenía casi la certeza de que estaba a punto de dejarlo fuera de la circulación una gripe, una neumonía, o algo, y maldijo su sentido de la oportunidad: dentro de veinticuatro horas estaría demasiado enfermo para viajar. Podría haberse quedado en casa sin quedar mal, sin ser el peor padre del mundo.

Hicieron cola para pasar el control de seguridad, proceso que parecía concebido expresamente para alimentar la morbosidad de Jackson. Tucker le explicó que estaban buscando pistolas.

–¿Pistolas?

–A veces hay tipos malos que suben al avión con pistolas, porque quieren robar a la gente rica. Pero como nosotros no somos ricos, ni se nos acercarán.

–¿Cómo sabrán que no somos ricos?

–La gente rica suele llevar relojes ridículos y huele muy bien. Nosotros no llevamos reloj y olemos mal.

–Pero ¿por qué tenemos que quitarnos los zapatos?

–Porque pueden meterse pistolas muy pequeñas en los zapatos. Andarían de modo muy raro, pero podrían hacerlo.

Una anciana dama inglesa, que esperaba delante de ellos, se volvió y dijo:

–No son pistolas lo que buscan, jovencito. Buscan bombas. Me sorprende que tu papá no haya oído hablar del terrorista de la bomba en el zapato. Era inglés, ¿sabes? Bueno, musulmán, quiero decir. Pero inglés.

El papá de Jackson había oído hablar del terrorista de la bomba en el zapato, muchas gracias, vieja bruja indiscreta, tuvo ganas de contestarle Tucker. Dese la vuelta y cierre la puta boca.

–¿El terrorista de la bomba en el zapato? –dijo Jackson.

Tucker vio al instante que, si conseguían llegar hasta Londres, jamás volverían. No en avión, al menos. Mark tendría que aflojar la pasta de un par de pasajes en un transatlántico, a menos que Jackson hubiera oído hablar del *Titanic*. En cuyo caso Mark tendría que pagar un internado inglés carísimo, y Jackson tendría que crecer con uno de aquellos acentos tan elegantes de los colegios exclusivos.

–Sí –dijo la anciana dama inglesa–. Intentó hacer estallar un avión metiéndose unos explosivos en los zapatos. ¿Te imaginas? No se necesitaría gran cosa para conseguirlo, supongo. Bastaría con hacer un pequeño agujero en un costado del avión. Y entonces, FSSSSS..., todos seríamos succionados al exterior y caeríamos en medio del océano.

Jackson miró a Tucker. Tucker hizo un gesto que quería indicar que la mujer estaba gagá.

–Cada día estoy más agradecida de que mi vida esté llegando al final –añadió la anciana dama inglesa–. He vivido una guerra mundial, pero tengo el presentimiento de que, cuando seas mayor, vas a ver cosas mucho peores que el bombardeo aéreo de una ciudad.

Pasaron a través del arco de seguridad y dedicaron un alegre adiós con la mano a la anciana dama inglesa. Y entonces Tucker dio comienzo a la sarta de ingeniosas y disparatadas mentiras que permitirían que ambos embarcaran en el avión. Incluso tuvo que decirle a Jackson que aquella anciana estaba completamente equivocada sobre la inminencia de su propia muerte, y no digamos de todas las demás muertes a que había hecho referencia.

Tucker no recordaba la última vez que había montado en un avión. El día en que abandonó la música había volado –borracho e iracundo y lleno de remordimientos y de aborrecimiento de sí mismo– de Minneapolis a Nueva York, y había intentado ligar con una azafata, y había golpeado a una mujer que intentaba hacer que dejara de intentar ligar con la azafata, así que aquel vuelo tendía a ser el único que permanecía indeleble en su cabeza. En el curso del incidente estaba completamente convencido de que aquella azafata iba a ser la respuesta a todos sus problemas. Tenía el presentimiento de que no estarían mucho tiempo juntos, pero probablemente habría entre ellos montones de fornicaciones terapéuticas. Y, como la chica era azafata, tendría que viajar mucho, y en su ausencia él podría escribir, y quizá ir a algún estudio de grabación cercano a su casa, y rehacer su carrera. Ésas eran las cosas que ella no entendía cuando él intentaba seducirla. Ella pensaba que le estaba agarrando el culo, sin más, pero no era así, había muchas más cosas, como él trataba de explicarle, lloroso y a voz en cuello. La amaba.

Dios. Tuvo la suerte de que la chica fuera un ser humano razonable. Podría haberse visto ante un juez de Nueva Jersey. En lugar de ello, pudo conocer a alguien, y luego a alguien más, y tener hijos... Tal vez su corazonada en relación con la azafata había sido certera. Ojalá hubiera sido capaz de convencerla de la viabilidad de ambos como pareja, aunque le era imposible borrar del mapa a Jackson.

Miró el asiento contiguo. El niño estaba arropado con una manta, y tenía los auriculares puestos, y veía el quinto capítulo seguido de *Bob Esponja*. Estaba feliz. Tucker le había advertido que tal vez no le gustaría la película que pondrían en el avión, porque eso fue lo que pasó la última vez que voló a través del Atlántico: que pusieron una película mala que no le apeteció ver. Ahora ponían todas las películas malas que se han rodado en el mundo. Jackson, mucho antes de que su padre se hubiera dado cuenta de la prodigalidad de la oferta de entretenimiento audiovisual, había soltado una risita nerviosa al comprobar la cantidad de basura que era capaz de consumir; ahora incluso tenía la sensación de que la oferta se quedaba un poco corta. Tucker no quiso seguir viendo la comedia romántica que había empezado a ver. Hasta donde alcanzaba a entender, el problema de la pareja protagonista, lo que les impedía estar juntos, era que ella tenía un gato y él un perro, y el gato y el perro se peleaban como el perro y el gato, lo que hacía que la pareja, merced a algún misterioso contagio que la película no lograba explicar como es debido, se peleara también encarnizadamente. Tucker estaba seguro de que lograrían resolver sus problemas antes de que se agotaran las dos horas de duración del film. También fracasó en su intento de leer *Barnaby Rudge*. Dickens parecía un error entre todas aquellas pantallitas y luces que emitían pitidos y latas de soda en miniatura.

Seguía sintiéndose fatal, y no podía zafarse de una sensación de catástrofe inminente, lo cual –creía recordar– era una señal inequívoca de algo. Jackson le había hecho volverse hipocondriaco –la convicción de su hijo de que cualquier resfriado o dolor sin explicación era un cáncer, o síntoma de vejez, no era buena para ninguno de los dos–, pero él estaba seguro de que aquel sudor, aquella arritmia y aquellas premoniciones eran resultado de su súbita e inesperada salida a la luz desde su escondite. Sabía que la gente que se preocupaba por él en el mundo conjetural del ciberespacio lo describía como un recluso, pero él jamás se había pensado a sí mismo en esos términos. Iba a tiendas y a bares y a partidos de la Little League, así que no se parecía nada a Salinger. Se limitaba a no hacer música y a no hablar con jóvenes y vehementes periodistas de revistas especializadas, y eso era algo que la mayoría de la gente tampoco hacía. Pero en el aeropuerto se había visto caminando con los ojos y la boca abiertos de par en par, así que tal vez era un poco más Kaspar Hauser de lo que le habría gustado admitir. Y los aviones eran inquietantemente diferentes, y ellos viajaban a una gran ciudad para estar con una ex esposa y una hija que le odiaban... Era un milagro que su corazón le latiera siquiera, así que su 7/4 –si ésa era su tensión sanguínea– no era del todo horrible. Dejó el libro y se sumió en un sueño enfermizo, frío y húmedo.

Natalie había mandado un coche para recogerlos. Llegaron al apartamento de Lizzie, en Notting Hill, y el conductor esperó a que dejaran las maletas y se cambiaran de ropa. Tucker se sentía mareado y con náuseas, y un poco asustado, y aunque le apetecía descansar no quería de ningún modo vomitar encima de las alfombras blancas de su hija. Lizzie había sido trasladada a otro hospital –un hospital normal, aunque lujoso– a causa de ciertas complicaciones, así que si tenía que vomitar sería mejor que esperase hasta llegar a él para hacerlo.

Revivió lo que era presentir una catástrofe inminente en el momento mismo en que empujaba la estúpidamente pesada puerta de cristal del hospital de lujo. Alguien –posiblemente un King Kong robot– le abarcó el pecho con unos brazos de acero gigantes y comenzó a estrujarle. Un dolor salvaje y eléctrico le bajó por el brazo y le subió por el cuello, y trató de no mirar la cara pálida y asustada de Jackson. Quería disculparse, no por sentirse mal, sino por todas las mentiras que le había dicho. «Lo siento, hijo», quería decirle. «Eso de que nadie muere nunca... No era verdad. La gente muere continuamente. Tendrás que superarlo.»

Fue con paso tan firme y tan serenamente como pudo hasta el mostrador de recepción.

–¿Puedo ayudarle en algo? –le dijo la mujer que se sentaba al otro lado. Podía ver su reflejo en los cristales de sus gafas. Y trató de mirar más allá de ellos, directamente a los ojos.

–Espero con todas mis fuerzas que sí. Estoy seguro de que me está dando un ataque al corazón.

Hay todo tipo de acontecimientos que causan ondas y movimientos en los continentes: inundaciones y hambrunas, revoluciones, grandes torneos deportivos internacionales. En este caso, sin embargo, el disparador fue la súbita enfermedad de un hombre de edad mediana. Los teléfonos sonaron en casas y apartamentos de Norteamérica y Europa, y levantaron el auricular mujeres atractivas, aún esbeltas; mujeres en la treintena y en la cuarentena y en los primeros años de la cincuentena. Las manos se alzaron hasta los labios y cubrieron las bocas, se hicieron más llamadas telefónicas, voces suaves pronunciaron palabras tranquilizadoras. Se reservaron vuelos, se buscaron y encontraron pasaportes, se anularon planes. Las ex esposas y los hijos de Tucker Crowe viajaron para verle.

Todo fue idea de Lizzie. En la vida real, era una joven sentimental a quien frecuentemente conmovían hasta las lágrimas los animales de compañía y los niños y las comedias románticas; pero la vida con Tucker no era la vida real, en gran parte porque era enormemente escasa, y porque el tiempo que estaba con él siempre se veía neutralizado por el tiempo en que le había faltado. ¿Cómo podía ser de otra manera? No era una contienda justa. El solo hecho de ver y oír a su padre la ponía frenética y la llenaba de resentimiento; odiaba cómo su voz, al hablar con él, le subía una octava. Cuando entró en su cuarto del hospital para visitarlo, Tucker estaba dormido, sedado e indefenso, y dejó de sentirse furiosa por completo. Cuando su padre despertó, Lizzie estaba decidida a hablar con él con la misma voz que empleaba con las personas que amaba.

Le habían dicho que Tucker no iba a morir, pero no era eso lo importante: ambos tenían que aprovechar el momento. Si ella se sentía con mejor disposición que nunca en relación con su padre, ¿no sentirían lo mismo todos los demás? No pudo evitar creer que lo que aquel hombre postrado quería era que tuviera lugar una especie de encuentro entre ellos, de tentativa de poner en contacto a una familia hasta entonces inconexa. No tenía la culpa de no conocerle en absoluto.

En los primeros tiempos de su carrera, Tucker había coleccionado historias sobre el mal comportamiento de algunos músicos como si fueran cromos. Le fascinaban no porque quisiera emular a los músicos en cuestión, sino porque era un moralista, y aquellas historias eran tan palmariamente sobrecogedoras que servían de útil guía de conducta: en su campo profesional, no se tarda mucho en labrarse una reputación de ser humano decente. Mientras no arrojaras a una chica por la ventana después de romper con ella, la gente pensaba que eras Gandhi. Él mismo se había metido en un par de peleas, en una tentativa pomposa de defender el honor de alguien: una chica, un operario de la gira, un recepcionista de motel. Una vez en que le atizó al odioso bajista de un grupo indie de rock que había acabado por llenar estadios, le preguntaron quién era el muerto y lo hicieron el puto rey. La pregunta era retórica, por supuesto, pero le había hecho pensar. ¿Por qué no dejaba que aquellos jóvenes se portasen como jóvenes? Los músicos han sido unos memos desde que se inventó el laúd, así que ¿qué esperaba conseguir dándoles unos empellones en el pecho a un par de ellos cuando se pasaban con la bebida? Durante un tiempo echó la culpa al tipo de novelas que leía, y a la honradez de sus padres, y a su hermano, que se las había arreglado para matarse estrellando el coche contra un muro cuando estaba como una cuba. Los libros y sus padres y un hermano trágicamente malogrado, se decía, le habían inculcado unos sólidos cimientos éticos. Y ahora veía que siempre había estado abocado a una caída. Resultó que era del tipo de moralistas que aborrecen la conducta de los otros porque tienen pánico a su propia debilidad; cuanto más se fustigara hasta un frenesí de desaprobaciones, más difícil se le haría hundirse sin quedar pésimamente. Tenía razón en tener miedo. Cuando conoció a Julie Beatty, descubrió que muy poco había en su persona aparte de debilidad.

Cuando despertó aquella mañana, Tucker Crowe no tenía ni idea de que hubiera acabado el día saliendo de su propia vida, pero, si lo hubiera sabido, no le habría importado demasiado, porque estaba harto de ella. Si alguien le hubiera preguntado cuál era el problema... Bueno, si se lo hubiera preguntado una persona cualquiera, no habría respondido nada, porque le gustaba ser lacónico, críptico y amablemente satírico en toda circunstancia (y porque era de mejor tono de ese modo). ¿Quién es usted para hacerle preguntas a Tucker Crowe? ¿Un puto periodista de rock? ¿O, peor aún, un fan? Pero si se lo hubiera preguntado él mismo —lo cual hacía a veces, cuando no estaba borracho o dormido— se habría dicho a sí mismo (y sólo a sí mismo) que lo que le hacía sumamente infeliz todos los días era lo siguiente: haber llegado a la conclusión ineludible y desdichada de que Juliet, el álbum que estaba promocionando en aquel momento, noche tras noche en el escenario, era absolutamente falso, carente de autenticidad, y estaba lleno de melodrama y de basura, y lo odiaba.

Esto no tenía que haberle supuesto necesariamente un problema. Los grupos musicales estaban siempre promocionando álbumes que no les gustaban demasiado, y sin duda los actores y escritores hacían lo mismo: alguna tenía que ser su peor pieza. Pero Juliet era diferente, porque era el único disco que Tucker había hecho en su vida que parecía gustar a la gente. No había vendido muchas copias, pero en el curso de los últimos meses universitarios crédulos que jamás habían leído u oído nada que contuviera un dolor real —por no hablar de haberlo experimentado en carne propia— aparecían a centenares en los conciertos y cantaban con él cada palabra de cada una de las canciones. Aquellos jóvenes se tragaban toda la rabia portentosa, justiciera, quejumbrosa, como si significara algo *para ellos, y el único modo que tenía él de relacionarse con ellos era cerrar los ojos y dirigir la voz hacia algún punto situado por encima de sus cabezas. (Este mecanismo de enfrentarse a las cosas había llevado inevitablemente a que un crítico describiera a Tucker como alguien «perdido aún en su dolor».) No es que pensara que sus temas carecieran por completo de valor. Musicalmente eran bastante buenos, y tanto él como el grupo habían mejorado en la forma de tocarlos; la mayoría de las veladas conseguían crear una atmósfera bastante feroz. «You and Your Perfect Life», que clausuraba el concierto todas las noches, había llegado a constituir una auténtica proeza, y hacia la mitad del tema, justo antes del solo de guitarra, Tucker incorporaba partes de otras canciones de amor famosas de una época anterior: «When Something Is Wrong With My Baby» una noche, «I'd Rather Go Blind», otra. A veces hincaba la rodilla en el escenario para cantarlas, y a veces el auditorio se levantaba, y a veces se sentía un auténtico showman, alguien cuyo trabajo consistía en hacer gestos emocionales aparatosos para hacer que la gente sintiera. Y la letra de «You and Your Perfect Life» tampoco era tan mala —por mucho que fuera suya—. A su juicio había disfrazado el hecho de que Julie Beatty lo hubiera rechazado con unas galas harto caprichosas.*

No, el problema estaba en la propia Julie Beatty. Era una idiota, una cabeza hueca, una superficial, una modelo vanidosa y vulgar que daba la casualidad de que era increíblemente guapa, y Tucker había descubierto esto poco después de presentar una colección de himnos a su misterio y su fuerza ante un público visiblemente sobrecogido de pies a cabeza. Cuando Julie oyó por primera vez el álbum, estaba tan emocionada por la desdicha de Tucker que de inmediato dejó a su marido por segunda vez —el pobre tipo debía de tener tortícolis para entonces, de tanto mirar cómo su mujer corría escaleras arriba y abajo con la maleta—, y se ofreció a Tucker como un regalo llamativamente envuelto. Después de pasar tres días encerrados en la habitación de un hotel, Tucker vio con claridad meridiana que tenía más en común con una animadora tejana de dieciséis años que con ella. Julie no leía, no hablaba, no pensaba, y era el ser humano más vanidoso que había conocido en su vida. ¿En qué había estado pensando? Cuando la conoció estaba borracho, y a ello siguió todo el halo dramático de lo furtivo, que —según la experiencia de Tucker— siempre añadía un grado de intensidad al romance. Pero no era sólo eso. Había deseado vivir en su mundo. Había querido conocer a la gente que ella conocía; tenía derecho a ir a la casa de Faye Dunaway a cenar. Le debían eso. Él tenía el talento, pero no gozaba del estilo de vida que a su juicio debía acompañar a ese talento. En otras palabras, había actuado como un cretino, y Juliet iba a ser para él una especie de recordatorio permanente de su incomodidad y vergüenza.

El 12 de junio fue un día muy semejante a cualquier otro. Habían viajado en coche desde Saint Louis a Minneapolis, y él había dormido en la furgoneta, leído un poco, escuchado a los Smiths en el walkman, inhalado los pedos repulsivos de Cheez Doodle, uno de los percusionistas. Habían comprobado el sonido, y almorzado, y Tucker había apurado casi una botella de vino tinto que se había prometido a sí mismo no catar hasta después del concierto. Había insultado a los del grupo —se había burlado de la ignorancia del batería en temas de actualidad, y había cuestionado la higiene personal del bajista—, y había intentado ligar con la mujer del promotor de forma detestable. Y luego, después del concierto, alguien había sugerido ir a ver a cierto grupo que actuaba en un club, y Tucker estaba ya borracho y no quería dejar de beber, y pensó que por qué no, que había oído hablar muy bien de ese grupo.

Estaba de pie junto a la barra, solo, mirando con ojos entrecerrados hacia el escenario y tratando de recordar el nombre de la persona que le había dicho que merecía la pena recorrer nueve manzanas para ver a aquellos desastres. Se le había acercado un tipo grande, de pelo largo, con una camiseta de manga corta que dejaba al descubierto unos brazos que parecían muslos de luchador de lucha libre. *No voy a meterme en una pelea con este tipo,* se dijo a sí mismo Tucker, sin ninguna razón en absoluto, aunque llevaba aproximadamente un año —desde que bebía como un cosaco— en el que «ninguna razón en absoluto» ya era a menudo «razón suficiente» para una pelea. El tipo se apoyó contra la pared, a su lado, remedando la postura de Tucker, y Tucker hizo como si no existiera.

El tipo se inclinó hacia él y, por encima del estruendo del local, le gritó al oído:

—¿Puedo hablar contigo?

Tucker se encogió de hombros.

—Soy amigo de Lisa. Me llamo Jerry. Soy el director de gira de los Napoleon Solo.

Tucker volvió a encogerse de hombros, aunque lo envolvió una vaga sensación de pánico. Lisa era la chica con la que estaba saliendo cuando conoció a Julie. Y Lisa había recibido un trato pésimo. De hecho, Tucker estaba dispuesto a emplear la voz activa: él había dado un trato pésimo a Lisa. Ni siquiera había dejado de acostarse con ella cuando perseguía a Julie Beatty, principalmente porque la situación habría requerido una conversación que él no estaba dispuesto a tener. Al final se había limitado a... no volver a dar señales de vida. No tenía, pues, ningunas ganas de hablar con ningún amigo de Lisa.

—¿No quieres saber cómo le va?

Tucker se encogió de hombros por tercera vez.

—Me da la sensación de que me lo vas a decir de todos modos —dijo.

—Que te den por el culo —dijo el tipo.

—Que te den por el culo a ti también —dijo Tucker.

De pronto recordó que había sido Lisa la que le había hablado bien del grupo que estaban escuchando, y sintió una punzada de arrepentimiento. Probablemente no habría envejecido con Lisa, pero al menos su relación no había sido para él un engorro permanente y público. (Oh, pero era duro, era duro pensar en todo aquello. ¿Qué habría sido de su música si nunca hubiera conocido a Julie? Jamás había pensado que hubiera un álbum como Juliet *en él, y Lisa jamás lo habría hecho aflorar al exterior. Así que si se hubiera quedado con ella probablemente se gustaría más a sí mismo, pero seguiría sin tener ningún éxito. Y si hubiera seguido sin tener ningún éxito se odiaría a sí mismo. Oh.)*

El tipo se había separado de la pared y estaba a punto de marcharse.

–Lo siento –dijo Tucker–. ¿Cómo le va?

–Le va bien –dijo el tipo, lo cual sonó muy a anticlímax. ¿Todos aquellos «a tomar por el culo» para esto?

–Estupendo. Salúdala de mi parte.

El grupo estaba armando –con una gran opacidad de intenciones– un terrorífico Muro de Berlín sonoro, consistente casi por entero en retroalimentación y platillos. Jerry dijo algo que Tucker no alcanzó a oír. Tucker negó con la cabeza y se señaló el oído con el dedo. Jerry lo intentó de nuevo, y esta vez Tucker captó la palabra «madre». Tucker había conocido a la madre de Lisa, una dama muy agradable.

–Qué lástima –dijo Tucker.

Jerry le miró como si quisiera darle un puñetazo. Tucker sospechó que había habido un malentendido. A nadie le pegan por expresar sus condolencias, ¿no?

–Su madre ha muerto, ¿no es eso?

–No –dijo Jerry–. He dicho... –Se inclinó hasta rozar casi a Tucker, y le gritó al oído–: ¿SABÍAS QUE HA SIDO MADRE?

–No –dijo Tucker–. No lo sabía.

—*Eso me parecía.*

Lisa no había perdido el tiempo, pensó Tucker. Habían roto apenas un año atrás, lo cual significaba que había tenido que tener...

—*¿Qué tiempo tiene el niño?*

—*Seis meses.*

Tucker calculó con la cabeza, y luego con los dedos, a su espalda. Y luego otra vez con la cabeza.

—*Seis meses... Es... interesante.*

—*Eso creo —dijo Jerry.*

—*Interesante en dos sentidos posibles.*

—*¿Perdón?*

—*DIGO QUE HAY DOS HIPÓTESIS POR LAS QUE PUEDE INTERESARME.*

Jerry alzó dos dedos al aire, al parecer para confirmar la cifra, y dijo la palabra «dos». Se hallaban muy lejos —pensó Tucker— del meollo de aquella conversación. Lo único que habían conseguido era confirmar la cantidad exacta de modos en los que aquello podía resultar interesante.

—*¿Dos qué? —dijo Jerry.*

Tiempo después, Tucker se preguntaría por qué no se les había ocurrido a ninguno de los dos salir afuera a seguir hablando. La fuerza de la costumbre, tal vez. Los dos estaban acostumbrados a hablar en clubs de rock muy ruidosos, y los dos se habían habituado hacía tiempo a la idea de que, si no te enterabas de mucho, o incluso si no te enterabas de nada, no te perdías gran cosa. Ahora Tucker recurría a los rodeos para averiguar algo que podía ser de suma importancia para él. Pero no estaba teniendo ningún éxito.

—*DOS MANERAS DE... —Oh, al diablo con ello—. ¿Me estás diciendo que el niño es mío?*

—*Tuyo —dijo Jerry, asintiendo con la cabeza enérgicamente.*

—*¿Soy padre?*

—*Tú* —*dijo Jerry, clavándole un dedo en el pecho*—. *Grace.*

—*¿Grace?*

—*GRACE ES TU HIJA.*

—*¿SE LLAMA GRACE?*

—*GRACE. TÚ... ERES EL PADRE.*

Y así es como lo supo.

De pronto, la retroalimentación cesó. Y fue reemplazada por un aplauso ahogado y absorto. Ahora que podían hablar, Tucker no sabía qué decir. Sin duda no quería decir lo que estaba pensando: estaba pensando en su trabajo, en su música, en Juliet, *en la gira. Estaba pensando que la combinación de un hijo y* Juliet *resultaría una humillación permanente e insoportable. Debía de serlo ya para Lisa. (Y acaso este último pensamiento lo redimía —eso esperaba, al menos—. Parecía existir una dimensión ética en todo ello. Ciertamente era un pensamiento referido a un semejante. Confiaba en que Dios lo tuviera en cuenta, aunque aquello no fuera sino una especie de añadido al final de un buen montón de otras cosas, todas relativas a su persona.)*

—*¿Qué vas a hacer al respecto? —dijo Jerry.*

—*No creo que pueda hacer gran cosa, ¿no? En la mayoría de los estados no se permite el aborto después de que el niño haya nacido.*

—*Muy bonito —dijo Jerry—. Con estilo. ¿Piensas ir a verla?*

—*Encantado de conocerte, Jerry.*

Tucker apuró el vaso y lo dejó sobre la barra. No quería hablar con aquel tipo de sus responsabilidades. Necesitaba estar solo, y afuera.

—*No iba a decírtelo —dijo Jerry—. Pero me pareces un imbécil, así que qué diablos.*

Tucker le hizo el gesto de «como te plazca».

—*Ese álbum,* Juliet. *No contiene más que mierda, ¿no? O sea, entiendo que quisieras follártela. Es una chica muy*

229

guapa, por las fotos que he visto. ¿Pero toda esa tragedia? No me lo trago.

—Muy agudo —dijo Tucker.

Dedicó a Jerry un saludo irónico y se fue. Tenía intención de salir directamente del local, pero sintió necesidad de echar una meada. Así que resultó como un paso de lo sublime a lo trivial, porque acabó dirigiéndole a Jerry un segundo e idéntico saludo irónico cuando volvió de los servicios.

Años después, pequeños puñados de fans desaliñados empezaron a relacionarse a través de Internet, y aquella visita a los aseos de caballeros de Tucker empezó a ser objeto de análisis muy serios. A Tucker siempre le asombró la falta de imaginación de la gente. Si Martin Luther King hubiera necesitado orinar justo antes de su discurso «Tengo un sueño», ¿ese tipo de gente habría llegado a la conclusión de que a Martin Luther King se le había ocurrido todo aquello en mitad de la meada? Cuando salía de los aseos de caballeros, su batería Billy se disponía a entrar. Billy tenía la cabeza completamente ida por la hierba, así que —casi con toda certeza— fue Billy quien decidió que en aquellos aseos había tenido lugar un episodio místico. Su conversación con Jerry había quedado entre ellos, para gloria inmensa y eterna de Jerry.

Cuando volvía, a medio camino entre el club y el motel, vomitó contra un muro. Vomitaba fiambres y vino tinto y whisky irlandés, pero sentía que al mismo tiempo expulsaba algo más. Y a la mañana siguiente llamó a su mánager. En realidad no fue nada del otro mundo, aquella noche, por mucho que dijeran sus fans en Internet. Se enteró de que era padre. Canceló una gira. Aquella misma noche seguramente había habido músicos por toda Norteamérica enterándose de cosas y cancelando giras —es lo que los músicos hacen normalmente—. No es que el día siguiente fuera nada extraordinario, ni tampoco el día que siguió al día siguiente, y así ad náuseam, seis mil veces. Fue algo acumulativo.

12

Al principio, Annie se alegró de que Tucker y Jackson llegaran tarde. Le dio tiempo para serenarse, para pensar en la versión de sí misma que deseaba ofrecer. Sí, existía cierta relación entre ella y Tucker, tal vez, pero era un ciberhilo finísimo: si se soplaba sobre él, se rompía. Y, sin embargo, si hubieran llegado a la hora en punto –a las tres– probablemente no habría podido contenerse y habría corrido hasta él y le habría echado los brazos al cuello (lo que implicaba presuponer toda una carga de sentimientos recíprocos de los que ella no tenía evidencia alguna). A las tres y diez había decidido darle un beso amistoso en la mejilla, y diez minutos después se estaba preguntando si tal beso no debería degradarse hasta quedar reducido a un apretón de manos –aunque lo haría tomando la de Tucker entre las suyas y presionándosela para transmitir calidez–. A las cuatro menos cuarto ni siquiera le gustaba demasiado el hombre que estaba a punto de llegar.

Y, por supuesto, si hubiera sabido que existía la mínima posibilidad de ser objeto de una descortesía ultrajante de tal calibre, habría propuesto quedar en algún sitio que no fuera la casa de Dickens en Doughty Street. No había tiendas ni cafés en las cercanías, ningún sitio donde poder sentarse y observar la entrada del museo mientras sorbía un capuchino que le costaría aproximadamente lo mismo que una casa adosada en Gooleness. Había tenido que esperar de pie en la calle, sintiéndose una completa estúpida. Y aunque sabía –en algún rincón de su interior– que el sentirse estúpida iba a ser una consecuencia inevitable e irremediable de su flirteo (¿podía un flirteo ser unilateral como éste, sin pasar a ser un mero enamoramiento?), esperaba que tal sentimiento de la propia estupidez le llegara más tarde, cuando él dejara de responder a sus e-mails. No se le había ocurrido que Tucker podía simplemente no presentarse a la cita. Pero ¿qué esperaba realmente? Tucker era una antigua estrella del rock, un alcohólico en proceso de rehabilitación que llevaba una vida de reclusión. Nada de ello sugería a una persona proclive a dirigirse a paso ligero hacia un museo a las tres en punto de un jueves por la tarde. ¿Qué hacer? Al cabo de una hora, y después de considerar –y luego rechazar– la posibilidad de una visita a la casa de Dickens en solitario (porque de pronto ya no le gustaba Dickens tanto como había dado a entender), se encaminó hacia Russell Square. Le había dado su número de móvil, pero él no le había dado nada a cambio –muy astutamente, como ella comprobaba ahora–. Lo único que sabía era que se alojaba en el apartamento de su hija, pero aun cuando hubiera sido una indagadora eficiente y hubiera logrado averiguar los datos pertinentes, no le llamaría por teléfono, y menos aún llamaría a su puerta. Tenía su orgullo.

En algún lugar de sí misma no había renunciado a él totalmente. De lo contrario habría vuelto a su habitación barata y rancia del hotel cercano al Museo Británico, recogido su bolsa ligera de viaje y regresado en tren a Gooleness. Pero no quería hacerlo. Cuando llegó a Russell Square vio el cartel de una película francesa en la fachada de un cine de arte y ensayo, y se pasó un par de horas en la oscuridad, entrecerrando los ojos para leer los subtítulos. Puso el móvil en modo «vibración», y cada varios minutos miraba en su pequeña pantalla por si por alguna causa no había notado la vibración. Pero no había ningún mensaje, ni llamada perdida alguna, ni rastro de que hubiera quedado en verse con nadie aquella tarde.

Sólo conocía a un par de personas que seguían viviendo en Londres: Linda, en Stoke Newington, y Anthony, en Ealing. Uno a uno, sus viejos amigos habían formado pareja y se habían mudado a otros lugares. Muchos de ellos eran profesores que había conocido en la facultad, y que habían decidido que bien podían ganarse sus exiguos salarios en ciudades pequeñas y otras poblaciones donde la vida era más barata que en Londres, en centros donde los alumnos no se vieran expuestos a agresiones con arma blanca más que en las letras de las canciones de rap.

Annie llamó primero a Linda, porque trabajaba en casa y por tanto podía responder al teléfono, y porque –que ella supiera– Stoke Newington estaba más cerca que Ealing. Por suerte, Linda estaba en casa, y aburrida, y dijo que dejaría lo que estaba haciendo y la llevaría a un restaurante indio barato de Bloomsbury. Por desgracia, sin embargo, Linda era casi insoportablemente irritante, cualidad que Annie había olvidado por completo hasta haber agotado la mitad de los tres minutos de la charla telefónica.

–¡Oh, Dios santo! ¿Qué estás haciendo aquí?

–He venido... Bueno, una cita por Internet, en realidad.

–Hay tanto en esa última frase que necesita desarrollo... En primer lugar, ¿qué ha sido del temible Duncan?

Para su sorpresa, Annie se sintió un poco herida.

—No era tan temible. No para mí, al menos.

Tenía que defenderle para defenderse. Por eso la gente era tan picajosa en todo lo relativo a sus parejas, e incluso a sus ex parejas. Admitir que Duncan no era gran cosa era reconocer públicamente su terrible pérdida de tiempo, y sus terribles errores de juicio y de gusto. En el colegio había seguido fiel a Spandau Ballet por la misma razón, incluso mucho después de que dejaran de gustarle.

—Y en segundo, ¿qué? ¿Os habéis ido cada uno por su lado ya? ¿A las seis de la tarde? ¿Era una cita relámpago?

Rió como una demente ante su propia agudeza.

—Oh, bueno. A veces se gana, a veces se pierde.

—¿Y esta vez te ha tocado perder?

Sí, tuvo ganas de decir Annie. Eso es lo que quiere decir el dicho, so cretina. Nadie se baja del podio olímpico con una medalla de oro al cuello y dice: «A veces se gana, a veces se pierde.»

—Me temo que sí.

—Quédate con ese pensamiento. Paso a recogerte. Te veo dentro de una media hora.

Annie cerró los ojos con fuerza, y soltó un juramento.

Desde el día en que pasó reptando por debajo de la alambrada que rodeaba su instituto del norte de Londres, Linda había luchado con todas sus fuerzas para ganarse la vida como periodista *free lance*, y escribía sobre liposucción y celulitis y botas de cuero y gatos y artilugios sexuales y repostería y casi de cualquier cosa que las revistas femeninas baratas consideraran que a sus lectoras pudiera interesarles. La última vez que Annie había hablado con ella, iba tirando mal que bien, aunque daba la impresión de que el trabajo estaba desapareciendo rápidamente por el desagüe de Internet. Linda llevaba el pelo teñido con henna y tenía una voz fuerte, y siempre que ella y Annie se encontraban quería saber la «postura» de ésta sobre un asunto u otro, Barack Obama, o un *reality show* que nunca había visto, o un grupo que jamás había oído. Annie no tenía una «postura» sobre muchas cosas, la verdad, a menos que «postura» fuera lo mismo que opinión; aunque siempre tenía la sensación de que no era así, de que «postura» era algo mucho más agresivo, definitivo y atípico. Aun en el caso de que Annie tuviera alguna de las cualidades necesarias para ese «algo», nunca las malgastaría en una «postura». Linda vivía con un hombre que era tan idénticamente imposible como Duncan, por mucho que –quién sabe por qué– todo el mundo tuviera que fingir que no lo era, que por fin terminaría su novela, y que la publicaría, y que sería reconocida como la obra de un genio fuera de lo común, y que podría dejar de enseñar inglés a hombres de negocios japoneses.

–¿Y? –dijo Linda nada más sentarse en el restaurante, antes incluso de que Annie se hubiera quitado el abrigo–. Cuéntamelo todo, por favor.

Linda y Duncan tal vez deberían estar juntos, pensaba Annie. Así podrían «contárselo todo» y espantarse mutua y mortalmente.

–He dejado a Mike en casa para que podamos tener una charla de chicas como Dios manda.

–Oh, genial –dijo Annie.

¿Había alguna combinación de palabras más desalentadora que «charla» y «de chicas»?

–¿Qué habéis hecho? ¿Adónde habéis ido? ¿De qué habéis hablado?

Annie se preguntó durante un momento si Linda no estaba fingiendo interés. Nadie podía estar tan fascinada ante una cita por Internet fallida como sugerían aquellos ojos como platos.

—Bien... —¿Qué habían hecho?—. Hemos tomado un café, y luego hemos ido a ver una película francesa al cine de Russell Square, y luego... Bueno, eso ha sido todo, en realidad.

—¿Qué pasó al final?

—La mujer se enteró de que su marido se acostaba con una poetisa y se fue de casa.

—Al final de la cita, boba.

Típico de Linda: se había perdido la tímida ocurrencia de Annie, pero era ésta la boba.

—Sí, yo...

Oh, ¿qué importaba? Todo era ridículo. Se había inventado una cita por Internet, y tal cita por Internet era un invento para tapar otra cita que estaba empezando a sentir que podía haber sido una suerte de fantasía. ¿Por qué no seguir con aquella falacia y dar a Linda algo que mirar en Google?

—Nos hemos dicho adiós. Ha sido... Ha sido todo un poco violento, la verdad. Ha aparecido con su novia, y creo que estaba esperando...

—¡Oh, Dios santo!

—Ya.

Si la historia que estaba contando se publicara alguna vez, Annie tendría que dar las gracias a Ros en los Agradecimientos, incluso ofrecerle la coautoría. Según Ros, era algo que le sucedería casi con certeza si realmente hubiera conocido a alguien en Internet.

—Es más frecuente de lo que crees —dijo Annie—. La de historias que podría contarte...

De pronto empezaba a sentirse como una verdadera novelista. Su primera obra narrativa era medio autobiográfica, pero ahora que tenía algo de seguridad en sí misma osaba adentrarse más en el territorio de la imaginación.

—¿Has tenido muchas citas por Internet, entonces?

—En realidad no. —Era más difícil de lo que parecía, contar historias. Implicaba sacar la verdad afuera, totalmente, algo para lo que al parecer Annie no estaba preparada—. Pero las pocas veces que las he tenido han sido todas tan extrañas que seguramente podría contarte cinco o seis historias en cada una de ellas.

Linda sacudió la cabeza, solidaria.

—Me alegro tanto de no andar metida en el ciberespacio.

—Tienes suerte.

Esta última afirmación no reflejaba con fidelidad lo que realmente sentía Annie. La vez que había estado con ella y con Mike acabó pensando que Linda era una de las personas más desgraciadas que había conocido en la vida.

—¿Y Duncan?

—Ha conocido a alguien.

—Me tomas el pelo. No puedo creerlo. Dios santo.

—No era tan malo.

—¡Oh, Annie! Era horrible.

—Bueno, no era Mike, es cierto, pero...

¿No se estaba excediendo? Sin duda hasta Linda tendría que darse cuenta de que estaba siendo sarcástica. Pero no. Linda se limitó a permitir que una sonrisa leve, pagada de sí misma, cruzara su semblante.

—El caso es que ha conocido a alguien —dijo Annie.

—¿Y a quién diablos ha conocido? Si me permites la indiscreción.

—A una mujer que se llama Gina y que da clases con él en la escuela.

—Debe de estar desesperada.

—Mucha gente solitaria lo está.

Era una reconvención suave, pero hizo su efecto. Linda pareció reconocer lo que era la soledad. Posiblemente estaba viéndola sentada frente a ella, tomándose una *lager* y tratando de no perder los estribos. Era una enfermedad, la soledad; te hacía frágil, cándido, débil mental; Annie nunca habría esperado una hora de pie en la calle, ante el Museo Dickens, si no hubiera enfermado de ella.

El teléfono móvil de Annie sonó en el momento en que les traían a la mesa los papadum. Annie no reconoció el número, y por eso respondió.

—¿Sí?

La voz era más profunda de lo que había imaginado, pero también más débil, y casi trémula.

—¿Eres Annie?

—Sí.

—Hola. Soy Tucker Crowe.

—Hola. —La primera palabra que le decía en su vida, y brotaba envuelta en hielo—. Espero que tengas una buena excusa.

—Moderadamente buena. Un poco buena. He tenido un ataque al corazón leve, casi en cuanto he bajado del avión. Me gustaría poder decirte que ha sido más grave, pero eso es lo que hay. Y ha sido bastante.

—Oh, Dios mío. ¿Estás bien?

—No muy mal. Los mayores daños parecen ser psíquicos. Al parecer no voy a vivir para siempre, como pensaba antes.

—¿Puedo hacer algo?

—Me encantaría que me hiciera una visita alguien que no fuera de la familia.

—Eso está hecho. ¿Quieres que te lleve algo? ¿Necesitas algo?

—Me vendrían bien algunos libros, creo. Algo inglés y neblinoso. Pero no tan neblinoso como *Barnaby Rudge*.

Annie se echó a reír –con más ganas de las que Tucker sería capaz de entender–, tomó nota del nombre del hospital, colgó el móvil y se ruborizó. Últimamente estaba siempre ruborizándose. Tal vez se estaba haciendo más joven, literalmente; tal vez estaba volviendo vertiginosamente hacia atrás, hacia la prepubescencia. Y todo aquel terrible asunto de la vida estaba a punto de volver a empezar.

–¿Es una de tus historias? –le preguntó Linda–. Parece que sí, por el color que se te ha puesto.

–Bueno, sí. Supongo que sí.

Sí, al menos era una historia, aun en el caso de que Tucker Crowe no llegara nunca a ser nada más.

Nadie –descubrió a la mañana siguiente– esperaba nunca con impaciencia a que abrieran las librerías. Estaba allí sola, en medio del frío. Había llegado a Charing Cross Road a las nueve menos diez, y había comprobado que ninguna de ellas abría antes de las nueve y media. Fue a tomar un café, volvió, y a las nueve y treinta y un minutos estaba mirando a través del cristal de la puerta de una de ellas, mientras los empleados, en el interior, se afanaban en la disposición de los expositores. ¿Qué estaban haciendo? Seguramente habían adivinado que no estaba brincando de un lado para otro porque necesitara el libro de recetas de alguna celebridad. Menos mal que nadie se muere de sed de literatura: por aquellos tipos ya te podías morir boqueando sobre la acera. Al final, muy al final, un joven con barba incipiente y pelo largo y grasiento abrió la puerta hacia adentro, y Annie se coló por el hueco.

Tenía algunas ideas en la cabeza. Tucker nunca lo sabría, pero lo cierto era que Annie no había podido dormir, porque se había pasado la noche elaborando mentalmente una lista de lectura. A las dos de la mañana decidió que diez libros bastarían para satisfacer las necesidades de Tucker y los entusiasmos propios, pero cuando despertó se dio cuenta de que el hecho de aparecer con una oscilante pila de libros de bolsillo en los brazos proporcionaría a Tucker la prueba palpable de que era una mujer desequilibrada y obsesiva. Dos serían suficientes; tres, si no lograba decidirse fácilmente. Acabó comprando cuatro, con intención de descartar dos de ellos camino del hospital. No tenía la menor idea de si iban a gustarle o no, en primer lugar porque no sabía nada de él, aparte de que le gustaba Dickens. El hospital estaba cerca de Marble Arch, así que fue caminando hasta Oxford Street y cogió un autobús en dirección oeste –o eso esperaba, al menos.

Sólo que... seguramente todos aquellos a quienes les gustaba la narrativa del siglo XIX habían leído *Vanity Fair*. Además: ¿era un libro titulado *Hangover Square*[16] un regalo apropiado para un alcohólico en rehabilitación? ¿Y qué decir del sexo en *Falsa identidad*?[17] ¿Pensaría que se le estaba insinuando? ¿Y no era ese sexo en su mayoría lesbiano? ¿Pensaría, entonces, que trataba de advertirle que no estaba interesada en él en ese sentido? ¿Cuando de hecho la idea que trataba de transmitirle era justamente la contraria? Oh, mierda. Miró por la ventanilla del autobús, vio una librería de una cadena y se bajó en la parada siguiente.

A la entrada del hospital, Annie se vio metiendo cuatro libros de bolsillo nuevos que no quería llevarle a Tucker en

16. La Plaza de la Resaca. *(N. del T.)*
17. Novela de Sarah Waters, cuyo título inglés es *Fingersmith* («persona diestra con los dedos; carterista...»). Tal referencia a la destreza con los dedos hace que Annie piense que Tucker quizá pudiera pensar que se le está insinuando. *(N. del T.)*

una papelera, y se sintió terriblemente culpable. Se deshacía de ellos porque había comprado demasiados y no sabía dónde esconder los que le sobraban; y también porque algunos de los que había elegido a Tucker podían parecerle demasiado trillados y condescendientes; y también porque dos de ellos no los había leído y debería haberlo hecho, y si a él se le ocurría preguntarle de qué trataban ella se pondría a balbucear y a sonrojarse. Estaba muerta de miedo, por supuesto, y se daba cuenta de ello. Estaba nerviosa, y cuando estaba nerviosa les daba demasiadas vueltas a las cosas. Mientras subía hacia su habitación se vio reflejada en un lado de espejo del ascensor: tenía un aspecto horrible; de agotada, y de vieja. En lugar de haberse preocupado tanto por aquellas novelas victorianas debería haberle preocupado más el maquillaje. Ojalá hubiera dormido mejor; nunca tenía buen aspecto cuando dormía menos de siete horas. Seguramente él tampoco tendría la mejor de las apariencias, dadas las circunstancias, lo cual era un consuelo. Quizá era ésa la Paradoja de Annie: que sólo era capaz de atraer a hombres demasiado enfermos para que acabara mereciendo la pena. Se dio unos toquecitos en vano en el pelo y salió del ascensor.

Cuando se dirigía por el pasillo hacia la habitación de Tucker, vio que Jackson se acercaba hacia ella de la mano de una mujer de cuarenta y muchos años, increíblemente glamourosa pero intimidadoramente hosca. Annie trató de sonreírle, pero sintió claramente cómo la sonrisa rebotaba en su semblante: era obvio que Natalie, si era ésa la mujer, no prodigaba sus sonrisas, y no devaluaba, por tanto, su valor. Annie se alegró de haber resistido la tentación de presentarse; habría sido como una de esas locas que gritan a las estrellas de las telenovelas en la calle porque creen que las conocen. El hecho de que Jackson se pasara la vida pegado a la puerta de su frigorífico no significaba que pudiera correr hacia él y darle un susto de muerte. Al cruzarse con ellos, creyó ver que parecía ya bastante asustado, y Annie confió en que ello no quisiera decir que se disponía a entrar en un cuarto donde había un hombre gravemente enfermo. ¿Y si Tucker moría mientras ella estaba allí dentro? Y las palabras del moribundo fueran: «Oh, los he leído todos.» Tendría que ocurrírsele rápidamente algo. Nunca había tenido que vérselas con una persona agonizante. Y sería grotescamente inapropiado que la última cara que viera fuera la suya. Quizá debería desistir e irse al hotel. O esperar hasta estar segura de que en la habitación había alguien más, alguien a quien Tucker conociera de verdad.

Pero instantes después estaba llamando a la puerta y él estaba diciendo: «Entra», y antes de que pudiera darse cuenta estaba sentada en su cama y ambos se sonreían de oreja a oreja.

—Te he comprado unos libros —dijo Annie, un tanto precipitadamente. Los libros deberían haber sido un detalle posterior, no una presentación.

—Lo siento —dijo él—. Se me olvidó decirte que te los pagaría. No te conozco lo suficiente como para pedirte que me compres cosas.

Se lo había buscado al entrar en la habitación y proclamar su generosidad al gastar dinero en él. Idiota.

—No, por Dios. No necesito que me pagues nada. Es que no quería que creyeras que se me habían olvidado. Tiene que ser terrible estar en el hospital sin nada que leer.

Tucker hizo un gesto con la cabeza señalando la mesilla.

—Aún me queda *Barnaby*. Pero no es tan divertido como esperaba. ¿Lo has leído?

–Mmm...

Oh, vamos, mujer, se dijo a sí misma. Sabes la respuesta a esa pregunta. Has leído cuatro novelas de Dickens, y ésa no es una de ellas. *Barnaby Rudge* no va a ser un elemento de ruptura. Además, ¿por qué correr el riesgo?

–Soy como tú –dijo Annie, ingeniosa–. Llegué hasta aproximadamente un tercio y la dejé. En fin. Tú acabas de tener un ataque al corazón, y henos aquí hablando de que yo no he terminado un libro. ¿Qué tal estás?

–No demasiado mal.

–¿De verdad?

–Sí. Cansado. Y un poco inquieto por Jackson.

–Creo que lo he visto en el pasillo.

–Sí. Natalie se lo ha llevado a una tienda de juguetes. Todo es muy extraño.

–¿No se conocían antes?

–Mierda, no. –Annie rió ante los ojos como platos de Tucker–. ¿Por qué habría de hacerle eso al pobre niño? Y quiero que me respete. No quiero que me juzgue por mis errores del pasado.

–Pero está siendo muy amable con él.

–Sí. Supongo que sí. Y conmigo. Su marido nos ha pagado el billete de avión. Y me he caído redondo en el vestíbulo del hospital más fino de Londres, así que también tendrá que pagar esa cuenta.

Soltó una risa jadeante.

–Luego no es tan mala...

–Al parecer no. Me entero ahora.

–¿Cómo llegaste a casarte con una inglesa?

–Ohhh... –dijo Tucker.

E hizo un gesto con la mano en el aire, como si casarse con una mujer de otro continente fuera inevitable en cierta fase de la carrera de un «marido en serie», y los detalles –amén de aburridos– carecieran por completo de importancia.

Annie se había dicho a sí misma que no haría demasiadas preguntas, por mucho que quisiera saber de él. Le gustaba pensar que sentía curiosidad por la gente, pero su ansia de información iba más allá de la curiosidad: deseaba ensamblar las piezas de toda su vida de adulto, pero le faltaban hasta los datos más básicos con los que poder empezar. ¿Por qué se preocupaba tanto? En parte, por Duncan, por supuesto: Annie pensaba con la cabeza de fan de su ex compañero, y se sentía obligada a recoger toda la información posible, ya que nadie más que ella se hallaba en situación de hacerlo. Pero no era sólo eso. Nunca había tenido la oportunidad de conocer a alguien tan exótico, y temía que no volvería a tenerla jamás, a menos que algún otro bohemio desaparecido se pusiera en contacto con ella de la noche a la mañana.

–Ah –dijo Annie–. Un gesto de ésos...

–¿Ha dado la sensación de que me estoy haciendo el misterioso? –dijo Tucker.

–Ha dado la sensación de que no te apetece hablar de tu penúltimo matrimonio con alguien que acabas de conocer.

–Perfecto. Es asombroso lo que eres capaz de elaborar a partir de un fláccido flameo de muñeca.

–¿Qué tal va tu hija?

–No demasiado bien. Físicamente se ha recuperado, pero está furiosa. También conmigo.

–¿Contigo?

–He vuelto a fastidiarla con ella. Por una vez, se suponía que el centro de atención era ella.

–Estoy segura de que no es eso lo que siente.

En los primeros cinco minutos, había defendido a Lizzie y a Natalie, e hizo votos de no decir nada halagüeño de nadie emparentado con Tucker durante el resto de la visita. Le hacía parecer blanda y aburrida y buena, exactamente el tipo de persona que a un músico de culto recluido y en rehabilitación alcohólica no le gustaría lo más mínimo –si es que ella sabía algo sobre músicos de culto recluidos y en rehabilitación alcohólica, lo cual no era el caso–. Sea como fuere, lo más probable es que esas dos mujeres fueran horribles. A Natalie la había visto apenas dos segundos en el pasillo, pero esos dos segundos le habían resultado muy útiles: habían apuntado hacia la idea de que las personas ricas y bellas eran realmente diferentes. «Estoy segura de que no es eso lo que siente.» ¿Cómo iba a saber ella lo que sentía la hija de una modelo?

–¿Conoces a mucha gente en Londres?

–No. A Lizzie y a Nat. Y a ti, ahora que estás en Londres.

–¿Así que no te han asaeteado con visitas?

–Aún no. Pero creo que están al caer un buen puñado de ellas.

–¿Sí?

–Sí. En su gran sabiduría, Nat y Lizzie decidieron que todos mis hijos tenían que venir a visitarme antes de que la diñara. Así que vienen de camino otros tres hijos y otra ex mujer.

–Oh. ¿Y cómo te sientes...?

–No me apetece mucho la idea.

–No. Bueno. Ya lo veo.

–Lo cierto es, Annie, que no voy a ser capaz de soportar todo eso. Voy a necesitarte para salir de aquí. Si vives en una pequeña ciudad de la costa a bastante distancia de este hospital, será el sitio ideal para que yo descanse. También podría ser divertido para Jackson.

Durante un instante Annie se olvidó de respirar. Ella

había puesto esto en su boca varias veces desde que él la llamó para contarle lo que había pasado, aunque sonaba mejor en su voz real, por supuesto, y había un par de detalles idiomáticos que ella jamás habría acertado a emplear.[18] Luego, cuando fue capaz de volver a inhalar y exhalar –un poco más ruidosamente de lo que ella habría deseado–, empezó a pensar en los horarios de los trenes. Tenía pensado coger el de las catorce y doce, a menos que alguien le diera una razón de peso o siquiera medianamente plausible para que se quedara en Londres. Si Jackson volvía de la tienda de juguetes a tiempo, podrían subirse a un taxi que los llevara a King's Cross y estarían en Gooleness a las cuatro y treinta.

–¿Qué piensas?

No sólo había olvidado respirar; también había olvidado que se suponía que estaba tomando parte en una conversación con una persona real.

–No creo que Jackson pueda divertirse mucho allí. No es un sitio muy divertido, y menos en esta época del año.

–¿Sigues teniendo aquel ojo de tiburón?

–Tengo montones de partes del tiburón.

–Bien, pasaremos una tarde espléndida en tu ciudad.

El problema era que Annie no podía evitar ser aburrida y blanda y sensata y buena. No había nada que deseara más que cuidar de Tucker en su convalecencia en Gooleness, aunque tal deseo era poco fiable, y peligrosamente caprichoso, y sobremanera indulgente consigo mismo: era el enamoramiento quien hablaba. Para empezar, Tucker había tenido un ataque al corazón, no una gripe. Probable-

18. *A ways away* («bastante lejos»), modo coloquial de *a way away; rest up* («descansar»): verbo con preposición que los norteamericanos emplean a menudo en lugar de *rest. (N. del T.)*

mente no necesitaba mantas ni botellas de agua caliente ni sopa casera; era posible que cualquiera de esas cosas pudiera matarlo, quién sabe. Y separarlo de sus familiares –razonó Annie– sería un error, algo malo, meterse donde nadie la llamaba. Trató de pensar de forma no convencional, pero seguramente creía que las familias eran importantes, que los padres tenían un deber para con sus hijos, que Tucker no podía limitarse a huir de ellos por miedo o por vergüenza –o por ambas cosas–. Al examinar detenidamente todas estas dudas se vio abocada a la indeseada conclusión de que Tucker era una persona real, con problemas reales, y que ni él ni sus problemas tenían cabida en su vida, ni en su casa, ni en Gooleness. Y si era allí adonde llevaban tales dudas, Annie no quería dejarse influenciar por ellas.

–No sé si voy a ser capaz de cuidarte. Quiero decir... ¿qué te han hecho aquí? ¿Qué necesitarás que siga haciéndote?

–Me han hecho una angioplastia.

–Ah. Vaya, no sé ni lo que es. Así que no podría hacerte otra.

–Dios, yo nunca te pediría que me la hicieras.

¿Era imaginación suya, o en aquella parte de la conversación podían verse vagas referencias obscenas? Obscenas y timoratas al mismo tiempo, ya que parecía sugerir que ella se negaba a hacerle ciertas cosas y él se apresuraba a afirmar que jamás le pediría que se las hiciera. Era su imaginación, casi con certeza. Si hubiera aceptado la oferta de Barnesy la otra noche, ahora quizá no se sentiría tan preocupada.

–¿Y qué es?

–Dicho en pocas palabras, te meten unos diminutos globos en las arterias y los inflan para que las desobstruyan.

—¿Así que te han operado? ¿En las últimas treinta y seis horas?

—No es una operación muy complicada. Te meten los globos con un catéter.

—¿Y de verdad quieres huir de tus hijos, cuando están cruzando medio mundo para verte?

—Sí.

Annie se echó a reír. Era de ese tipo de «síes» conscientes de lo que significaban.

—Y esos hijos que están sobrevolando el Atlántico... ¿qué edad tienen?

—Doce. Más o menos.

—¿... y su padre se va del hospital y no hay forma de encontrarle?

—Exacto. No es que no quiera ver a uno u otro de ellos. Es que no quiero verlos a todos juntos. Porque, ¿sabes?, nunca los he visto, a todos en la misma habitación. Nunca los he visto, y nunca he querido verlos. Así que necesito largarme de aquí cuando aún estoy a tiempo.

—¿En serio? ¿Nunca has estado con todos tus hijos al mismo tiempo?

—Dios, no... Todo lo que eso supone...

Se estremeció con teatralidad.

—¿Cuánto tiempo tienes? ¿Antes de que lleguen?

—Los niños llegan esta tarde. Lizzie está ahí abajo, y a Jackson ya lo conoces... Queda Grace. Parece ser que nadie sabe dónde está.

—¿Dónde vive?

—Ah... —dijo Tucker—. Bueno, me temo que esto no va a sonar nada bien...

—¿No estás seguro?

—«No estar seguro» sería una forma amable de decirlo. Sugiere que tal vez pueda tener cierta idea al respecto.

–Pero ¿hay alguien que lo sepa?

–Oh, siempre hay alguien que lo sabe. La pareja más reciente siempre tiene alguna forma de ponerse en contacto con la pareja anterior. Retroceden por la cadena hasta dar con ella.

–¿Cómo es que ellas saben la forma de ponerse en contacto?

–Supongo que porque dejo que mis ex se ocupen de todo lo referente a los niños. Yo no era muy bueno en esas cosas, y la pareja del momento siempre quería demostrar a la anterior que era un ser humano decente y afectuoso, así que... Lo sé, lo sé. Eso dice poco en mi favor, ¿no es cierto?

Annie trató de poner la cara de desaprobación que él parecía esperar, pero enseguida desistió. Desaprobarlo sería degradarlo, convertirlo en un tipo de persona que ella conocía; deseaba, necesitaba oír cosas de su complicada vida familiar, y sugerir que ésta no le gustaba demasiado podría hacer que él dejara de contarle historias que ella recordaría siempre.

–No –dijo.

Tucker la miró.

–¿De veras? ¿Por qué no?

Annie no sabía por qué no. Perder el contacto con tus hijas por indolencia y dejadez era, a todas luces, una costumbre fea.

–Creo..., la gente acaba haciendo cosas para las que tiene aptitudes. Si tus parejas eran mejores que tú ocupándose de las cosas, ¿qué sentido tenía que te las dejara a ti para que las hicieras mal?

Durante un momento se permitió imaginar que Duncan tenía una hija de una relación anterior, y que era ella quien tenía que hablar con la madre de la niña mientras él se rascaba las pelotas y escuchaba los discos piratas de Tucker Crowe. ¿Era eso lo que ella pensaría en tales circunstancias? Casi con certeza, no.

–No creo que realmente pienses lo que acabas de decir. O, si de verdad lo piensas, eres la primera mujer que conozco que piensa así. Pero te agradezco la tolerancia. En fin. Esto no me va a sacar de aquí.

–Te sacaré de aquí cuando los hayas visto a todos.

–No. Entiéndelo: será demasiado tarde. Lo de irme de aquí es precisamente para no verlos.

–Lo sé, pero... Me siento culpable. Y tú no querrás eso.

–Escucha... ¿Podrás venir de nuevo a verme? ¿Mañana? ¿O tienes que volver?

Era increíble, pero de nuevo se estaba ruborizando. ¿No iba a dejar de hacerlo nunca? ¿Iba a seguir ruborizándose eternamente, ante cualquier cosa que dijera la gente? Esta vez era más un sofoco que un rubor, una respuesta a la sensación placentera de ser necesitado por alguien a quien encontraba atractivo, y se le ocurrió pensar que aquella respuesta psicológica le podía haber sobrevenido en cualquier momento de los últimos quince años; sólo que no había habido placer –de este tipo al menos– en las cosas que le habían sucedido en ese tiempo.

–No –dijo–. No tengo que volver. Puedo..., ya sabes...

Y podía. Podía tomarse unos días de asueto y pedirle a uno de los Amigos que abriera el museo. Podía quedarse en casa de Linda; podía hacer lo que tuviera que hacer.

–Fantástico. ¡Eh! ¡Aquí está!

Tucker se refería a la joven increíblemente pálida que se acercaba hacia ellos despacio, en bata.

–Lizzie, te presento a Annie.

Era evidente que Lizzie no quería que le presentaran a Annie, pues hizo como si no existiera. Annie se sorprendió deseando que Tucker le dijera a su hija que se fuera del cuarto, pero era un deseo poco realista. Ellos tenían que compartir hospital, y, en cualquier caso, Lizzie tenía un aspecto temible.

–Grace estaba en París –dijo–. Llegará mañana.

–¿Le has dicho que no tiene por qué venir, ahora que sabemos que no voy a espicharla?

–No. Por supuesto que tiene que venir.

–¿Por qué?

–Porque esto ha ido demasiado lejos.

–¿El qué?

–Que nos mantengas separados.

–Yo no os mantengo separados. Simplemente no os tengo a todos juntos.

Annie se levantó.

–Debería, ya sabes...

–¿Así que volverás mañana?

Annie miró a Lizzie, pero ésta no le devolvió la mirada.

–Quizá mañana no sea...

–Lo es. De verdad.

Annie le dio la mano a Tucker, y sintió deseos de apretársela, pero no lo hizo.

–Bueno, gracias por los libros –dijo Tucker–. Son perfectos.

–Adiós, Lizzie –dijo Annie, provocadora.

–De acuerdo. Puedes llamar a Grace y decirle que no es bienvenida –dijo Lizzie.

Annie empezaba a entender de qué iba aquello, y lo estaba disfrutando. Hasta la rudeza resultaba exótica y envidiable y preciosa.

13

–¿Así que en realidad no es por mi bien, nada de esto? –dijo Tucker.

Lo dijo –le pareció– suavemente. Suavidad era la palabra de la semana. Había decidido ser suave siempre, o al menos hasta que tuviera un ataque al corazón grave, momento en el que se volvería serio, o frívolo, según las directrices de actuación que le indicaran los médicos.

–Yo..., a mí me pareció que lo era –dijo Lizzie–. Confiaba en que te gustaría vernos a todos juntos.

Había algo extraño en la voz de Lizzie. Era más profunda que unos minutos atrás, antes de que Annie saliera del cuarto. Era como si estuviera haciendo una prueba para una de esas piezas teatrales de Shakespeare en las que una mujer joven se disfraza de varón joven. También hablaba más despacio que de costumbre. Y, además, su tono era desconcertantemente pacífico. A Tucker no le gustaron estos cambios. Le hacía sentir que estaba mucho más grave de lo que le habían dicho.

–¿Por qué me hablas así?

–¿Cómo?

–Como si fueras a operarte para cambiar de sexo.

—Que te den, Tucker.

—Así está mejor.

—¿Por qué tiene que ser todo en tu beneficio, además? ¿Te resulta imposible imaginar hasta un pequeño puñado de actividades humanas que no lo sea?

—Me parecía que os queríais reunir porque estaba gravemente enfermo. Ahora que no lo estoy, podríamos olvidarnos de ello.

—No queremos olvidarnos de ello.

—¿En nombre de quién hablas? ¿De todos? ¿De la mayoría? ¿De los más mayores? Porque no creo que a Jackson le importe una mierda nada de esto.

—Oh, Jackson. Jackson piensa lo que tú le dices que piense.

—Sucede a menudo con los niños de seis años. Quizá el desdén hiriente esté fuera de lugar.

—Estoy segura de que hablo en nombre de la mayoría cuando digo que desearía que todos tuviéramos la misma protección que tiene Jackson.

—Oh, muy bien. Porque todos habéis llevado una vida tan jodida y mísera, ¿no es eso?

Si la conversación en cuestión hubiera sido un profeta, sería un profeta del temible Viejo Testamento, y no el delicado Jesús, manso y suave. La suavidad era una cualidad huidiza; uno no podía ponerla en práctica o suspenderla a voluntad. Pero, en general, ése era el problema que se daba en las relaciones humanas. Cada una tenía su propia temperatura, y no había termostato que valiera.

—¿Y ello te excusa de todo?

—Diría que, considerando el asunto en su conjunto, sí. Si os hubiera dejado en la pura mierda me sentiría mucho peor de lo que me siento.

–No ha tenido nada que ver contigo, el que nosotros hayamos sobrevivido.

–Eso no es estrictamente cierto.

–¿No?

Tucker sabía que no era cierto, pero no sabía cómo explicarlo sin causar más problemas. Su talento para la paternidad –antes de Jackson, claro– podía resumirse en lo siguiente: se limitaba a fecundar a mujeres carismáticas y bellas. Mujeres que, después de dejarlas hechas polvo, eran perseguidas por hombres de gran éxito. También eran perseguidas por hombres de éxito nulo, por supuesto, pero para entonces ya estaban inmunizadas contra capullos de todo tipo, y buscaban parejas decentes y solventes que pudieran ofrecerles estabilidad y confort material. Darwin básico, si se piensa detenidamente en ello, aunque Tucker se preguntaba qué tendría que decir Darwin sobre el hecho de que el apareamiento de aquellas mujeres con él tuviera como resultado primero que esas mujeres se convirtieran en madres. No podría decirse que hubiera mucha prueba del instinto de supervivencia en tal hecho.

Así que era eso, su servicio post-él; mejor que un fondo fiduciario, bien mirado; los fondos fiduciarios arruinan a los hijos; los padrastros cariñosos, ricachones y de visión clara no. No a todo el mundo le tenía que funcionar –se daba cuenta de ello–, pero a él le había funcionado. Había incluso un pequeño efecto colateral que había recaído en él, visto el modo en que el padre de Lizzie estaba corriendo con sus gastos de hospital. No llegaría al punto de afirmar que aquel tipo –había vuelto a olvidar su nombre– *se lo debía*. Pero se trataba de la familia encantadora que había heredado, y debía apechugar con sus aspectos poco encantadores.

–Creo que no.

Era una idea demasiado compleja para explicarla boca abajo.

Lizzie respiró profundamente.

—He estado pensando —dijo—. Ésta es la única forma en que esto podía suceder, ¿no es cierto?

Volvía a tratar de sonar como un chico. Tucker deseó que eligiera una voz y se ciñera a ella.

—¿Qué?

—Que tu vida se reúna a tu alrededor. Siempre has sabido esconderte muy bien de ella. Y huir de ella. Y ahora estás postrado en la cama, y tu vida viene hacia ti.

—¿Y crees que eso es lo que necesita un hombre enfermo?

Podía intentarlo, ¿no? Un ataque al corazón no podía ser fingido. Hasta un episodio coronario leve revestía cierta gravedad en comparación con otras cosas. Tenía derecho a un pequeño descanso para recuperarse.

—Es lo que necesita una mujer que sufre. Acabo de perder un bebé, Tucker.

Su voz había cambiado de tono por tercera o cuarta vez. Tucker se alegraba de no tener que hacerle el acompañamiento de guitarra; hubiera tenido que cambiar de acorde cada dos minutos.

—Así que, como he dicho antes, en realidad no era por mi bien.

—Exactamente. Es por el nuestro. Pero quién sabe. También podría hacerte algo de bien a ti.

Quizá tenía razón. Matar o curar. Si Tucker tuviera algún dinero, sabía cuáles eran los resultados por los que apostaría.

Cuando Lizzie se hubo marchado, cogió los libros que Annie le había dejado y leyó los comentarios laudatorios de la contracubierta. Parecían obras muy buenas. Annie era la única persona que conocía en aquel país –y quizá en cualquier país– capaz de hacer eso por él; y de pronto la echó en falta tanto a ella como al tipo de amigos que podían haberle rendido tal servicio. Annie era mucho más guapa de lo que había imaginado, aunque era de ese tipo de mujeres que se sorprenderían al oír que no tenían nada que envidiar si se las comparaba con alguien como Natalie, que sabía el efecto que aún causaba en los hombres. Y, por supuesto, como no sabía que era guapa se esforzaba mucho por resultar atractiva en otros terrenos. Y, en lo que concernía a Tucker Crowe, tal trabajo había sido fructífero. Éste podía imaginarse descansando en una desolada pero hermosa ciudad costera de Inglaterra, dando paseos por los acantilados con Jackson y un perro que quizá tendrían que alquilar para la ocasión. ¿Cuál era aquella película inglesa de época en la que Meryl Streep contempla largamente el mar? Quizá Gooleness era un sitio parecido al de esa película.

Jackson volvió de la tienda de juguetes con Natalie y con una enorme bolsa de plástico.

–Parece que no has perdido el tiempo –dijo Tucker.

–Claro que no.

–¿Qué has elegido?

–Una cometa y un balón de fútbol.

–Oh. Estupendo. Creí que ibais a comprar algo con lo que divertirte aquí conmigo.

–Natalie dice que va a llevarme por ahí a jugar con esto. A lo mejor antes de que vayamos al zoo esta tarde.

–¿Natalie va a llevarte al zoo?

–¿Hay alguien más aquí con quien pueda ir? –dijo Jackson.

–¿Estás furioso conmigo, Jack?

–No.

No habían tenido ninguna conversación de ningún tipo desde el desdichado episodio médico-cardiaco. Tucker no había sabido qué decir, o cómo decirlo, o siquiera si merecía la pena decir algo.

–¿Por qué no quieres hablar conmigo, entonces?

–No lo sé.

–Siento lo que ha pasado –dijo Tucker.

–Este balón de fútbol es el que utilizan los jugadores profesionales. En Inglaterra y en otros países.

–Fantástico. Podrás enseñarme algunos trucos cuando salgamos de aquí.

–¿Podrás jugar al fútbol?

–Incluso mejor que antes.

Jackson botó el balón en el suelo.

–Pero no aquí, Jackson. Seguramente habrá alguien por ahí cerca que está intentando dormir.

Botes de balón.

–Estás enfadado conmigo.

–Sólo estoy botando un balón.

–Entiendo. Te prometí que no me pondría enfermo.

–Me prometiste que no podrías morirte si habías estado bien el día anterior.

–¿Te parezco muerto?

Botes.

–Porque no lo estoy. Y la verdad es que ayer no me sentía bien.

Botes.

–De acuerdo, Jack. Dame ese balón.

–No.

Botes, botes, botes.

–Muy bien. Voy yo a cogerlo.

Tucker hizo ademán de apartar las mantas de la cama.

Jackson soltó un gemido, lanzó el balón hacia su padre y se desplomó en el suelo tapándose las orejas con las manos.

–Vamos, Jack –dijo Tucker–. No es para tanto. Sólo te he pedido que dejes de botar el balón, y no me hacías caso. Y ahora me lo has hecho. No te iba a dar ninguna tunda.

–No tenía miedo de eso –dijo Jackson–. Lizzie dijo que si forzabas mucho el corazón te morirías. No quiero que te levantes de la cama.

Bien, gracias, Lizzie.

–De acuerdo –dijo Tucker–. Pues no me hagas levantarme.

Si la cosa funciona..., pensó con cansancio. Pero a partir de entonces iba a ser difícil fingir que era el papá normal y corriente de un niño de primaria.

Jesse y Cooper aparecieron luego, aquella misma tarde, con aire despeinado y desconcertado y resentido. Los dos llevaban un iPod; los dos escuchaban hip-hop por un oído. La pieza blanca suelta de ambos auriculares –que se habían quitado del otro oído para el caso altamente improbable de que su padre pudiera decirles algo que quisieran oír– les colgaba a un costado.

–¿Qué hay, chicos?

Las gargantas de sus hijos farfullaron sendos saludos con tan poca fuerza que no llegaron al destinatario; cayeron en algún punto del suelo, al pie de la cama de su padre, y quedaron allí para que los barrieran las limpiadoras.

–¿Dónde está vuestra madre?

–¿Qué? –dijo Jesse.

–Sí, está bien –dijo Cooper.

–Eh, chicos. ¿Por qué no apagáis eso un momento?

–¿Qué? –dijo Jesse.

–No, gracias –dijo Cooper.

Lo dijo con bastante cortesía, por lo que Tucker comprendió que el chico estaba rechazando algo con firmeza –el ofrecimiento de una bebida, una invitación para el ballet...–. Tucker hizo un poco de mímica para volver a manifestar su deseo de conversar con ellos sin impedimentos auditivos. Los chicos se miraron, se encogieron de hombros y se metieron el iPod en el bolsillo. Habían accedido a su petición no porque fuera su padre, sino porque era mayor que ellos, y tal vez porque estaba en la cama de un hospital. Habrían hecho lo mismo si se hubiera tratado de un desconocido parapléjico en un autobús. Dicho de otro modo, eran niños bastante presentables, pero no eran *sus* niños.

–Os he preguntado dónde está vuestra madre.

–Oh. Vale. Está ahí fuera, en el pasillo.

El que hablaba era Cooper, pero daba la impresión de que, de alguna forma, canalizaba lo que quería decir su hermano gemelo. Puede que fuera su modo de estar allí de pie, uno al lado del otro, mirando fijamente hacia el frente, con los brazos colgando a ambos costados.

–¿No quiere entrar?

–Supongo.

–¿No queréis ir a decirle que entre?

–No.

–Ha sido mi forma de decir que vayáis a buscarla.

–Oh. Vale.

Se dirigieron a la puerta, miraron hacia la derecha y luego hacia la izquierda, e hicieron una seña a su madre para que fuera hacia ellos.

–Pero quiere que entres... –Y luego, después de una pausa lo bastante larga para hacer un hueco a la disconformidad de su madre–: No sé por qué.

–En realidad no quiere entrar –dijo Cooper.

—Pero va a entrar —dijo Jesse.

—Muy bien.

Pero no entró.

—¿Dónde está?

Los gemelos habían vuelto a sus posiciones anteriores, y estaban muy tiesos uno junto al otro, mirando fijamente hacia el frente. Tal vez al apagar los iPods se habían apagado también a sí mismos. Y estaban en modo de «espera».

—Puede que esté en el aseo —dijo Cooper.

—Sí, creo que sí —dijo Jesse—. Que ha ido al aseo. Y quizá estaba ocupado.

—Oh —dijo Tucker—. Claro.

Tucker, de pronto, se sintió cansado de la inutilidad del plan que Lizzie había puesto en marcha. Aquellos chicos habían volado miles de kilómetros para acabar de pie en un cuarto de hospital, mirando fijamente a un hombre al que ya no conocían nada bien; aquel debate sobre si su madre se había ido al aseo de señoras o no era la conversación más animada que habían logrado entablar los tres hasta el momento. (Tucker echaría en falta este momento cuando hubiera quedado atrás, pero prolongarlo probablemente entrañaría detalles escatológicos con los que no se sentiría nada cómodo, por mucho que a los chicos pudieran regocijarles.) Además, en cuestión de segundos, la atmósfera de aquella habitación se enfriaría aún más con la llegada de una de sus ex esposas, una mujer a la que no temía especialmente, que no le guardaba un gran rencor (que él supiera); pero una persona a la que no tenía muchas ganas de volver a ver en lo que le quedaba de vida sobre el planeta. Luego, al cabo de una hora o dos, esta ex esposa se toparía con otra cuando Natalie volviera con Jackson. Y en algún momento los dos chicos se quedarían mirando fijamente a una medio hermana a la que no habían visto nunca, y farfullarían ante ella, y... Dios. Una parte de él había medio bromeado al pedirle a la inglesa Annie que le sacara de aquel hospital, pero aquella parte se había esfumado. No había nada gracioso en todo aquello.

La puerta se abrió, y Carrie miró hacia el interior con cautela.

—Somos nosotros —dijo Tucker en tono alegre—. Pasa, por favor.

Carrie dio unos pasos hacia el centro de la habitación, se detuvo y se quedó mirándole.

—Dios mío —dijo.

—Gracias —dijo Tucker.

—Lo siento. Sólo me...

—Está bien —dijo Tucker—. He envejecido mucho; la luz aquí no es nada favorecedora, y he tenido un ataque al corazón. Acepto todas estas cosas con serenidad.

—No, no —dijo Carrie—. Sólo quería decir que, bueno, Dios santo..., hace tanto tiempo que no te veía.

—Bien —dijo Tucker—. Dejémoslo así.

Carrie, por supuesto, tenía un aspecto estupendo, saludable e impecable. Había ganado peso; pero cuando la dejó era delgadísima, a causa del daño que le había hecho, así que los kilos de más no indicaban sino salud psíquica.

—¿Qué tal te ha ido?

—Ayer y hoy no muy mal. Anteayer, no muy bien. Los últimos años, en general pasables.

—He oído que Cat y tú os habéis separado.

—Sí. Me las he arreglado para fastidiarla otra vez.

—Lo siento.

—Apuesto a que sí.

—No, de verdad. Supongo que no tenemos mucho en común, pero todos nos preocupamos por ti. Nos sentimos mejor si estás con alguien.

–¿Estáis todas juntas en algún grupo de rehabilitación?

–No, pero... Eres el padre de nuestros hijos. Necesitamos que estés bien.

La elección de las palabras de Carrie permitía imaginar que Tucker era un individuo polígamo en una comunidad religiosa aislada, y que Carrie estaba allí como representante electa de sus esposas. Se hacía ciertamente difícil pensar en él como en un hombre soltero. Lo intentó, durante un momento. ¡Eh! ¡Soy soltero! ¡No tengo ninguna atadura con nadie! ¡Puedo hacer lo que me plazca! No. No funcionaba, por una u otra razón. Tal vez cuando le quitaran el gota a gota se sentiría un poco más a sus anchas.

–Gracias. ¿Y tú qué tal estás?

–Estoy fenomenal, querido. Gracias. Tengo un buen trabajo, Jesse y Cooper son buenos, como puedes ver...

Tucker se sintió obligado a mirarlos, aunque no había mucho que mirar, aparte del breve destello de animación que percibió en ellos cuando su madre pronunció sus nombres.

–Y mi matrimonio va bien.

–Magnífico.

–Tengo una vida social fantástica, el negocio de Doug se ha consolidado...

–Genial.

Barajaba la hipótesis de que si le dedicaba a Carrie los suficientes adjetivos de aprobación, ésta dejaría su retahíla, pero su estrategia no parecía tener éxito.

–El año pasado corrí medio maratón.

Tucker vio limitada su reacción a sacudidas de cabeza de muda admiración.

–Mi vida sexual es mejor de lo que lo ha sido nunca.

Al final los chicos salieron de su modo de «espera». La cara de Jesse se arrugó hasta quedar convertida en una máscara de disgusto, y Cooper se encogió como si le hubieran asestado un puñetazo en el estómago.

–Qué asco –dijo–. Por favor, mamá. Cállate.

–Soy una mujer sana de treinta y tantos años. No tengo por qué esconderme.

–¡Bravo! –dijo Tucker–. Seguro que los intestinos también te funcionan mucho mejor que a mí.

–Puedes jurarlo –dijo Carrie.

Tucker empezaba a preguntarse si no se habría vuelto loca en algún momento de la década pasada. La mujer con quien estaba hablando no se parecía en absoluto a aquella con la que había convivido antaño: la Carrie que había conocido era una joven tímida a quien le habría gustado combinar su afición por la escultura con su interés por los niños discapacitados. Le encantaban Jeff Buckley y REM y la poesía de Billy Collins. La mujer que ahora tenía enfrente ni siquiera sabría quién era Billy Collins.

–Hay mucho que decir en favor de las madres de barrio residencial con hijos que juegan al fútbol europeo –dijo Carrie–. Poco importa lo que diga la gente como tú.

Oh, de acuerdo. Ahora caía. Estaban dirimiendo una especie de guerra de culturas. Él era el cantautor de rock and roll que vivía en el Village y tomaba drogas, y ella era la mujercita que había dejado detrás en el Condado de Ninguna Parte. Lo cierto es que llevaban vidas muy similares, aunque Jackson jugaba al béisbol en la Little League, y no al fútbol europeo, y Carrie –casi con toda certeza– había ido a Nueva York mucho más recientemente que él. Era probable que Carrie hubiera fumado un poco de hierba durante alguna temporada de los cinco últimos años. Y quizá todo el mundo iba a entrar en aquella habitación blandiendo sus inseguridades como bates de béisbol. Ello daría un poco más de sabor a las cosas, no cabía duda.

Los salvó la vuelta de Jackson, que corrió de un extremo a otro de la habitación para asestar un puñetazo en el estómago a Jesse y otro a Cooper, que respondieron con sonrisas y gritos de alegría: al final alguien hablaba su lengua. La entrada de Natalie fue un poco más majestuosa. Saludó con la mano a los niños, que la ignoraron, y se presentó a Carrie. O quizá se presentaba por segunda vez –Tucker no podía acordarse–. ¿Quién sabía quiénes se conocían ya de antes? Ahora se estaban estudiando. Tucker veía claramente que Natalie había absorbido a Carrie por completo, y que luego la había expelido, y que Carrie sabía que había sido expelida. Tucker aceptaba de buen grado que las mujeres eran el sexo bello y más sabio; pero también eran irremisiblemente pérfidas cuando la ocasión lo requería.

Los chicos seguían peleándose. Tucker advirtió sombríamente que Jackson había reaccionado ante la aparición de sus medio hermanos con enorme alegría y entusiasmo; su mayor atractivo mutuo residía en que no daban señal alguna de estar a punto de morirse, al contrario que su padre. Los chicos huelen esas cosas. Las ratas que abandonan el barco que se va a pique no son moralmente culpables. Simplemente estaban hechas de ese modo.

–¿Qué tal en el zoo, Jackson?

–Ha estado genial. Natalie me ha comprado esto. –Un bolígrafo con una cabeza de mono precariamente fijada al capuchón.

–Guau... ¿Le has dado las gracias?

–Su comportamiento ha sido impecable –dijo Natalie–. Y para mí ha sido todo un placer estar con él. Y sabe prácticamente todo lo que se puede saber de serpientes.

–No sé lo larga que es cada una de ellas –dijo Jackson con modestia.

Los chicos dejaron de pelearse, y se hizo un silencio en el grupo de los presentes.

—Bien, pues henos aquí —dijo Tucker—. ¿Y ahora qué?

—Supongo que aquí es cuando tú lees tu testamento —dijo Natalie—. Y nos enteramos de a cuál de tus hijos quieres más.

Jackson la miró, y luego miró a Tucker.

—Es el sentido del humor de Natalie, hijo mío —dijo Tucker.

—Oh. Está bien. Pero supongo que nos dirás que nos quieres a todos igual —dijo Jackson, y el tono de su voz dejaba entrever que tal afirmación resultaría insatisfactoria y probablemente entrañaría una mentira.

Y tendría razón, pensó Tucker. ¿Cómo iba a quererlos a todos por igual? El mero hecho de ver a Jackson, con su montón de neurosis a duras penas disimuladas, en la misma habitación que aquellos dos chiquillos robustos y, tenía que admitirlo, anodinos y obtusos desmentiría su afirmación mendaz. Veía claramente que la paternidad era importante cuando uno era realmente padre: cuando te sentabas con tus hijos en mitad de la noche y les convencías de que las pesadillas no eran más que humo, y cuando elegías sus libros y sus colegios, y cuando los amabas por difícil que se te hiciera sentir otra cosa que irritación y, en ocasiones, ira. Había estado con los gemelos durante sus primeros años de vida, pero desde que dejó a su madre se había preocupado por ellos cada vez menos. ¿Cómo podría haber sido de otro modo? Había tratado de engañarse a sí mismo diciéndose que los cinco eran igual de importantes, pero los dos gemelos lo irritaban y aburrían, Lizzie era una víbora, y a Grace no la conocía en absoluto. Oh, claro, casi todo esto era culpa suya, y no le gustaba pensar que, en caso de que Carrie y él hubieran seguido juntos, Jesse y

Cooper no serían unos chiquillos tan absolutamente faltos de carácter. Pero lo cierto es que estaban bien. Tenían un padre estupendo en el sentido práctico, dueño de una empresa de alquiler de coches, y la gente no hacía más que confundirles insistiendo en que su relación con un hombre que vivía muy lejos de ellos era importante para su bienestar. Mientras que Jackson le tocaba alguna fibra de las entrañas con sólo encender la televisión por la mañana, cuando él aún estaba medio dormido. Uno no puede amar a quienes no conoce, a menos que sea Jesucristo. Tucker sabía lo bastante de sí mismo como para aceptar que no era Jesucristo. ¿A quién amaba, entonces, aparte de a Jackson? Repasó una breve lista. No, Jackson era prácticamente el único, en la actualidad. Con cinco hijos y todas sus ex mujeres, jamás se le habría ocurrido que iba a andar escaso de seres queridos. Qué extraño acababa siendo todo.

–Estoy muy cansado –dijo–. ¿Qué tal si vais todos a visitar a Lizzie?

–Pero ¿querrá Lizzie que vayamos a verla? –preguntó Carrie.

–Seguro que sí –dijo Tucker–. De eso se trata precisamente, en parte. De que lleguemos a conocernos todos como miembros de una familia.

Y si todo aquello sucediera en el cuarto de hospital de otra persona, mejor que mejor.

Volvieron un par de horas después, riendo entre dientes y al parecer fundidos en un todo coherente. Habían incorporado al grupo a un joven de barba ridículamente poblada que llevaba una guitarra.

–¿Conoces a Zak? –dijo Natalie–. Es tu..., lo que sea. Tu yerno de hecho.

–Un gran fan –dijo Zak–. De veras, un fan muy grande.

–Eso está muy bien –dijo Tucker–. Gracias.

–*Juliet* cambió mi vida.

–Fantástico. O sea, «fantástico» siempre que necesitaras cambiarla, quiero decir.

–Lo necesitaba.

–Bueno, pues fantástico. Feliz de haberte servido de ayuda.

–Zak quiere tocar un par de canciones suyas –dijo Natalie–. Pero es demasiado tímido para pedírtelo él mismo.

¿Qué podía tener de malo la muerte?, se preguntó Tucker. Un fulminante ataque al corazón y listo; se habría librado de escuchar canciones de yernos de hecho barbudos para todo el resto de su vida.

–Estás en tu casa –dijo Tucker–. Tienes un público cautivo.

–¿Cuál es la tuya? –le preguntó Gina a Duncan.

Estaban escuchando *Naked* una vez más. Llevaban una semana oyendo interpretaciones piratas de las canciones de *Juliet:* Duncan había confeccionado nueve listas de temas que seguían el orden del álbum, cada una de ellas tomada de las distintas noches de la gira del 86. Pero Gina, al final, expresó su preferencia por los álbumes de estudio, basándose en el hecho de que en éstos no había borrachos gritando de principio a fin de sus temas preferidos.

–¿Cuál es mi qué?

–Tu..., ¿cómo la llama él? ¿«Princesa Imposible»?

–No lo sé. La mayoría de las mujeres con las que he tenido relación eran bastante razonables, la verdad.

–Pero él no se refiere a eso, ¿no?

Duncan se quedó mirándola fijamente. Nadie había intentado nunca discutir con él sobre las letras de Tucker Crowe. No es que Gina estuviera discutiendo con él exactamente. Pero parecía hallarse a un paso de una interpretación que difería de la suya, y ello le hacía sentirse un tanto irritable.

—¿A qué se refiere, entonces, oh gran croweóloga?

—Lo siento, no quería... No me estoy haciendo la experta.

—Muy bien —dijo Duncan, y rió—. Serlo lleva tiempo.

—Seguro que sí.

—Pero ¿no es la Princesa Imposible porque está fuera de alcance? ¿Y no porque sea una persona imposible?

—Bueno —añadió, generoso—. Eso es lo grande del Arte con mayúscula, ¿no? Puede significar todo tipo de cosas. Pero, a decir de todos, ella era alguien muy difícil...

—En la primera canción, sin embargo...

—«And You Are?»

—Sí, ésa... El verso que dice...

—«Me dijeron que hablar contigo / sería como masticar alambre de espino con la boca llena de aftas, / pero hacerlo no me ha hecho ningún daño jamás...»

—¿Cómo casa eso con su condición de imposible? ¿Si no le hizo nunca el menor daño?

—Se volvería imposible más adelante, supongo.

—Yo creo que era más..., ya sabes, que estaba fuera de su alcance. «Su alteza real, allí arriba, y yo en el suelo, abajo.» ¿No piensa él que no está a su altura?

Duncan sintió un poco de pánico: una sacudida en el estómago, como lo que sientes cuando te das cuenta de que te has dejado las llaves encima de la mesa de la cocina después de haber cerrado la puerta principal de tu casa. Había invertido mucho en la imposibilidad de Juliet. Si se había equivocado al interpretarla, ¿qué autoridad lo investía?

—No —dijo Duncan, pero no ofreció ninguna otra opción.

—Bueno, tú sabes más que yo de esto, como has dicho. En fin, si era eso lo que él quiso decir...

—Que no era...

—No, pero dejemos a un lado a Tucker y a Juliet, porque es algo que me interesa en general: ¿te ha pasado a ti alguna vez? ¿Saber que estabas fuera de tu terreno en una relación?

—Oh, supongo que sí.

Pasó revista al censo de sus relaciones sexuales, un censo casi vacío. Miro en la letra I en busca de «Imposible», y en la T en busca de «Terreno, fuera de», pero no encontró nada. Se le ocurrían amigos que habían tenido ese tipo de experiencia, pero la verdad es que Duncan nunca había intentado entablar una relación de ningún tipo con alguien tan glamourosa como Juliet —ni siquiera con nadie que pudiera describirse como glamourosa a secas—. Sabía cuál era su lugar, y éste estaba dos niveles más abajo, no uno; de este modo se evitaba cualquier contacto de cualquier tipo. Desde donde uno estaba normalmente, ni siquiera alcanzaba a ver a las mujeres inaccesibles. Si uno se imaginaba unos grandes almacenes, él estaba en el sótano, con las lámparas y las lozas de calidad mediana; las Juliet estaban todas en la sección de lencería femenina, un par de plantas más arriba.

—Continúa.

—Oh, ya sabes. Lo normal.

—¿Cómo la conociste?

A Duncan se le ocurrió que, una vez los dos en el reino de la reprobación de uno mismo, tendría que dar con algo que contar, porque de lo contrario sería todo demasiado sombrío. Nadie era un perdedor tan absoluto como para no poder contar alguna historia sobre el hecho de perder. Trató de evocar alguna que pudiera brindar el tipo de exotismo

269

que estaba esperando Gina; imaginó maquillajes de ojos espectaculares, sofisticados peinados, vestidos rutilantes.

–¿Recuerdas aquella banda, Human League?

–¡Sí! ¡Por supuesto! ¡Dios!

Duncan sonrió enigmáticamente.

–¿Saliste con una de las chicas de Human League? –dijo Gina.

Y de pronto Duncan perdió todo su aplomo. Probablemente había una página web donde se ofrecía una lista con los nombres de todos y cada uno de los varones con los que habían salido las chicas de Human League; y a Gina no le costaría nada consultarla.

–Oh, no, no. Mi... ex no estaba en realidad en esa banda. Estuvo en una especie de versión menor. En la facultad. –Aquello resultaba más creíble–. Pero era el mismo rollo..., sintetizadores, peinados raros. En fin, no duramos mucho. Acabó largándose con el bajista de..., de otra banda de los ochenta. ¿Y tú?

–Oh, lo mío fue con un actor. Se acostaba con todas en la escuela de arte dramático. Y yo fui lo bastante imbécil para creer que era diferente.

Había salido airoso del escollo, pensó Duncan. Ambos estaban igualados en sus fracasos. Sin embargo, seguía sintiéndose inquieto: ¿se había pasado dos décadas malinterpretando el sentido de la relación entre Tucker y Juliet?

–¿Cambiaría eso algo? ¿Si Juliet era imposible por difícil o imposible por fuera de alcance?

–¿Cambiar algo en qué sentido? ¿O para quién?

–No sé. Sólo me... Me sentiría muy tonto si hubiera estado equivocado todos estos años.

–¿Cómo vas a estar equivocado? Sabes más de ese álbum que ninguna otra persona en este planeta. En fin. Como tú dices. No existe tal cosa, estar equivocado.

¿Había escuchado alguna vez *Juliet* como lo había hecho Gina?, se empezaba a preguntar Duncan. Le gustaba pensar que no se había perdido ni una simple alusión, ni en la letra ni en la música: un préstamo de Curtis Mayfield aquí, un guiño a Baudelaire allá... Pero tal vez se había pasado tanto tiempo bajo la superficie del álbum que jamás había subido a respirar aire puro, y jamás había oído lo que quizá oía un oyente informal. Tal vez se había pasado demasiado tiempo traduciendo algo que había estado escrito en su lengua todo el tiempo.

–Oh, cambiemos de tema de conversación –dijo Duncan.

–Lo siento –dijo Gina–. Debe de ser terriblemente molesto tenerme aquí parloteando sin saber ni media palabra de nada. Pero entiendo perfectamente cómo este tipo de cosas acaban siendo adictivas.

Cuando Annie fue a visitar a Tucker a la mañana siguiente, lo encontró vestido y listo para marcharse. Jackson estaba sentado a su lado, con la cara roja y embutido en un plumífero azul que sin duda no había sido diseñado para hospitales muy caldeados.

–Oh –dijo Tucker–. Aquí la tenemos. Vámonos.

Ambos pasaron junto a Annie en dirección a la puerta. La determinación aparatosa de Jackson, que sacaba la mandíbula y caminaba con pasos rápidos e idénticos, llevó a Annie a pensar que lo habían ensayado todo al milímetro.

–¿Adónde vamos? –dijo Annie.

–Contigo –dijo Tucker.

Había recorrido ya la mitad del pasillo, de forma que Annie sólo alcanzó a oír lo que decía al salir tras él a la carrera.

–¿A mi hotel? ¿A Gooleness?

–Sí. A Gooleness. A la costa. Jackson necesita unos cuantos tofes de agua salada.

–Ñam, ñam...

–¿Unos qué? Nunca he oído hablar de tal cosa. No podréis encontrarlos en Gooleness.

El ascensor había llegado, y Annie logró colarse en él cuando las puertas ya se estaban cerrando.

–¿Qué tenéis allí que pueda gustarle a Jackson?

–Barras de colores, seguramente. Pero eso es malísimo para los dientes –dijo Annie.

En fin, se preguntó, ¿qué era lo que deseaba realmente en aquella situación? ¿Convertirse en la amante lasciva de un rockero, o en una enfermera? Porque sospechaba que ambos cometidos eran incompatibles.

–Gracias –dijo Tucker–. Vigilaré eso.

Annie le miró: quería ver si en su expresión había algo más que impaciencia y sarcasmo. No lo había.

Sonó el *ping* de llegada, y se abrieron las puertas del ascensor. Tucker y Jackson salieron a la calle, y se pusieron de inmediato a buscar un taxi.

–¿Cómo sabes cuándo están libres? No logro acordarme –dijo Tucker.

–Por las luces amarillas.

–¿Qué luces amarillas?

–No puedes verlas porque están todos ocupados. Escucha...

–¡Luz amarilla, papi!

–Genial.

El taxi paró en el bordillo, y Tucker y Jackson montaron en él.

–¿A qué estación tenemos que ir?

–A King's Cross. Pero...

Tucker dio al taxista complicadas instrucciones sobre una dirección del oeste de Londres, que Annie supuso era el apartamento de Lizzie –una dirección muy alejada de la estación de tren–. Estaba segura de que tendrían que pararse en algún cajero automático. Él no tenía dinero, y se quedaría horrorizado ante el precio del trayecto.

–¿Vienes con nosotros? –dijo Tucker, mientras tiraba de la manilla de la puerta.

Era, por supuesto, una pregunta retórica, y Annie se sintió tentada de declinar la invitación, sólo para ver qué decía. Subió al taxi.

–Tenemos que coger el equipaje del apartamento de Lizzie. ¿Sabes los horarios del tren?

–Perderemos el próximo. Pero seguramente sólo tendremos que esperar una media hora para el siguiente.

–Podremos leer un cómic, tomar un café... Creo que no he montado nunca en un tren inglés.

–¡TUCKER! –dijo Annie.

El nombre le salió de los labios chillón, desagradable, y mucho más alto de lo que ella pretendía. Jackson la miró, alarmado. Si ella fuera él, se estaría preguntando lo divertidas que podían ser aquellas vacaciones en la costa. Y de alguna forma tenía que interrumpir el flujo constante y errático de su cháchara.

–Sí –dijo Tucker con voz suave–. ¿Annie?

–¿Estás bien?

–Sí, estoy bien.

–Pero ¿puedes marcharte así del hospital, sin decírselo a nadie?

–¿Cómo sabes que no se lo he dicho a nadie?

–Lo supongo, sólo. Por la rapidez con la que nos hemos ido todos.

–Me he despedido de un par de personas.

–¿De quiénes?

–Ya sabes. De amigos que he hecho allí dentro. Mira, ¿eso es el Albert Hall?

Annie no le respondió. Tucker se encogió de hombros.

—¿Sigues llevando esos globos en el pecho? Porque en Gooleness no vas a encontrar a nadie que pueda sacártelos.

La cosa no iba nada bien. Le estaba hablando como si fuera su madre —si él hubiera nacido en algún lugar de Yorkshire o de Lancashire en los años cincuenta, de padres que regentaban una casa de huéspedes—. Annie casi podía percibir en su voz el linóleo desnudo y el hígado hervido.

—No. Ya te lo he dicho. Puede que me hayan dejado una pequeña válvula ahí dentro. Pero no te causarán ninguna molestia.

—Bueno, me molestarás si te caes redondo y estiras la pata.

—¿Qué quiere decir «caer redondo y estirar la pata», papi?

—No quiere decir nada; tonterías inglesas. No tenemos por qué ir contigo, ¿vale? Si te sientes incómoda con nosotros, déjanos en la puerta de un hotel.

—¿Has visto a toda tu familia?

Si consiguiera hacerle todas las preguntas de su lista, se convertiría en una anfitriona como es debido, la anfitriona perfecta: acogedora, mundana, solícita.

—Sí —dijo Tucker—. Ayer por la tarde tuvimos un té gozoso. Todos están bien, todos van bien, todo está de maravilla. Yo ya he hecho mi trabajo en ese campo.

Annie trató de captar la mirada de Jackson, pero el chico miraba por la ventanilla del taxi con una intensidad sospechosa. No conocía a aquel chiquillo, pero tenía la sensación de que evitaba mirarla.

Annie suspiró.

—Muy bien, pues.

Ella había hecho lo que debía. Se había preocupado por su salud, y había querido comprobar si Tucker había cumplido con sus responsabilidades de padre. No podía negarse a creerle. Y tampoco quería hacerlo, de todas formas.

Jackson se lo pasó muy bien en el tren, sobre todo porque hizo un curso acelerado de confitería inglesa; se le permitió ir al vagón restaurante las veces que quiso. Y siempre volvía con caramelos y galletas y patatas fritas, y daba vueltas a palabras exóticas en la boca como si estuviera pronunciando nombres de vinos italianos. Tucker, entretanto, sorbía el té caliente de un vaso de plástico como si dirimiera un litigio, y veía deslizarse ante él las casas adosadas de las localidades por las que pasaban. Era un paisaje muy llano, y el cielo estaba lleno de torvos remolinos de una tonalidad gris oscura.

–¿Qué se puede hacer en tu ciudad, entonces?

–¿Hacer? –dijo Annie, y se echó a reír–. Lo siento. La combinación de Gooleness y un verbo activo me ha cogido por sorpresa.

–No vamos a quedarnos mucho tiempo, de todas formas.

–Hasta que tus hijos desistan de tener algo contigo y emprendan los miles de kilómetros de vuelta a casa.

–Ay.

–Lo siento.

Y lo sentía. ¿De dónde surgía aquella desaprobación tan repentina? ¿No residía en su pasado turbulento la mitad de su atractivo? ¿Qué sentido tenía que te gustara un músico de rock si lo que querías era que se comportara como un bibliotecario?

–¿Cómo está Grace?

Jackson le lanzó una mirada a su padre, y Annie la interceptó, y después de examinarla permitió que siguiera su camino hacia su destinatario.

–Oh, Gracie está muy bien. Vive en París con un tipo. Se está preparando para no sé qué.

–Sé que no la has visto. Así que *cállate*. Dios.

–Sí la he visto. ¿O no, Jacko?

–Sí, la viste, papi. Sí. Te vi verla.

–¿Le viste verla?

–Sí. Estuve observando todo el tiempo que papi estuvo mirándola y hablando con ella.

–Eres un pequeño trapacero, y tu papi un gran trapacero.

Ninguno de los dos dijo nada. Tal vez no sabían lo que significaba «trapacero».

–¿Por qué ella?

–¿Quién?

–¿Por qué Grace?

–¿Por qué Grace qué?

–¿Por qué no te importa ver a los otros y te asusta ver a Grace?

–No me asusta ver a Grace. ¿Por qué habría de asustarme?

Tal vez Duncan debería estar sentado en aquel tren escuchando aquello. Annie sabía que Duncan daría un ojo y varios órganos internos por estar sentado en aquel tren escuchando aquello; y pensaba que sin duda le haría bien estar allí, y que su obsesión con aquel hombre menguaría y menguaría hasta quedar reducida quizá a nada. Cualquier relación –razonaba Annie– menguaba con la proximidad; uno no podía quedar mudo de admiración frente a alguien que sorbe té de los ferrocarriles británicos y miente sin vergüenza alguna sobre su relación con una hija. En su caso le había llevado tres minutos pasar de la admiración apasionada y la especulación ensoñadora a la desaprobación nerviosa y fastidiosamente maternal. Y esto –le parecía– era una buena descripción de cómo se sentían en ocasiones algunas de sus amigas casadas. Se había casado con Tucker en algún punto entre su cuarto del hospital y el taxi.

–No sé por qué habría de asustarte –dijo Annie–. Pero te asusta.

En el viaje a Gooleness había algo que a Tucker le recordaba con desasosiego *La tienda de antigüedades*. No creía que estuvieran atravesando la campiña inglesa en dirección a la muerte, pese a que los trenes ingleses sin duda se movían no mucho más rápidamente que la Pequeña Nell y su abuelo, que habían tenido que ir caminando hasta dondequiera que fuera su destino. (El tren había parado ya tres veces, y un hombre se había disculpado otras tantas ante los pasajeros a través de la megafonía, con una voz neutra y en absoluto pesarosa.) Pero Tucker no estaba en su mejor momento, y se dirigía hacia el norte, y dejaba un buen montón de mierda a su espalda. Se sentía una joven enferma del siglo XIX mucho más que nunca; tal vez estaba incubando algo: una dolencia del alma, o uno de esos bacilos existenciales que pululan por el aire.

A Tucker le gustaba pensar que era razonablemente honesto consigo mismo; que sólo mentía a los demás. Y había acabado mintiéndole a la gente acerca de Grace, durante toda la vida de ésta, más o menos. También a ella le mentía bastante. Lo bueno del caso era que tales mentiras no eran constantes, ya que había largos períodos de tiempo en los que no tenía que decir embustes a nadie. Y lo malo era que esto era así porque Grace se hallaba muy lejos de su radar la mayor parte del tiempo. Tucker había visto a Grace dos o tres veces desde su nacimiento (una en un viaje desastroso que hizo Grace para pasar unos días con Cat y con Jackson y con él en Pennsylvania, visita que Jackson recordaba con un cariño incomprensible), y pensaba en ella lo menos posible –que resultó ser mucho más de lo que él juzgaba aceptable–. Y allí estaba él, en un tren, muy lejos de casa, con alguien a quien apenas conocía, mintiendo de nuevo acerca de su hija Grace.

En realidad aquellas mentiras no eran tan sorprendentes como podría parecer. Tucker no podía tener una existencia en tercera persona –«Tucker Crowe, autor apartado del mundo y casi legendario, creador del álbum de ruptura más grande y más romántico jamás grabado»– y contar la verdad de su hija mayor; y como en rigor ya no tenía tampoco una existencia en primera persona (carecía de ella desde aquella noche en Minneapolis), había tenido que deshacerse de Grace. Había ido a terapia para liberarse de su dependencia del alcohol, pero también le había mentido a su terapeuta. O, mejor, nunca había ayudado a su terapeuta para que llegara a comprender la importancia de Grace, y el terapeuta nunca había hecho bien los deberes. (Nadie había hecho bien los deberes. Ni Cat, ni Natalie, ni Lizzie...) A Tucker siempre le había parecido que hablar de Grace era renunciar a *Juliet,* y no estaba preparado para eso. Cuando cumplió los cincuenta años, empezó a pensar en lo que había hecho en la vida, como suele hacer la gente a esa edad, y todo lo que él había hecho podía resumirse en *Juliet.* A él no le gustaba, pero a otra gente sí, y eso bastaba: uno sin duda podía sacrificar a un hijo o a dos para preservar su reputación artística, sobre todo cuando no tenía gran cosa más en su haber. Y no podía decirse que Grace hubiera sufrido realmente. Oh, seguro que le daban mil patadas los padres varones, y los hombres en general. Y que alguien –su madre o su padrastro– había tenido que pagar sus sesiones de terapia, igual que Cat había pagado las de Tucker. Pero, por lo que sabía, era una chica hermosa e inteligente, y le esperaba la vida, y tenía ya un novio y una vocación –aunque Tucker no lograba recordar cuál diablos era–. No parecía estar pagando un precio demasiado alto por la vanidad de su padre. Pero no era así como lo verían en el programa de entrevistas de Maury Povich, si algún día Grace lo obligaba a ir a enfrentarse con sus deficiencias. Pero el mundo era más complicado que eso. No era cuestión de buenos y malos, de padres maravillosos y padres miserables. Gracias a Dios.

Annie estaba frunciendo el ceño.

–¿Qué te pasa? –le preguntó Tucker.

–Estaba tratando de solventar algo.

–¿Puedo ayudarte?

–Eso espero. ¿Cuándo nació Grace?

Joder, pensó Tucker. Está haciendo las cuentas. Sintió náuseas y alivio, todo al mismo tiempo.

–Luego –dijo Tucker.

–¿Luego de quién o de qué?

–Creo que voy por delante de ti.

–¿Sí? Me extrañaría. Considerando que no sé por qué quiero que me digas cuántos años tiene Grace.

–Eres una mujer inteligente, Annie. Llegarás a ese punto luego. No quiero hablar de ello hasta después.

Ladeó la cabeza hacia Jackson, que tenía la suya enfrascada en un libro de cómics.

–Ah –dijo Annie.

Y cuando le miró vio que estaba ya a medio camino de aquel punto.

Cuando llegaron a Gooleness ya había anochecido. Caminaron tirando de sus equipajes hacia la parada de taxis de enfrente de la estación. Sólo había uno, y maloliente. El conductor estaba apoyado contra él, fumando, y cuando Annie le dijo su dirección el tipo tiró el cigarrillo al suelo y soltó una maldición. Annie se encogió de hombros en dirección a Tucker, impotente. Tuvieron que poner el equipaje en el maletero ellos mismos, o, más exactamente, Annie y Jackson. No querían que él levantara ningún peso.

Pasaron por delante de locales de kebab profusamente iluminados, y restaurantes indios que ofrecían «todo lo que pueda usted comer» por tres libras, y bares con nombres de una sola palabra: Lucky's, Blondie's, e incluso uno llamado Boozers.[19]

—Tiene mejor aspecto a la luz del día —explicó Annie, disculpándose.

Tucker empezaba a orientarse. Si traducía aquellas comidas étnicas a algunas de las comidas preferidas de los Estados Unidos, y cambiaba aquellas casas de apuestas por casinos, podría encontrarse perfectamente en cualquiera de las localidades vacacionales de ínfima categoría de Nueva Jersey. De cuando en cuando, a alguno de los compañeros de colegio de Jackson lo llevaban a una ciudad costera de éstas, bien porque sus padres recordaban mal una vacación lejana de juventud, bien porque no habían sido capaces de interpretar correctamente el romanticismo y la licencia poética de los primeros álbumes de Bruce Springsteen. Siempre volvían consternados ante la vulgaridad, la malevolencia y las borracheras.

—¿Te gusta el pescado con patatas fritas, Jackson? ¿Compramos eso para la cena?

Jackson miró a su padre: ¿le gustaba el pescado con patatas fritas? Tucker asintió con la cabeza.

—Hay un local estupendo no muy lejos de nuestra casa.

19. «Bebedores, borrachines.» (N. del T.)

De mi casa. A ti te vendrá bien comer sólo el pescado, Tucker. Ni se te ocurra tocar el rebozado. O las patatas.

–Suena fantástico –dijo Tucker–. Podríamos no volver nunca.

–Tenemos que volver, papi, ¿no? Necesito ver a mamá.

–Era una broma, hombre. Claro que verás a mamá.

–Odio tus bromas.

Tucker volvía una y otra vez a la conversación que habían tenido en el tren. No tenía ni idea de cómo iba a hablarle a Annie; no sabía siquiera si era capaz de hacerlo. Si pudiera elegir, lo pondría todo por escrito, le entregaría la hoja de papel y se largaría. Era más o menos así como la había conocido, ahora que pensaba en ello, con la única diferencia de que se lo había escrito todo en el ciberespacio.

–¿Tienes ordenador en casa?

–Sí.

–¿Puedo escribirte un e-mail ?

Trató de imaginar que estaba ante la pantalla de su ordenador, en el dormitorio de invitados de arriba, y que no había visto nunca a Annie, y que ésta se encontraba a miles de kilómetros de distancia. No quería pensar que tenía que hablar con ella dentro de media hora. Le contó cómo se había enterado de que tenía una hija, y cómo, incluso entonces, no había corrido a verla por culpa de su vergüenza y cobardía, y cómo sólo la había llegado a ver dos o tres veces en su vida. Le contó que Julie Beatty ni siquiera le gustaba demasiado, y que por tanto había tenido que dejar de cantar temas que hablaban de que estaba destrozado por el peso de su aflicción y su deseo y bla bla bla, y que cuando dejó de cantar esos temas fue incapaz de componer otros.

Nunca había escrito estas cosas juntas; ni siquiera sus ex esposas sabían tanto como iba a saber Annie cuando las leyera. Tampoco ellas habían hecho las cuentas nunca (él nunca les había ayudado a que las hicieran; y había mentido más de una vez sobre la edad de Grace). Cuando Tucker vio todos sus crímenes escritos en la pantalla, no le pareció que fueran de suma gravedad. No había matado a nadie. Volvió a mirar la pantalla: debía de estar olvidando algo. No. Había cumplido una pena de veinte años por unos crímenes que no había cometido.

Llamó a Annie desde lo alto de las escaleras.

−¿Quieres que te lo imprima? ¿O lo vas a leer directamente en la pantalla?

−Lo leeré en la pantalla. ¿Quieres poner el agua a hervir?

−¿Sabré hacerlo?

−Te las arreglarás.

Se cruzaron en las escaleras.

−No puedes echarnos a la calle esta noche.

−Ah. Ya veo por qué querías esperar a que se hubiera dormido Jackson. Te querías aprovechar de mi bondad natural.

Tucker sonrió, a pesar de que se le estaba revolviendo el estómago; entró en la cocina, encontró el hervidor eléctrico, apretó el botón. Mientras esperaba a que el agua hirviera, estuvo mirando la fotografía de Jackson y él, la que Cat les había sacado frente al Citizens Bank Park cuando fueron a ver a los Phillies de Filadelfia. Le conmovió que Annie se hubiera tomado la molestia de imprimirla y pegarla en la puerta del frigorífico. No parecía un hombre malo; en aquella foto no, al menos. Se apoyó en la encimera de la cocina y esperó a que hirviera el agua.

14

—Muy bien —dijo Annie, cuando acabó de leer lo que Tucker había escrito—. En primer lugar, llama ahora mismo a una de tus ex mujeres o a uno de tus hijos.

—¿Eso es todo lo que se te ocurre decir? ¿Sobre toda mi carrera?

—Ahora mismo. No es negociable. Supongo que una de las cosas que estás reconociendo aquí es haber huido de Grace antes de que ella llegara al hospital.

—Oh. Sí. Ja. Se me olvidó que eso ya lo había reconocido.

—No tienes que hablar con Grace, aunque seguramente deberías. Pero alguien tiene que informarle de las cosas. Y tienes que decirles a todos que estás a salvo y bien.

Tucker escogió a Natalie. Estaría enfadada y fría y desdeñosa, pero a Tucker no le parecía que eso importara gran cosa. No contaba con que Natalie le preparara sopa en su vejez. Llamó a su móvil y ella respondió, y él se abrió paso a través de un enjambre de flechas y le transmitió la información básica que ella necesitaba. Le dio incluso el teléfono de Annie, como si fuera un padre normal y corriente.

—Gracias —dijo Annie—. En segundo lugar: *Juliet* es una

maravilla. No metas la música que hay en ella en el mismo saco de lo demás.

–¿Has entendido algo de lo que he escrito?

–Sí. Eres un hombre muy malo. Has sido un padre inútil para cuatro de tus cinco hijos, y un marido inútil para todas tus mujeres, y una porquería de compañero para todas y cada una de tus novias. Y *Juliet* sigue siendo una maravilla.

–¿Cómo puedes pensar eso? ¿Cómo no te das cuenta del montón de mierda que es?

–¿Cuándo lo has escuchado por última vez?

–Dios. No lo he escuchado desde que salió.

–Yo lo he puesto hace un par de días. ¿Cuántas veces lo has escuchado tú?

–Lo compuse yo, ¿te acuerdas?

–¿Cuántas veces?

–¿En total? ¿Desde que lo terminé?

¿Lo había escuchado entero alguna vez? Intentó acordarse. En casi todas sus relaciones había habido algún momento en que había sorprendido a alguien escuchando furtivamente su música; recordaba bien el sobresalto dibujado en todos los semblantes. Y lo mismo le había sucedido con dos de sus hijos, aunque no con Grace, a Dios gracias. Pero, claro, a Grace no la había visto lo suficiente para que pudiera haberla sorprendido haciendo algo a escondidas. Sacudió la cabeza.

–¿Ninguna? –dijo Annie.

–Creo que no. ¿Por qué iba a hacerlo? Pero durante un tiempo toqué todos sus temas noche tras noche en el escenario, no lo olvides. Si hubiera algo en ellos lo sabría. Y no lo había. Todo son mentiras.

–¿Me estás diciendo que el arte es una... *falsedad?* Dios mío.

—Te estoy diciendo que mi... arte no es auténtico. Lo siento. Déjame que lo diga de otra forma. Te estoy diciendo que mi álbum de rock no es más que una falsedad y un montón de mierda.

—¿Y crees que para mí eso tiene importancia?

—A mí no me gustaría descubrir que John Lee Hooker era en realidad un contable blanco.

—¿No lo es?

—Está muerto.

—Ya ves: todo eso es nuevo para mí. En fin, lo que estás diciendo es que soy una idiota.

—¿Qué? ¿De dónde te sacas eso?

—Bueno, he escuchado ese álbum cientos de veces, y me sigue pareciendo que no lo he agotado. Así que debo de ser imbécil. Para ti todo es una cuestión de hechos, ¿no? Es una mierda de álbum, y punto. Y si yo no capto los hechos, eso me convierte en una estúpida.

—No, no, lo siento. No he querido decir eso.

—Pues entonces continúa. Veamos cómo encajan tus sentimientos sobre *Juliet* con los míos.

Tucker la estudió. Por lo que podía ver, Annie estaba muy irritada, lo que sin duda significaba que había invertido algo en su música. Y que, fuera lo que fuere ese algo, él lo estaba descalificando diciendo que era una basura.

Se encogió de hombros.

—No puedo. A menos que diga..., bueno, que las opiniones son todas válidas.

—¿Y tú no lo crees?

—No, en este caso no. Mira... Es como si yo soy un chef y tú estás comiendo en mi restaurante, y me estás diciendo lo maravillosa que es mi comida. Pero yo sé que me he meado encima de ella antes de que te la sirvieran. Pues bien, ya ves, tu opinión es válida, pero...

Annie arrugó la nariz y se echó a reír.

–Pero eso demostraría cierta falta de gusto.

–Exacto.

–Así que Tucker Crowe piensa que sus fans no notan el sabor a pis cuando lo prueban.

Eso era exactamente lo que pensó Tucker Crowe durante aquella gira. Se odiaba a sí mismo, por supuesto, pero también despreciaba a todos aquellos que paladeaban la música que estaba tocando. Era una de las razones por las que le había resultado tan fácil retirarse.

–¿No sabes que la gente mala puede crear obras de arte excelsas?

–Sí, claro. Algunas de las personas cuyo arte admiro más son auténticos cretinos.

–Dickens no se portaba bien con su mujer.

–Dickens no escribió unas memorias tituladas *Soy bueno con mi mujer.*

–Y tú no hiciste un álbum titulado *Julie Beatty es un ser humano profundo e interesante y yo no fecundé a nadie más mientras estaba con ella.* No importa cómo surgió. Tú crees que fue accidental. Pero te guste o no, lo creas o no, la música que Julie inspiró es maravillosa.

Tucker alzó las manos al aire en un gesto fingido de impotencia, y se echó a reír.

–¿Qué? –dijo Annie.

–No puedo creer que te haya contado todas esas cosas y que acabemos hablando de lo genial que soy.

–No estamos diciendo eso. Vuelves a confundir las dos cosas. No eres genial. Eres un... débil y superficial y autocomplaciente... *gilipollas.*

–Gracias.

–Bueno, lo eras. Estamos hablando de lo genial que es tu *álbum.*

286

Tucker sonrió.

–De acuerdo. Cumplido aceptado, aunque no me lo crea. E insulto aceptado. Puedo decir con sinceridad que hasta hoy nadie me ha llamado nunca gilipollas. Me ha encantado.

–Sólo puedes decir con sinceridad que hasta hoy nunca habías *oído* a nadie llamarte gilipollas. Apuesto a que te lo han llamado. ¿Nunca entras en Internet? Sé que lo haces. Así nos conocimos.

Annie calló. Tucker vio que Annie quería decir algo, y que se estaba conteniendo.

–Venga, adelante –dijo.

–Yo también tengo una confesión que hacer. Y es casi tan mala como las tuyas.

–Estupendo.

–¿Sabes el tipo que escribió la primera crítica en esa página web? ¿La página en la que leíste la mía?

–Duncan no sé qué. Hablando de gilipollas...

Annie le miró fijamente, y se llevó las manos a la boca. Tucker temía haber dicho algo fuera de lugar, pero los ojos de Annie brillaban con una suerte de asombro travieso.

–¿Qué?

–Tucker Crowe sabe quién es Duncan y le llama gilipollas. No sabría explicarte lo extraño que es eso.

–¿Conoces a ese tipo?

–Es... Ésta era su casa, hasta hace unas semanas...

Tucker la miró fijamente.

–¿Así que ése es el tipo? ¿El hombre con quien has desperdiciado todos estos años?

–Sí, es él. Por eso he escuchado tanto tu música. Por eso empecé a escuchar *Juliet, Naked*. Por eso escribí una crítica en su página.

–Y... Oh, mierda. ¿Sigue viviendo en Gooleness?

—A unos cuantos minutos a pie de aquí.

—Cristo bendito.

—¿Te preocupa eso?

—Es como... De todos los tugurios de todas las ciudades del mundo, he tenido que meterme en éste. Es increíble.

—No tanto. Como ya he dicho. Porque sin él no nos habríamos conocido. Me gustaría que lo conocieras.

—No.

—¿Por qué no?

—Porque a) es un puto chiflado; b) podría matarle; y c) si no lo matara, caería redondo, muerto, de pura excitación, de todos modos.

—Bueno, la «c» es una posibilidad muy verosímil.

—¿Por qué quieres que lo conozca?

—Porque, pienses lo que pienses de él, no es ningún estúpido. No en relación con el arte, al menos. Y tú eres el único artista vivo que para él tiene algún sentido, más o menos.

—¿El único artista vivo? Cristo bendito. Así, a bote pronto, podría escribir una lista de un centenar de personas mejores que yo.

—No se trata de «mejor», Tucker. Tú hablas con él. Para él. Él conecta contigo. Le entras directamente a través de un enchufe sumamente complicado que tiene en la espalda. No sé la razón, pero eso es lo que haces.

—Entonces no necesito conocerle. Ya hemos hablado.

—Oh, tú decides. Es extraño. Me fue infiel, y mi relación con él me ha costado mucho. Pero el que estés aquí y yo no le diga nada... Parecería una traición que no podría entenderse.

—Pues díselo cuando me haya ido.

Terminaron el té, y Annie fue a buscar un edredón y unas almohadas para el sofá. Jackson estaba profundamente dormido en el cuarto de invitados. Tucker ya había perdido una discusión sobre quién iba a dormir en la cama de Annie.

—Gracias, Annie —dijo—. De veras.

La besó en la mejilla.

—Es bonito tener gente en casa —dijo ella—. No ha estado nadie desde que Duncan se fue.

—Oh. Sí. Gracias también por eso.

La besó en la otra mejilla y subió a acostarse.

La mañana de domingo, a pesar de las advertencias de Annie, era clara y radiante y fría, pero en la opinión bien meditada de Tucker la ciudad no tenía mucho mejor aspecto: sin los neones nocturnos baratos tenía el aire de una población cansada, de una buscona de mediana edad sin maquillaje. Después del desayuno bajaron hasta el mar; dieron un rodeo para que Annie pudiera mostrar a sus invitados el museo donde trabajaba, y se detuvieron en una tienda en la que los dulces estaban en tarros, y tenías que pedir un cuarto de libra de los que quisieras. Jackson compró unas gambas rosas de aire chillón.

Y luego, cuando estaban en la playa tratando de enseñar a Jackson a hacer cabrillas en el agua, Annie dijo:

—Oh, oh...

Un hombre rechoncho de edad mediana se acercaba hacia ellos haciendo jogging, sudoroso y congestionado pese a la temperatura. Cuando vio a Annie se detuvo, y dijo:

—Hola.

—Hola, Duncan. No sabía que hicieras jogging.

—No, yo tampoco. Es un..., algo nuevo. Un régimen nuevo.

Tucker sabía lo bastante de las relaciones entre ex parejas para darse cuenta de que aquel intercambio de palabras estaba preñado de significado, pero no pudo leer nada en la cara de Annie. Los cuatro se quedaron allí de pie durante un momento. Annie trataba claramente de encontrar la mejor manera de poner al corriente de la situación a las dos partes, pero Duncan le tendió la mano a Tucker con gesto ampuloso, como si de alguna forma estuviera siendo magnánimo.

–Hola –dijo Duncan–. Duncan Thomson.

–Hola –dijo Tucker–. Tucker Crowe.

Jamás había sido tan consciente del peso de su nombre.

Duncan soltó la mano de Tucker como si estuviera al rojo vivo y miró a Annie con verdadero desprecio.

–Es patético –le dijo a Annie.

Y siguió haciendo jogging.

Los tres se quedaron mirándole mientras se alejaba con paso pesado por la playa de guijarros.

–¿Por qué te ha llamado patética ese hombre? –dijo Jackson.

–Es complicado de explicar –dijo Annie.

–Quiero saberlo. Estaba enfadado con nosotros.

–Bueno –dijo Tucker–. Creo que ese hombre ha pensado que no soy quien he dicho que era. Ha pensado que Annie me ha dicho que diga que mi nombre es ése porque le ha parecido que sería divertido.

Se hizo un silencio, en el curso del cual Jackson examinó desde todos los ángulos el malentendido en busca de algún posible elemento humorístico.

–No le veo la gracia por ninguna parte –dijo Jackson al cabo.

–Yo tampoco –dijo Tucker.

–Entonces, ¿por qué te pareció que sería divertido?

Jackson le dirigió la pregunta a Annie, en su calidad de iniciadora de aquella broma incomprensible.

–No me lo parecía, cariño –dijo Annie.

–Papi acaba de decir que sí.

–No, él ha dicho... Verás, yo sé quién es tu padre. Pero ese hombre no. Ese hombre sabe quién es Tucker Crowe, pero no cree que tu padre sea quien es.

–¿Y quién se cree que es papi? ¿Fucker?

Annie sabía sin duda que no debía reírse al oír aquel exabrupto grueso en boca de un niño de seis años, pero se echó a reír de todas formas. Tucker entendió este desahogo. Era la combinación del taco con el vehemente deseo del niño, su intento de comprender lo que había pasado.

–¡Sí! –dijo Tucker–. Ése es exactamente el que cree que soy.

–En realidad hay una complicación más –dijo Annie–. Sé que el confesionario está cerrado por hoy, pero... –Aspiró profundamente, y continuó–: También piensa que tú eres alguien con quien estoy... saliendo.

–¿Y por qué piensa eso?

–Me preguntó por la foto del frigorífico, y yo no quise decirle la verdad, y...

Al menos ahora Tucker entendía la generosidad implícita en el apretón de manos de Duncan.

–Así que es eso –dijo Tucker–. Ese hombre piensa que soy el novio de Annie. Y cree que Fucker es Tucker.

–Yo tenía razón –dijo Jackson–. No tenía nada, nada de gracia.

–No.

–Eso está bien –dijo Jackson–. Porque no me gusta cuando algo sólo les hace gracia a los demás.

–En fin –dijo Tucker–. Bien mirado, en este momento estoy muy lejos de ser yo mismo.

–Exacto.

–Vaya problema... ¿Tendré que tomarme la molestia de probar quién soy?

—El problema estriba en que él sabe más de Tucker Crowe que tú mismo.

—Sí, pero yo tengo los documentos.

Como un cuarto de hora después, Annie recibió una llamada de Duncan. Estaba delante del museo con Tucker y Jackson, y hurgaba en el bolso en busca de las llaves: los encantos de Gooleness se habían agotado, así que se hallaba a punto de enseñar a sus invitados —mucho antes de lo previsto— las piezas del tiburón ha tanto tiempo muerto.

—No puedo creer lo que has hecho —dijo Duncan.

—Yo no he hecho nada —dijo Annie.

—Si quieres hacer el ridículo paseándote por la ciudad con un tipo que podría ser tu padre, es cosa tuya. Pero lo de Tucker... ¿A qué viene? ¿Por qué has tenido que hacerlo?

—De hecho estoy con él ahora mismo —dijo Annie—. Así que esto me resulta un poco violento.

Tucker le hizo una seña para que bajase el móvil.

—Deberías haberlo pensado mejor antes de hacerle tomar parte en tus juegos pueriles.

—No es un juego —dijo Annie—. Era Tucker Crowe. Y sigue siéndolo. Si quieres, puedes preguntarle cualquier cosa sobre su persona.

—¿Por qué estás haciendo esto? —dijo Duncan.

—No estoy haciendo nada.

—Te mandé una foto de Tucker Crowe hace unas semanas. Sabes el aspecto que tiene. Y no tiene ningún aspecto de contable retirado.

—No era él. Era su vecino John. También conocido como Fake Tucker, o Fucker, a causa de un malentendido que la gente como tú ha difundido por Internet.

–Oh, por el amor de Dios... ¿Así que has conocido de verdad a Tucker Crowe?

–Me escribió un e-mail para hablarme de aquella crítica mía de *Juliet, Naked*.

–Te escribió un e-mail.

–Sí.

–Colgaste una crítica y recibiste un e-mail de Tucker Crowe.

–Escucha, Duncan: Tucker y Jackson están aquí a mi lado, y hace frío, y...

–Jackson.

–El hijo de Tucker.

–Oh, ahora tiene un hijo, ¿no? ¿Y de dónde ha salido ese hijo?

–Ya sabes cómo se hacen los hijos, Duncan. En fin. Has visto una foto de Jackson pegada en mi frigorífico.

–Vi una foto de tu contable retirado y su nieto pegada en tu frigorífico. Esta discusión no conduce a nada.

–No es una discusión. Escucha. Te llamo luego. Puedes venir a tomar el té si quieres. Adiós.

Y Annie colgó el móvil.

Ros había trabajado mucho el par de días que Annie había pasado en Londres. El día anterior a su partida, las dos habían ido a casa de Terry Jackson a hurgar en su colección de recuerdos de Gooleness, y habían acabado llevándose la mayoría de ellos, dada la escasez de piezas de la exposición. La mujer de Terry, que no había podido utilizar la habitación de invitados en toda su vida de casada –su marido la tenía llena de billetes de autobús y de periódicos–, insistió una y otra vez en que no se trataba de un préstamo, sino de un regalo. Terry no había podido asignar presupuesto alguno para la exposición, de modo que

Annie y Ros estaban utilizando cualquier cosa a su alcance —viejos marcos para fotos, estanterías hasta entonces arrumbadas y polvorientas— para exponer el material de Terry. Gran parte de él lo guardaban aún en grandes bolsas de basura, modo de conservación que les habría valido la expulsión de la Asociación de Museos si alguien hubiera llegado a enterarse.

—Asqueroso —dijo Jackson cuando Annie le mostró el ojo de tiburón.

Annie admiró su voluntad de decir lo que debía, pero el ojo no miraba fijamente de la manera en que Annie y Ros habían pensado que quizá haría, sobre todo porque, por desgracia, ya no parecía un ojo. Habían decidido mantenerlo en la exposición más por lo que decía de la gente del Gooleness que por lo que decía de los tiburones, aunque no tenían ninguna intención de explicar esto a sus convecinos.

A Tucker le gustó el póster de los Rolling Stones de Terry, y le encantó la fotografía de los cuatro amigos en el paseo marítimo.

—¿Por qué me pondrá triste? —dijo—. ¿A pesar de estar ellos tan felices? Bueno, claro, ahora serán viejos o estarán muertos. Pero hay algo más que eso, creo.

—A mí me pasa exactamente lo mismo —dijo Annie—. Creo que es porque su tiempo de ocio era tan precioso... Nosotros hoy tenemos tanto, en comparación, y podemos hacer tantas cosas más con él. Cuando lo vi por primera vez, acababa de volver de mi viaje de tres semanas a los Estados Unidos, y...

Se interrumpió.

—¿Qué?

—Oh —dijo Annie—. Tú tampoco sabes nada...

—¿De qué?

–De mis vacaciones norteamericanas.

–No –dijo Tucker–. Pero, en fin, nos acabamos de conocer. Seguramente hay muy pocas vacaciones sobre las que me tenga que poner al corriente.

–Pero ésas deberían haber salido en el apartado de revelaciones de nuestra conversación.

–¿Por qué?

–Fuimos a Bozeman, Montana. Y a un estudio de grabación que ya no está en la dirección de entonces en Memphis. Y a Berkeley. Y a los servicios de caballeros del Pits Club, en Minneapolis...

–Mierda, Annie.

–Lo siento.

–¿Por qué fuiste con él?

–Me pareció una forma tan buena como cualquier otra de ver los Estados Unidos. Y me lo pasé muy bien.

–¿Fuiste a San Francisco para mirar desde la acera la casa de Julie Beatty?

–Ah, no. De eso no soy culpable. Eso lo dejé para él. Yo fui a San Francisco para cruzar el Golden Gate y hacer algunas compras.

–Así que ese Duncan..., ¿es el típico acosador de estrellas?

–Sí, supongo que sí.

Por espacio de un instante, Annie sintió una punzada de envidia. No es que alguna vez hubiera deseado que Duncan la acosara a ella; no era eso exactamente. No deseaba en absoluto verle escondido detrás del seto de su jardín, o agazapado tras un pasillo de supermercado cuando ella estuviera haciendo la compra. Pero tampoco le habría importado que hubiera sentido la misma avidez por ella que la que había mostrado por Tucker. Y acababa de darse cuenta de que el hombre con quien estaba hablando en aquel momento era un rival mucho más temible que el que cualquier otra mujer podría llegar a ser jamás.

Duncan se sirvió un zumo de naranja y se sentó en la mesa de la cocina.

–Gina.

–Sí, cariño.

Gina estaba sentada en la mesa de la cocina, y sorbía un café mientras leía el *Guardian*.

–¿Qué probabilidades crees que hay de que Tucker Crowe esté en Gooleness?

Gina le miró.

–¿*Ese* Tucker Crowe?

–Sí.

–¿En *este* Gooleness?

–Sí.

–Diría que las probabilidades son mínimas. ¿Por qué? ¿Crees que acabas de verle?

–Annie dice que le he visto.

–Annie dice que lo has visto.

–Sí.

–Bueno, sin saber por qué te lo ha dicho, yo diría que te está tomando el pelo.

–Eso pienso yo.

–¿Por qué te ha dicho eso? Parece una cosa muy rara de decir. Y bastante cruel, teniendo en cuenta tu... interés por ese artista.

–Estaba haciendo jogging en la playa, y la he visto con un..., un hombre de mediana edad y aspecto respetable que iba con un niño. Me he parado, y me he presentado, y el hombre me ha dicho que era Tucker Crowe.

–Has debido de sentir un gran sobresalto.

–No lograba entender por qué le había hecho decir eso.

Me refiero a que no es muy inteligente que digamos. O divertido. Y luego la he llamado desde el dormitorio, antes de ducharme, y ha seguido erre que erre.

—¿Se parecía a Tucker Crowe?

—No. En absoluto.

Ambos se vieron desviando los ojos hacia la repisa de la chimenea, hacia la fotografía que él había llevado al mudarse a aquella casa: Tucker en el escenario —quizá en el Bottom Line—, a finales de los años setenta. Duncan sintió que lo asaltaba otro pequeño pánico, parecido al que había sentido la otra noche al hablar con Gina sobre *Juliet*. El hombre que había visto en la playa aquella mañana no era el hombre que había cantado «Farmer John» en un club hacía unas semanas, de eso no había duda alguna. Y el hombre que había visto en la playa aquella mañana no era en absoluto el hombre de aire enloquecido que, en la famosa fotografía de Neil Ritchie, se había abalanzado contra él para arrebatarle la cámara. Lo que atormentaba ahora a Duncan era que, por primera vez, se empezaba a preguntar si el joven de la repisa de la chimenea podía ser el mismo demente de pelo enmarañado que había tratado de atacar a Ritchie. No se parecían en nada, en realidad. Tenían ojos diferentes, nariz diferente, tez diferente. Hasta ese mismo momento jamás había dudado ni un segundo de la sabiduría de los croweólogos: había creído a pies juntillas la historia de Ritchie; como si se tratara de una crónica histórica. Punto. Sólo que —ahora le llegaba, denso y veloz, un pánico múltiple— Neil Ritchie era un imbécil. Duncan jamás lo había visto en persona, pero su ignorancia, rudeza y engreimiento eran de dominio público, y unos años atrás Duncan había recibido un e-mail suyo ofensivo y un tanto absurdo. Neil Ritchie había viajado Dios sabe cuántos kilómetros con el fin de invadir la intimidad de un cantautor retirado hacía mucho tiempo y que no deseaba que lo molestaran. Eso –admitámoslo– no podía considerarse un comportamiento normal. ¿Y ése era el hombre en quien Duncan estaba dispuesto a confiar más que en Annie y en el tipo de aspecto agradable de la playa? Si se dejaban a un lado la fotografía de quien había cantado «Farmer John» en un club hacía unas semanas y la del granjero enloquecido que había tratado de arrebatarle la cámara a Ritchie, y le ponía unas gafas al cantante de la fotografía del Bottom Line a finales de los años setenta, y le coloreaba el pelo hasta dejárselo cano, y se lo cortaba y acicalaba...

–Oh, Dios –dijo Duncan.

–¿Qué?

–No se me ocurre ninguna razón para que ese hombre se presente como Tucker Crowe a menos que lo sea realmente.

–¿Tú crees?

–Annie no es una persona cruel. Y el hombre de la playa se parece un poco al hombre de esa foto de la repisa de la chimenea. Aunque con más años, claro.

–¿Y te ha explicado ella cómo lo ha conocido?

–Me ha dicho que él le escribió. Así, sin más. Después de la crítica de *Naked* que ella había escrito en nuestra página.

–Si eso es verdad –dijo Gina, pensativa–, tienen que estar entrándote ganas de ahorcarte.

Por desgracia, Duncan no era físicamente capaz de volver a recorrer a la carrera las calles de Gooleness por segunda vez en menos de una hora, así que tendría que contentarse con ir a paso ligero, y hacer alguna pausa de cuando en cuando. De todas formas, necesitaba tiempo para pensar; tenía muchas cosas en las que pensar.

Duncan no era hombre dado a arrepentirse de las cosas, al menos hasta hacía poco. En el curso de las últimas semanas se había sorprendido deseando haber hecho de forma diferente un montón de cosas. Había sido impulsivo, y ansioso en extremo, y falto de juicio. Había entendido mal muchas cosas, y se odiaba por ello. Y lo que peor había entendido –comprendía ahora– era *Juliet, Naked*. ¿En qué había estado pensando? ¿Por qué había reaccionado como lo había hecho? ¿Cómo había podido llegar a la conclusión de que *Juliet, Naked* era –en algún sentido– mejor que el original? Después de escucharlos cinco veces más, los temas en su forma acústica habían empezado a aburrirle; y después de diez veces había decidido que no quería escucharlos más. No sólo eran algo con poca fuerza, «desnutrido», ínfimo, sino que había empezado a socavar la excelencia de *Juliet*. ¿A quién le interesaba ver las viejas y mohosas entrañas de una obra de arte? Les interesaba a los eruditos, y él era un erudito. ¿Pero cómo había llegado a la conclusión de que era mejor que el original? Conocía en parte la respuesta a aquella pregunta: había tenido acceso a *Juliet, Naked* antes que cualquiera de sus pares, y haber colgado en la página una crítica diciendo que era un álbum anodino y sin el menor interés habría echado por tierra toda su ventaja. Pero eso es el arte, a veces –había presentido siempre–: algo que confiere ventaja. Él había conseguido esa ventaja pagando un precio. Era como una moneda en su poder, pero el tipo de cambio había resultado ruinoso. ¿Por qué no había descolgado ya la maldita crítica de la página? Se volvió para dirigirse hacia su ordenador, pero volvió a darse la vuelta a medio camino. Lo haría más tarde.

Todo eso, y ahora esto. Si era cierto que Tucker Crowe estaba en Gooleness –*hospedado en la que había sido su casa*–, tenía muchas otras razones para lamentar la deserción temporal de sus facultades críticas. Si no le hubiera irritado tanto la indiferencia de Annie, tal vez no se habrían separado, y tal vez habrían conocido juntos a Tucker Crowe. Si él hubiera colgado en la página una crítica similar a la que había escrito Annie, tal vez Tucker le habría escrito un e-mail a él. Todo era increíble, ciertamente. Se había pasado la vida entera lleno de cautelas, y en la única ocasión en la que había mandado a paseo la cautela le había pasado aquello. (Y además, por supuesto, estaba Gina, que era otro ramal narrativo de la misma historia. Gina era, metafóricamente, *Naked*, y su desnudez literal –o el ofrecimiento de ella– no hacía sino subrayar lo acertado de la metáfora. También se había precipitado en aquello.)

Se había pasado la mayor parte de su vida adulta deseando conocer a Tucker Crowe, o al menos estar en la misma habitación que él, y allí estaba ahora, posiblemente a punto de ver cumplido su sueño, y tenía miedo. Si Tucker había leído la crítica de Annie, lo más probable era que hubiera leído también la de Duncan. Probablemente le había parecido odiosa, y odioso su autor. ¡Tucker Crowe sabe quién soy, pensó Duncan, y me odia! ¿Es posible? Seguramente reconocerá y apreciará la pasión que pongo en mi trabajo, al menos. ¿O también odiará eso? Sería mucho mejor para todos si, después de todo, Annie estuviera jugándole una cruel y pueril mala pasada. Volvió a dirigirse hacia la casa de Gina, y volvió a darse la vuelta.

Y en mitad de todas aquellas dudas y ansiedades, de todo su odio de sí mismo, Duncan se sorprendió tratando de pensar en preguntas difíciles que pudieran probar que Tucker era quien decía ser o lo delataran como un impostor. La cosa era difícil, sin embargo. Duncan tenía que conceder que Tucker Crowe era un experto en Tucker Crowe aún mayor que Duncan Thomson. Si le preguntaba, por ejemplo, quien tocó la *steel guitar* en «And You are?», y Tucker insistía en que no fue Sneaky Pete Kleinow, que la carátula del álbum estaba equivocada, ¿quién era él para discutírselo? Tucker sabía quién la había tocado, no había duda. Ganaría cualquier disensión en ese campo. No, necesitaba algo distinto, algo que sólo los dos pudieran saber sobre Tucker Crowe. Y Duncan creyó que había dado con ello.

Cuando Annie vio a Duncan en ademán furtivo tras el seto del jardín delantero de su casa, tratando a todas luces de hacer acopio del valor necesario para llamar a la puerta de lo que –hacía relativamente poco– había sido su casa, e intentando escrutar un poco su interior a través de la ventana sin que nadie lo advirtiera, casi lanzó un grito ante lo irónico de la escena. Menos de dos horas antes, se había estado lamentando en silencio de la falta de pasión por ella de Duncan, y su propia incapacidad para despertar en él el deseo de esconderse detrás del seto para tratar de verla siquiera fugazmente. Y ahora allí estaba, haciendo exactamente eso. Muy rápidamente, apenas unos instantes después, cayó en la cuenta de que no había en ello ironía alguna. Duncan se escondía detrás del seto porque Tucker Crowe estaba en la cocina. Ella seguía siendo insuficiente, al igual que lo había sido hasta entonces.

Annie abrió la puerta principal.

–¡Duncan! No seas idiota. Entra.

–Lo siento. Estaba...

Y entonces, incapaz de dar con una explicación satisfactoria de su comportamiento, se encogió de hombros, recorrió el camino de entrada y entró en la casa. Jackson estaba sentado en la mesa de la cocina, dibujando, y Tucker freía beicon para el desayuno-almuerzo.

—Hola otra vez —dijo Duncan.

—Hola —dijo Tucker.

—Puede que le deba una disculpa —dijo Duncan.

—Muy bien —dijo Tucker—. ¿Y cuándo va a saber con certeza si me la debe?

—Bueno, es bastante difícil, ¿no?

—¿Sí?

—He empezado a pensar que no existe ninguna razón para que me diga que es Tucker Crowe si no lo es realmente.

—Es un buen comienzo.

—Pero, como Annie le habrá explicado, soy... un admirador de siempre de su trabajo, y por una cosa o por otra llevaba años pensando que no tenía usted este aspecto.

—Ése es Fucker —dijo Jackson, sin levantar la vista de su dibujo—. Fucker es nuestro amigo Farmer John. Un hombre le sacó una foto y dijo a todo el mundo que era papi.

—Ya —dijo Duncan—. Bien. Veo que... Es verosímil, se lo concedo.

—Gracias —dijo Tucker, en tono afable—. Por si sirve de algo, tengo el pasaporte.

Duncan pareció anonadado.

—Oh —dijo—. No había pensado en eso.

—Lamento decepcionarle —dijo Tucker—. Seguramente pensaba más en plantearme montones de preguntas con truco. Por un lado está su mundo, lleno de..., ya sabe, rumores y teorías conspiratorias y fotos temibles de gente que no soy yo. Y por otro está mi mundo, todo pasaportes y reuniones de asociaciones de padres y reclamaciones al seguro. En mi mundo todo es muy anodino. Muchísimo papeleo.

Tucker fue hasta una chaqueta echada sobre el brazo de una silla, y sacó su pasaporte del bolsillo interior.

—Tome —dijo, y se lo tendió a Duncan.

Duncan echó una ojeada a sus páginas.

–Sí. Bien. Parece que todo está en orden.

Annie y Tucker se echaron a reír a carcajadas. Duncan se sobresaltó, y luego esbozó una sonrisa forzada.

–Lo siento. Os ha debido de sonar un tanto burocrático.

–¿Quieres ver el de Jackson? Puede que creas que el mío lo he falsificado. Pero ¿me tomaría la molestia de falsificar el de un chiquillo sólo para que tuviera el mismo apellido que yo?

–¿Puedo utilizar el lavabo, Annie? –dijo Duncan.

Y, sin esperar a que Annie le diera permiso, salió de la cocina.

–Creo que esto le supera un poco –dijo Annie–. Necesita recuperar la compostura. Intenta ser amable con él. Recuérdalo: es el momento más increíble de su vida.

Cuando Duncan volvió, Tucker le dio un gran y fuerte abrazo.

–Está bien –dijo–. Está todo bien.

Annie se echó a reír, pero Duncan se demoraba en los brazos de Tucker. Annie vio que tenía los ojos cerrados, y dijo:

–¡Duncan! –Y para que no pareciera que le estaba reprendiendo, añadió–: ¿Quieres comer con nosotros?

Charlaron –con la mejor de las voluntades– mientras tostaban el pan y hacían huevos revueltos. Annie habría besado a Tucker: éste se daba cuenta de lo nervioso que estaba Duncan, y le hacía preguntas –sobre la ciudad, sobre su trabajo, sobre sus alumnos– que podía estar razonablemente seguro de que Duncan podría responder sin echarse a llorar. Cada vez que decía algo la voz le temblaba un poco, y su registro era un punto demasiado formal, como adoptado para la ocasión, y de cuando en cuando se reía tontamente sin motivo aparente, pero la mayor parte del tiempo todo autorizaba a imaginar que las cuatro personas presentes no hacían sino participar en una reunión de fin de semana normal y corriente, en un acto social que habían compartido otras veces y que volverían a compartir en el futuro.

Annie podría haber besado también a Tucker por montones de otras razones. Tenía la impresión de que en aquella cocina todo el mundo lo amaba con algún grado de intensidad. (Todos los que no eran él, al menos; Annie lo conocía lo bastante para saber que Tucker no se interesaba mucho por Tucker Crowe.) El amor de Jackson era el más neurálgico y necesitado, pero siempre dentro de los límites de lo normal, según podía recordar de sus clases de psicología infantil. El de Duncan era extraño y obsesivo; y el suyo... El suyo podría definirlo como un enamoramiento, o como el comienzo de algo más profundo, o la fantasía patética de una mujer más y más sola, o el reconocimiento de que necesitaba acostarse con alguien antes de que finalizase la década; e incluso a veces pensaba que eran todas aquellas cosas a un tiempo, y habría deseado fervientemente no haberse metido con él tantas veces en las veinticuatro horas anteriores. Y sí, lo merecía, de alguna forma, pero sólo si iba a quedarse en el mundo en el que acababa de entrar. En todas aquellas recriminaciones había habido una especie de lectura entre líneas: si vas a quedarte a vivir conmigo en Gooleness, tendrás que portarte bien con tu familia. Así es como hacemos aquí las cosas. Pero en vista de que no se iba a quedar a vivir con ella en Gooleness, ¿por qué se metía en camisa de once varas? Era como decirle a Spiderman que no trepara por las fachadas de los edificios mientras estuviera en Gooleness, por mor de la salud y la seguridad. No estaba comprendiendo a Tucker Crowe.

La reunión social pronto se convirtió, inevitablemente, en algo diferente; sobre todo porque cada cosa que decían tanto Jackson como Tucker confirmaba o echaba por tierra las tesis que Duncan había ido elaborando a lo largo de los años.

—Bien —dijo Duncan cuando se sentaron a la mesa—. Esto tiene buena pinta.

—Mi hermana no come beicon —dijo Jackson, y Annie vio que Duncan mantenía una pugna consigo mismo: ¿qué le estaba permitido preguntar?

—¿Tienes hermanos y hermanas, Jackson? —le preguntó al cabo al chico, tal vez basándose en el hecho de que no preguntar nada pudiera resultar descortés.

—Sí. Cuatro. Pero no viven conmigo. Tienen diferentes mamás.

A Duncan se le atragantó un trozo de tostada.

—Oh. Bueno. Eso es...

—Y ninguna de esas mamás se llama Julie —dijo Tucker.

—¡Ajá! —dijo Duncan—. Ya habíamos descartado esa teoría, de todas formas.

Jackson miró a los dos hombres, sin comprender.

—No te preocupes, Jack —dijo Tucker.

—Vale.

—He llevado a Tucker y a Jackson al museo esta mañana —dijo Annie. En aquella conversación había pocos terrenos neutrales en los que adentrarse, dado que cualquier pequeño detalle sobre la vida personal de Tucker suscitaba al instante niveles de excitación harto arriesgados—. Les he enseñado el ojo de tiburón. ¿Te conté lo de ese ojo, Duncan?

—Sí —dijo Duncan—. Por supuesto. Pronto tendréis que inaugurar esa exposición.

–El miércoles.

–Intentaré ir.

–El jueves por la noche haremos una pequeña fiesta de inauguración, con bebidas y demás. Nada del otro mundo. Unos cuantos concejales, y los Amigos.

–Deberías conseguir que Tucker cantara –dijo Duncan.

Annie se daba cuenta ahora de que aquello no tenía remedio. Estaba claro que a Duncan no se le iba a presentar otra oportunidad en la vida, y no estaba dispuesto a desaprovecharla.

–Sí –dijo Annie–. Estoy segura de que si Tucker decidiera romper su silencio de estos veinte años, elegiría precisamente el Museo Costero de Gooleness como escenario de su vuelta artística.

Tucker se echó a reír. Duncan miró fijamente su plato.

–Me encantaría que pudiera ser, de todas formas. Yo... No sé lo que te habrá contado Annie, pero soy un gran admirador de tu obra. Yo... Bueno, no creo que exagerara gran cosa si me describiera como un experto mundial en tu persona.

–He leído lo que escribes –dijo Tucker.

–Oh –dijo Duncan–. Dios... Yo... Bueno, puedes decirme en qué me he equivocado.

–No sabría por dónde empezar –dijo Tucker.

–¿Te prestarías a una entrevista? ¿Para poner los puntos sobre las íes? Seguramente conoces nuestra página web, así que sabrás que se te juzgaría con justicia.

–Duncan –dijo Annie–. No empieces.

–Lo siento –dijo Duncan.

–No hay puntos sobre las íes que poner –dijo Tucker–. Hay mi persona y mi vida, y quince tipos como tú que, por razones que sólo vosotros conocéis, os habéis pasado demasiado tiempo imaginando cómo era esa vida.

—Supongo que eso es lo que parece. Desde tu perspectiva.

—No creo que haya otra.

—Nos podríamos limitar a preguntas relativas a las canciones.

—No insistas, Duncan —dijo Annie—. No creo que a Tucker le interese.

—Por cierto, ¿tenía razón? —dijo Tucker—. ¿Tenías unas cuantas preguntas que hacerme para demostrar que yo era quien decía ser?

—Yo... Bueno, sí. Tenía una.

—Suéltala. Quiero saber si conozco mi propia vida.

—Tal vez sea... Me pregunto si no será demasiado indiscreta.

—¿Tendría que mandar a Jackson fuera de la cocina?

—Oh, no. Es sólo... Bueno, es una tontería. Iba a preguntarte a quién más has dibujado, aparte de a Julie Beatty.

Annie acusó un descenso de la temperatura. Duncan había dicho algo que no debería haber dicho, aunque no sabía por qué no debería haberlo dicho.

—¿Por qué estás tan seguro de que la dibujé?

—No puedo divulgar mis fuentes.

—Tus fuentes no son buenas.

—Con el debido respeto, disiento.

Tucker dejó el cuchillo y el tenedor en la mesa.

—¿Qué pasa con vosotros? ¿Por qué creéis que sabéis cosas, cuando en realidad no sabéis absolutamente nada de nada?

—A veces sabemos más de lo que tú piensas.

—No me da esa impresión.

Duncan, de pronto, se sintió incapaz de mirar a los ojos a ninguno de los que estaban a la mesa, lo cual, según la experiencia de Annie, era la primer señal de que estaba a punto de estallar. Manejaba tan cuidadosa y férreamente su ira que ésta sólo le salía por orificios equivocados.

–Es un dibujo con mucho encanto, el de Julie. Eres bueno. Pero apuesto a que Julie ya no fuma, ¿me equivoco?

Este último detalle lo dejó caer en tono triunfante, pero su triunfo se vio mermado cuando Tucker se puso de pie, alargó el torso por encima de la mesa y levantó a Duncan por el cuello de su camiseta de Graceland. Duncan parecía aterrorizado.

–¿Entraste en su casa?

Annie recordó el día en que Duncan había ido a Berkeley. A su vuelta al hotel lo notó extraño, agitado y un tanto evasivo; aquella noche Duncan le dijo incluso que sentía que su obsesión por Tucker estaba menguando.

–Sólo a usar el aseo.

–¿Te invitó a pasar para que usaras su aseo?

–Tucker, déjalo en el suelo –dijo Annie–. Estás asustando a Jackson.

–No es cierto –dijo Jackson–. Hace bien. No me gusta ese tipo. Dale un puñetazo, papi.

Esta petición bastó para que Tucker soltara a Duncan.

–Eso no está bien, Jackson –le dijo a su hijo.

–No, no lo está –dijo Duncan.

Tucker le dirigió una mirada de advertencia, y Duncan alzó ambas manos en señal de disculpa inmediata.

–Venga, Duncan. Explícame cómo acabaste usando el aseo de Julie.

–No tendría que haberlo hecho –dijo Duncan–. Cuando llegué a la casa, estaba reventando. Y había por allí un chico que sabía dónde estaba la llave de la puerta principal. Como ella estaba fuera, entramos, y fui al aseo a echar una meada, y luego el chico me enseñó el cuadro. Estuvimos allí dentro unos cinco minutos como máximo.

–Oh, eso lo convierte en correcto –dijo Tucker–. Siete minutos habría constituido una violación de su intimidad.

–Sé que fue una estupidez –dijo Duncan–. Me sentí muy mal después. Sigo sintiéndome fatal. He intentado olvidar que sucedió en la realidad.

–Y ahora te pones a alardear de ello.

–Sólo quería demostrar que soy... una persona seria. Un estudioso serio, al menos.

–No parece que esas dos personalidades sean muy compatibles, ¿no? Una persona seria no allana la morada de nadie.

Duncan respiró hondamente. Durante un instante, Annie tuvo miedo de que fuera a confesar algo más.

–Todo lo que puedo decir en mi defensa es que... Bueno, tú nos pediste que escucháramos. Y algunos de nosotros escuchamos quizá con demasiada intensidad. Me refiero a que si alguien hubiera tenido la oportunidad de entrar en casa de Shakespeare, la habría aprovechado, ¿no? Porque entonces sabríamos más. Habría estado perfectamente legitimado para... hurgar, por ejemplo, en el cajón de los calcetines de Shakespeare. En aras de la historia y de la literatura.

–Así que, según tu lógica, Julie Beatty es Shakespeare.

–Anne Hathaway.

–Santo Dios –dijo Tucker, sacudiendo la cabeza con amargura–. Qué gente... Y que conste: ni siquiera soy Leonard Cohen, así que para qué hablar de Shakespeare...

Nos pediste que escucháramos... Eso al menos era cierto. Tenía que serlo. Él siempre dijo lo que tenía que decir en aquel tiempo de las radios locales en que aún hablaban con pinchadiscos y escritores de canciones de rock: decía a quien quisiera oírle que no podía evitar ser músico, que simplemente lo era, y que lo seguiría siendo tanto si a la gente le gustaba escucharle como si no. Pero también le había dicho a Lisa, la madre de Grace, que quería ser rico y famoso, que no sería feliz hasta que su talento fuera reconocido de todos los modos posibles en que el talento puede ser reconocido. El dinero nunca le llegó realmente –ni siquiera *Juliet* le proporcionó más dinero del necesario para llevar una vida decente durante un par de años–, pero sí otras cosas. Obtuvo respeto y buenas críticas y fans y la modelo con la que solían salir Jackson Browne y Jack Nicholson. Y obtuvo a Duncan y a sus amigos. Si quieres meterte en la sala de estar de la gente, ¿tienes derecho a poner peros a que la gente quiera meterse en la tuya?

–Esto podrá sonarte a estupidez –dijo Duncan–, y no a lo que quieres oír. Pero no soy el único que piensa que eres un genio. Y por mucho que puedas pensar que somos..., que dejamos bastante que desear como individuos, no por eso somos necesariamente los peores jueces del mundo. Leemos, y vemos películas, y pensamos, y... Probablemente, en lo que a ti concierne, yo la haya fastidiado con mi reseña idiota de *Naked*, que escribí en un momento equivocado y por motivos equivocados. Pero el álbum original... ¿Sabes (tú, el autor) lo denso que es? Yo sigo sin agotarlo por completo, creo; ni siquiera después de todo este tiempo. No pretendo entender lo que esas canciones significan para ti, pero lo que importa son las formas de expresión que elegiste, las alusiones, las referencias musicales. Eso es lo que las convierte en arte. Para mí. Y..., perdón, perdón, una cosa más. No creo que la gente con talento sepa apreciar necesariamente ese talento propio, porque todo les viene tan fácilmente... Y los humanos nunca valoramos las cosas que nos llegan fácilmente. Pero yo valoro lo que tú hiciste con aquel álbum mucho más, creo, que cualquier otra cosa que haya oído nunca. Así que gracias. Y ahora creo que debo irme. Pero no podía conocerte y estar un rato contigo sin decirte todo esto.

Y, mientras se levantaba de la mesa, sonó el teléfono. Annie lo cogió, dijo unas palabras, y le pasó el teléfono a Tucker. Tucker no se percató al instante de que Annie se lo estaba tendiendo, y siguió mirando fijamente a Duncan, como si las palabras que éste acababa de pronunciar siguieran suspendidas encima de su boca en una especie de «bocadillo» en el que Tucker podía volver a leerlas. Y Tucker *quería* releerlas.

–¿Tucker?

–¿Sí?

–Grace –dijo Annie.

–Sí –dijo Jackson–. Gracie.

Durante la mayor parte de los últimos veinte años, Tucker había considerado a Grace una especie de llave de muchas cosas. Ella era la razón por la que había dejado de trabajar; cada vez que había levantado la tapa de sí mismo y había echado una mirada dentro, había tenido que cerrarla rápidamente. Ella era la habitación de invitados que nunca llegó a arreglarse, el e-mail que nunca obtuvo respuesta, el préstamo que nunca se había devuelto, el síntoma que nunca se había descrito a un médico. Sólo que, obviamente –y peor aún–, era una hija, y no un e-mail o un sarpullido.

–¿Grace? Un momento...

Cuando se llevó el teléfono inalámbrico de la cocina a la sala, comprendió de pronto que aquella extraña localidad costera era el escenario perfecto para el tipo de reconciliación que podría poner fin a toda aquella historia misérrima. No se le ocurrió que pudiera pedirle a Annie que alojara en su casa a otro miembro de su familia, pero Grace podía hospedarse un par de días en un Bed and Breakfast o algo similar de los alrededores. El desolado muelle que habían visto aquella mañana... Se veía sentado con ella en el suelo de tablas, bamboleando los pies en el aire a través de los balaustres, hablando y escuchando y hablando y escuchando...

–¿Tucker?

«Papá» era un apelativo que tienes que ganarte, imaginó, más que nada comportándote como tal. Tal vez así podría acabar su conversación en el muelle: ella le llamaría «papá», y él lloraría un poco.

–Sí. Perdona. Estaba llevándome el teléfono a un sitio más tranquilo.

–¿Dónde estás?

–Estoy en Gooleness, una pequeña población costera de la costa este de Inglaterra. Es fantástica. Te encantaría. Astrosa, pero con encanto.

–Ya. Muy bien. ¿Sabes que he venido de Francia para verte en el hospital?

Tenía la voz de su madre. O, más bien –lo cual era peor, ciertamente–, su temperamento: podía percibir la misma determinación de pensar lo mejor de él y de todo el mundo, la misma sonrisa desconcertada. Ni Grace ni Lisa se lo habían puesto nunca fácil: ambas habían sido desgarradoramente tolerantes y empáticas y clementes. ¿Cómo iba a arreglárselas uno con gente como ésa? Prefería el gélido sarcasmo que solía emplear él. Podía ignorarlo en otros.

–Sí, Grace. Oí que ibas a venir.

–Así que lo sabías. ¿Por qué has huido?

–No he huido de ti.

No podía permitirse muchas mentiras, si de verdad perseguía la verdad y la reconciliación, pero quizá fueran necesarias una o dos, pequeñas..., juiciosamente colocadas en la entrada del sendero para facilitar el acceso.

–No quería verte con toda esa gente.

–Mmm... ¿Juzgarás poco razonable recordarte que esa gente, en su mayoría, son tus hijos?

–La mayoría, sí. Pero no toda. Había un par de ex mujeres, también. Me hacía sentirme incómodo. Y la verdad es que tampoco me sentía muy bien físicamente...

–Bien, supongo que sólo tú sabes con cuántas cosas puedes arreglártelas de una vez.

–Lo que estaba pensando es que podrías venir tú aquí –dijo Tucker–. Así tú y yo podríamos...

Acudían a su mente palabras y frases terribles: «tiempo dedicado a la familia», «sanar», «servidumbre», «zanjar». No quería emplear ninguna de ellas.

–¿Qué podemos hacer, Tucker?

–Podríamos comer.

–¿Comer?

–Sí. Y supongo que hablar.

–Mmm...

–¿Qué piensas? ¿Quieres que mire el horario de trenes?

–Creo... Creo que no quiero ir.

–Oh.

Tucker no podía creerlo. ¿Dónde estaba el deseo de reconciliación en aquello?

–En realidad no quería venir a Londres a verte. No podía... No veía ninguna razón para hacerlo.

–Fue idea de Lizzie.

–Me refiero a cualquier tipo de visita, en cualquier parte. No quiero ser difícil, Tucker. Creo que eres un tipo interesante y con talento, y antes me encantaba leer cosas de ti. Mamá tiene un montón. Pero no tenemos nada entre manos, ¿no crees?

–No... últimamente.

Grace rió, pero no de forma desagradable.

–En los últimos veinticuatro años.

¿Tenía ya veinticuatro años?

–Estoy completamente segura de que mi existencia misma resulta bastante... embarazosa. Quiero decir que he escuchado ese álbum. A mí no se me oye en él. Ni a Lisa.

–Ha pasado mucho tiempo.

–Estoy de acuerdo. Hace muchísimo tiempo elegiste el arte en lugar de..., bueno, en lugar de a mí.

–No, Gracie, yo...

–Y lo entiendo. De veras. Antes no lo entendía. Pero, ¿sabes?, me encantan los artistas. Y lo entiendo. Así que ¿qué ibas a hacer conmigo ahora? Veo que sí, que podemos tener una conversación dolorosa en un rincón remoto de Inglaterra, a kilómetros y kilómetros de cualquier parte. Pero, después de esa charla, no creo que pueda haber nada más, ¿no te parece? A no ser que quieras reconocer que eres un farsante. Y no querría que hicieras eso. Me da la impresión de que no tienes demasiadas cosas a las que agarrarte como para dejar atrás *Juliet*.

Aquel nivel de penetración psicológica no le venía de Lisa. Tucker podía estar orgulloso de ello.

Volvió a la cocina y le tendió el teléfono a Annie.

–¿Cómo ha ido?

Tucker sacudió la cabeza.

–Lo siento.

–No importa. La fastidié hace mucho tiempo. Y últimamente he estado viendo mucha televisión diurna.

Duncan se estaba poniendo el abrigo con grandes aspavientos, tratando desesperadamente de apurar en lo posible lo que podían ser sus dos últimos minutos con Tucker.

—No tienes por qué marcharte —dijo Tucker en tono cansino.

Duncan lo miró con incredulidad, como un adolescente al que la chica más guapa de la clase le acabara de decir que no iba a terminar con él todavía.

—¿En serio?

—En serio. Yo... Lo que has dicho antes... ha significado mucho para mí. Gracias. De todo corazón.

Y acto seguido, la chica más guapa de la clase se estaba quitando las bragas y... En rigor, toda esta analogía de la chica resultaba demasiado extraña. Extraña y perturbadoramente egoísta, si uno se tomaba la molestia de examinarla con la atención debida.

—Si quieres que hablemos de mi trabajo, estaré encantado de hacerlo. Veo que eres serio al respecto.

¿Qué había de extraordinario en ello? ¿Por qué se había pasado la mitad de la vida tratando de esconderse de gente como Duncan? ¿Cuántos eran esa gente? Un puñado, y desperdigados por todo el planeta. A tomar por el culo Internet por reunirlos a todos en una página y hacer que parecieran amenazadores. Y a tomar por el culo Internet por ponerlo a él justo en el centro de su pequeño universo paranoico.

—De verdad que siento haber echado una meada en el cuarto de baño de Julie —dijo Duncan.

—No estoy seguro de que me importe mucho, en realidad. ¿Confidencialmente? En ciertos medios Julie Beatty ha gozado de una larga e inmaculada reputación de musa ardiente. Ahora, mirando hacia atrás, puedo decir que era una cabeza de chorlito guapa. Si de vez en cuando alguien echa una meada en su cuarto de baño, el precio que paga ella es bastante justo.

Las dos cosas más importantes de la vida de un hombre eran su familia y su trabajo, y Tucker había pasado mucho tiempo sintiéndose muy mal respecto de ambas. Ya no podía hacer gran cosa para remediar los grandes vacíos que había en su familia. Las cosas nunca se arreglarían con Grace, y veía claramente que su relación con Lizzie oscilaría siempre entre algo que los dos podían tolerar y algo tan enojoso para los dos como un dolor de muelas. A Tucker no le interesaban demasiado sus hijos varones más mayores. Ello tal vez dejaba a salvo a Jackson, pero no lo convertía a él en un padre con un expediente superior a «muy deficiente». Y no merecía la pena examinarse de nada que pudiera aprobarse con tan malas notas.

Jamás se le había pasado por la cabeza que su trabajo fuera redimible, o que él mismo pudiera llegar a redimirse a través de su trabajo. Pero aquella tarde, en casa de Annie, al oír cómo aquel hombre elocuente e insulso le decía una y otra vez que era un genio, se vio alimentando íntimamente la esperanza de que tal cosa pudiera ser verdad.

15

El concejal Terry Jackson visitaba el museo para echar una ojeada previa al día de la inauguración, y parecía complacido con lo que veía. Tanto que empezó a mostrarse ambicioso en relación con el lanzamiento de la exposición.

–Tendríamos que conseguir que alguna celebridad viniera a inaugurarla.

–¿Conoce usted a alguna? –le preguntó Annie.

–No. ¿Y usted?

–Tampoco.

–Oh, bien.

–¿A quién invitaría si pudiera?

–No estoy muy al tanto en cuestión de celebridades. No veo la suficiente televisión.

–Cualquiera de la historia del mundo. Un invitado fantástico.

Annie dijo luego:

–Mmm... ¿Y qué papel se le asignaría a esa celebridad? Me refiero a si le invitaríamos (a él o a ella) a que pronunciara unas palabras.

–Supongo que sí –dijo Terry–. Algo que interesara a la prensa local. E incluso a la nacional.

—Supongo que si una celebridad histórica muerta inaugurase una exposición en el Museo de Gooleness, tendríamos que quitarnos a los periodistas de encima a manotazos.

—¿Y usted a quién traería?

—A Jane Austen —dijo Annie—. O a Emily Brontë, supongo, ya que no estamos lejos de la tierra de Brontë.

—¿Usted cree que la prensa nacional se desplazaría hasta aquí arriba por Emily Brontë? Sé que lo harían por Jane Austen. Con lo de Bollywood y demás.[20]

Annie no tenía la menor idea de a qué se refería, así que prefirió hacer caso omiso de esto último.

—Lo harían también por Emily Brontë.

—Bien —dijo Terry. Dudaba, era evidente—. Si usted lo dice. En fin. Ciñámonos al reino de lo posible.

—¿Me está preguntando el nombre de alguien famoso que accediera a venir al Museo Costero de Gooleness para inaugurar la exposición? Porque eso sería otra cosa.

—No, no lo sería. Apunte tan alto como le apetezca.

—Nelson Mandela.

—Menos importante.

—Simon Cowell.

Terry reflexionó un instante.

—Menos importante.

—La alcaldesa.

—La alcaldesa tiene otros compromisos. Si usted hubiera solucionado este asunto antes, podríamos habérselo pedido con la suficiente antelación.

—Tengo a un cantautor norteamericano de los ochenta pasando unos días en casa. ¿Podría servirnos?

---

20. Bollywood llevó a la gran pantalla una adaptación de la inmortal novela de Jane Austen *Pride and Prejudice (Orgullo y prejuicio)* con el título de *Bride and Prejudice (Novia y prejuicio). (N. del T.)*

No pensaba mencionarlo, pero el ataque injusto de Terry Jackson contra sus destrezas organizativas le dolió en lo más hondo. Sea como fuere, ni siquiera podía creer que Tucker hubiera decidido quedarse: él y Jackson llevaban ya tres noches en su casa y no mostraban deseo alguno de marcharse.

–Depende de quién sea –dijo Terry.

–Tucker Crowe.

–Tucker ¿qué?

–Tucker Crowe.

–No. No sirve. Nadie ha oído hablar de él.

–Bien, ¿qué cantautor norteamericano de los ochenta habría servido para usted?

El concejal empezaba a irritarla. ¿De dónde había surgido toda aquella súbita necesidad de celebridades? Siempre sucedía lo mismo con los concejales. En los comienzos de un proyecto, lo importante eran las necesidades de la ciudad; al final, lo importante era el *Gooleness Echo*.

–Creí que iba a decir Billy Joel o alguien parecido. ¿Es un cantautor? Nos tendría que sacar del aprieto. En fin, gracias, pero no, gracias, Tucker Crowe.

Trazó unas comillas imaginarias en el aire para encerrar el nombre, y se echó a reír entre dientes (ante el total anonimato del tal Crowe, al parecer).

–Tengo una idea –dijo Terry.

–Dígala.

–Tres palabras.

–Muy bien.

–Intente adivinarlas.

–¿Tres palabras?

–Tres palabras.

–John Logie Baird. Harriet Beecher Stowe.

–No. Ninguno de los dos. Oh. Y quizá tendría que decir que una de las tres palabras es «y».

–¿Y? ¿Como Simon y Garfunkel?

–Sí. Pero no son ellos. Creo que debería rendirse.

–Me rindo.

–Gav y Barnesy.

Annie soltó una carcajada. Terry Jackson pareció dolerse.

–Lo siento –dijo Annie–. No quería... No era en esa dirección donde yo estaba buscando.

–¿Qué se piensa usted? Son leyendas locales, y multitud de gente por estos pagos sabe quiénes son...

–Me gusta –dijo Annie en tono terminante.

–¿De verdad?

–De verdad.

Terry Jackson sonrió.

–Una idea genial, en realidad. Por mucho que sea yo quien lo diga.

–Pero probablemente no son de interés para la prensa nacional –dijo Annie.

–Eso es cierto. Lo he propuesto como una idea sin muchas probabilidades de éxito.

Annie había oído una vez decir a alguien que en el futuro todo individuo sería famoso para quince personas. En Gooleness, donde Tucker Crowe dormía en su habitación de invitados, y se invitaba a Gav y Barnesy a inaugurar exposiciones, el futuro se había hecho presente.

El miércoles, día de la inauguración, Tucker y Jackson seguían en casa de Annie. Iban posponiendo su marcha de día en día. Annie no quería presionarles para que cambiaran de planes, porque no podía soportar el pensamiento de su partida. Mañana tras mañana, temía verlos aparecer en la cocina con el equipaje listo, pero en lugar de ello se sentaban para desayunar y anunciaban su intención de ir de pesca, o de dar un paseo, o de coger un autobús que bordeara la costa. No tenía la menor idea de si Jackson tenía o no que estar en el colegio, pero no quería preguntar, por si Tucker de pronto se golpeaba la frente y arrastraba a su hijo hacia la estación.

No habría sido capaz de explicar a nadie lo que esperaba de todo aquello; o no habría querido hacerlo, al menos, porque tal explicación le habría sonado patética incluso a ella misma. Esperaba –suponía– que se quedaran para siempre, en cualquier modalidad que ellos eligieran. Si Tucker no quería compartir el lecho con ella, muy bien, perfecto, aunque ella tenía el firme propósito de acostarse con alguien en un futuro próximo, y si no le gustaba, podía largarse. (Estos supuestos los había imaginado con bastante lujo de detalles: de ahí el tono de confrontación; había tomado nota de una conversación concreta de tal tenor el domingo por la noche, cuando intentaba dormir y se había sorprendido irritándose ante la augurada indiferencia de Tucker.) Por supuesto, tendría que sustituir a Cat en el cuidado de Jackson, al menos durante la mayor parte del año –Jackson viajaría a los Estados Unidos durante las vacaciones más largas, aunque iría a la escuela primaria en Gooleness, quizá a Rose Hill, que gozaba de una excelente reputación y tenía una página web impresionante, con la que había dado por azar la noche anterior. ¿Hasta qué punto sería duro para Jackson? El chico no había hablado mucho con su madre desde que estaba en Inglaterra, y eso infundía esperanzas en Annie: la relación primera de Jackson era claramente con Tucker, y Annie estaba absolutamente segura de que, si Tucker hacía saber sin ambigüedad cuál era su deseo, su hijo se adaptaría a él sin ningún problema. Ella se brindaría para enviar e-mails semanales o diarios a Cat (o lo que ésta quisiera; y madre e hijo podrían también hablar por teléfono), y le podría adjuntar fotografías, y descargaría ese programa que te permite ver en la pantalla del ordenador a alguien que está en la otra punta del globo, y Cat podría hospedarse en su casa siempre que quisiera... Si todos estaban decididos a hacer que funcionara, no tenía por qué no hacerlo. A fin de cuentas, ¿cuál era la alternativa? ¿Que se volvieran a su casa y retomaran su vida, como si nada hubiera pasado?

Lo malo, por supuesto, es que nada había pasado. Si Tucker y Jackson fueran capaces de oír el interior de la cabeza de Annie, saldrían de la casa de espaldas, despacio, y Tucker blandiría la primera arma que hubiera tenido a mano para defender a su hijo. ¿Había acariciado su madre fantasías similares cuando la Navidad llegaba a su fin y sabía que iba a quedarse totalmente sola durante otros once meses y tres cuartos? Probablemente sí. Todo había acontecido demasiado pronto, ése era el problema. Annie habría sido feliz esperando con anhelo los e-mails de Tucker, y soñando sólo muy despacio, durante meses, durante años, con la remota y terriblemente tentadora posibilidad de un encuentro real. A causa de las desventuras médicas recientes, Annie había acabado zampándose la caja de bombones en cuestión de semanas, y ahora se había quedado con la caja vacía y una vaga sensación de náusea.

Tenía que reconocer, a regañadientes, que existía otra interpretación de los acontecimientos recientes: el problema no era la caja de bombones vacía, sino la metáfora. La breve visita de un hombre de edad mediana y su jovencísimo hijo no tendrían por qué ser un festín de confitería; tendrían que ser un sándwich de huevo y berros comprado en una tienda, un bol de cereales apurado distraídamente, una manzana que se coge con prisa del frutero cuando no se tiene tiempo para comer. Se había construido una vida tan vacía que se hallaba en medio de la incidencia narrativa crucial de los últimos diez años, y ¿en qué consistía en realidad tal incidencia? Si al final Tucker y Jackson decidían que debían vivir su vida en otra parte –y hasta el momento no habían dado la menor señal de lo contrario–, Annie debía asegurarse de que, si algún día volvían, su estancia no sería más que un contratiempo, algo de lo que habría podido prescindir, algo que ni siquiera recordaría un par de semanas después de su partida. ¿No era eso lo que sucedía con los invitados?

Cuando bajó a la sala llevaba una falda y un poco de maquillaje, y Tucker la miró.

–Oh, mierda –dijo.

No era lo que Annie habría deseado oír, pero al menos era una reacción. Se había fijado en ella.

–¿Qué?

–Voy a tener que ir así. Supongo que tengo una camiseta limpia, pero seguro que lleva el nombre de un club de striptease. No es que yo sea cliente ni nada parecido; fue un regalo muy considerado. ¿Y tú, Jack? ¿Tienes algo limpio que ponerte?

–Metí un par de cosas en la lavadora –dijo Annie–. Tienes un «No sé qué *Man*» nuevo encima de la cama.

Probablemente montones de mujeres tenían que enunciar alguna variante de esa frase todos los días de la semana, sin por ello sentirse particularmente afectadas en el plano emocional. O, mejor, la emoción que palpitaría en su pecho sería más una profunda piedad de sí mismas que una pena de amor y una pérdida y un anhelo insatisfecho. Era como una especie de ambición: salir a escena con deseos de ahorcarse, porque poner una camiseta encima de la cama de un niño parecía remitir a una lenta y dolorosa muerte del espíritu. En aquel momento, Annie sentía ganas de colgarse porque todo aquello era como el primer y tímido destello de un renacimiento.

–Spiderman –dijo Jackson–. ¿Está bien Spiderman para esa fiesta?

–Soy la única que tiene que ir elegante –dijo Annie–. Vosotros sois los invitados especiales y exóticos.

–Pero sólo porque llevamos camisetas –dijo Tucker.

–Y porque venís de los Estados Unidos. Cuando empezamos a pensar en una exposición sobre Gooleness en 1964, no contábamos en absoluto con que fuera a venir ningún visitante norteamericano.

–El tipo de cambio era muy malo entonces –dijo Tucker–. Mira y verás como habrá manadas de ellos.

Annie rió con un volumen y una fuerza inapropiados, durante un tiempo absurdamente largo, y Tucker se quedó mirándola.

–¿Estás nerviosa?

–No.

–Oh. Muy bien.

–Estaba pensando en vuestra marcha. No quiero que os vayáis. Y eso me ha hecho reírte la broma como una loca. Qué cosas. Puede que por si era la última broma que hacías en esta casa.

Lamentó de inmediato su explicación, pero sólo porque siempre lo lamentaba todo. Luego, cuando su lamentación hubo estallado y cesado, ya no le importó. Tucker tenía que saberlo, pensó. Quería que lo supiese. Sentía algo por alguien, y se lo decía a ese alguien.

–Muy bien. ¿Quién ha hablado de irse? Nos gusta esto, ¿no, Jacko?

–Sí. Bastante. Pero no me gustaría vivir aquí... o algo así.

–Yo sí podría vivir aquí –dijo Tucker–. Podría vivir aquí sin pensármelo dos veces.

–¿De veras? –dijo Annie.

–De veras. Me gusta el mar. Me gusta la... falta de pretensiones.

–Oh, aquí no hay pretensiones.

–¿Qué quiere decir esa palabra? –dijo Jackson.

–Quiere decir que la ciudad no finge ser lo que no es.

–¿Y algunas ciudades hacen eso? ¿Qué es lo que fingen ser?

–París. Jirafas. Lo que sea.

–Me gustaría ir a alguna parte que fingiese ser otra. ¿No sería divertido?

Tenía razón: sería divertido. ¿Quién querría estar en un sitio que se enorgulleciera de su falta de ambición, de su tozudo regodeo en su propia simplicidad?

–Bueno –dijo Jackson–. Además tengo que ver a mamá, y a mis amigos, y...

E incluso entonces Annie esperó algún argumento de Tucker que zanjara la cuestión, como si estuviera contemplando un drama ante un tribunal, y Jackson fuera un miembro del jurado corto de luces y actitud obstruccionista. Pero Tucker se limitó a rodear los hombros de su hijo con el brazo, y a decirle que no se preocupara. Annie soltó otra risa inapropiada, con idea de demostrar que no había nada serio en lo que decían, que todo era muy divertido y que no tenía la menor importancia que casi hubiera terminado la Navidad. Ahora estaba nerviosa.

Tucker estaba preocupado por Annie cuando accedieron al interior frío del museo, aún ominosamente vacío, pero recordó que era la organizadora y tenía que estar allí antes que nadie. Y no tuvieron que esperar mucho para que la gente empezara a aparecer; la falta de puntualidad, al parecer, no era una opción de moda en Gooleness. La sala se llenó muy pronto de concejales y de Amigos del Museo, y de orgullosos propietarios de trozos del tiburón, todos los cuales parecían ser de la opinión de que cuanto más tarde llegaran menos posibilidades tenían de conseguir sándwiches y patatas fritas.

Hubo un tiempo en que Tucker odiaba las fiestas porque no podía presentarse sin que la gente armara un revuelo a su alrededor al enterarse de su nombre. Le sucedió lo mismo en aquel festejo, con la única diferencia de que la gente que armó el revuelo jamás había oído hablar de él.

–¿Tucker Crowe? –dijo Terry Jackson, el concejal propietario de la mitad de las piezas de la exposición–. ¿El mismísimo Tucker Crowe?

Terry Jackson tenía probablemente más de sesenta años, y llevaba un extraño tupé canoso, y Tucker se extrañó de que su nombre tuviera algún valor en círculos de gentes con tupés raros y canosos. Pero entonces Terry le lanzó a Annie un gran guiño, y Annie puso los ojos en blanco con aire turbado, y Tucker creyó ver que había algo entre ellos.

–Annie quería que fuera el invitado principal de esta velada. Pero yo le hice ver que nadie sabía quién coño era usted. ¿Cuál fue su gran éxito, eh? No se ofenda, estaba bromeando. –Dio unas palmaditas en la espalda a Tucker, exultante–. ¿De verdad es usted norteamericano?

–Sí, de verdad.

–Bien, pues –dijo Terry, en tono de consuelo–. No solemos tener muchos visitantes norteamericanos en Gooleness. Puede que sea usted el primero. Y eso ya es lo bastante especial para nosotros. Lo demás no tiene importancia.

–Es famoso, en serio –dijo Annie–. Siempre que sepas quién es, claro.

–Bueno, todos somos famosos en nuestra sala de estar, ¿no? ¿Qué está bebiendo, Tucker? Yo voy a pedir otra copa.

–Sólo agua, gracias.

–No, señor –dijo Terry–. No voy a servirle un puto vaso de agua al único visitante norteamericano que tenemos en Gooleness. ¿Tinto o blanco?

–Estoy... Estoy recuperándome –dijo Tucker.

–Razón de más para tomarse una copa. A mí siempre me ayuda, cuando no me siento bien.

–No es que no se sienta bien –dijo Annie–. Es un alcohólico en rehabilitación.

–Oh, aquí sería usted normal. Ya sabe, allí donde fueres, haz lo que vieres...

–Estoy bien, gracias.

–Bien, como guste. Hombre, aquí están las verdaderas estrellas de la velada.

Se habían unido a ellos dos hombres cuarentones, a todas luces incómodos en chaqueta y corbata.

–Permítanme presentarles a dos leyendas de Gooleness. Gav, Barnesy, os presento a Tucker Crowe, de los Estados Unidos. Y éste es Jackson.

–Hola –dijo Jackson.

Los dos hombres le estrecharon la mano con formalidad exagerada.

–He oído ese nombre antes –dijo uno de ellos.

–Hay un cantante que se llama Jackson Browne –dijo Jackson–. Y también hay un sitio que se llama así. Nunca he estado en Jackson. Lo cual es muy raro, si te pones a pensarlo.

–No, no me refiero a su nombre, jovencito Jim. Me refiero al suyo. A Tucker No sé qué.

–Lo dudo –dijo Tucker.

–No, tienes razón, Barnesy –dijo su compañero–. Ha salido en alguna parte hace poco.

–¿Habéis encontrado el museo sin ningún problema? –dijo Annie.

–Eras *tú* la que no parabas de hablar de él –dijo el hombre que se llamaba Gav, en tono de triunfo–. El día en que nos conocimos. En el pub.

–¿Sí? –dijo Annie.

–Oh, no hacía otra cosa que hablar de él –dijo Terry Jackson–. Se imagina que es famoso.

–¿Cantas country y western, no?

–Yo nunca dije eso –dijo Annie–. Dije que te había estado escuchando hacía poco. Por *Naked*, supongo.

–No, dijiste que era tu cantante preferido –dijo Barnesy–. Pero... ¿éste es el tipo con el que estabas...? ¿El norteamericano?

–No –dijo Annie–. Ése era otro.

–Joder –dijo Barnesy–. Conoces más norteamericanos que un norteamericano.

–Lo siento –dijo Annie cuando los dos hombres se hubieron ido–. Parece que no hacemos más que toparnos con gente que cree que estamos juntos.

–Les dijiste que tenías una relación con un norteamericano que no era yo, ¿no?

–No la tengo.

–Lo suponía.

Tucker sabía desde hacía algún tiempo que Annie sentía algún tipo de enamoramiento de él, y era demasiado viejo para no sentir un deleite casi infantil. Annie era una mujer atractiva, una buena compañía, amable, más joven. Diez o quince años atrás se habría sentido obligado a enumerar todos los efectos personales que había en su cinta transportadora, y a hacer hincapié en el hecho de que su relación estaba condenada al fracaso, porque él siempre acababa arruinándolo todo, y de que vivían en continentes diferentes, y esto y lo otro... Pero tenía casi la certeza de que ella había estado prestando una atención escrupulosa a todo lo que él había ido diciendo, así que *caveat emptor*. ¿Y ahora qué? Ni siquiera sabía si era capaz de tener relaciones sexuales, o si, en caso de serlo, el hecho de tenerlas iba a matarlo. Y si el sexo iba a matarlo, ¿le haría feliz morir allí, en aquella ciudad, en la cama de Annie? A Jackson no le haría feliz, eso seguro. Pero ¿estaba preparado para no tener relaciones sexuales hasta que Jackson fuera lo bastante mayor para cuidarse de sí mismo? Ahora tenía seis años... ¿Tendrían que pasar doce? Dentro de doce años, Tucker tendría setenta, y ello suscitaría todo un abanico de preguntas nuevas. Por ejemplo: ¿quién iba a querer tener relaciones sexuales con él cuando tuviera setenta años? ¿Seguiría siendo capaz de tenerlas a esa edad?

Lo peor de su leve episodio coronario eran las preguntas, que habían empezado a afluir como un torrente imparable. No todas tenían que ver con si alguien querría acostarse con él cuando tuviera setenta años; las había realmente espinosas, referidas a las décadas vacías transcurridas desde *Juliet*, y a las décadas —le gustaba pensar en ellas en plural— por venir. No iba a haber respuesta alguna a estos interrogantes, y eso las asimilaba a preguntas zumbonamente retóricas.

Si fuera un personaje de una película, unos cuantos días en una ciudad desconocida con una mujer encantadora renovaría su fe en esto o en aquello, y acto seguido regresaría a casa y crearía un gran álbum, pero eso no iba a suceder: su pozo estaba tan vacío como lo había estado siempre. Luego, justo cuando estaba a punto de abandonarse a la melancolía, Terry Jackson apretó un botón de un radiocasete y la sala se llenó del sonido de un cantante de soul que Tucker reconoció al momento, aunque dudó entre Dobie Gray y Major Lance, y Gav y Barnesy empezaron a dar saltos mortales hacia atrás y a girar sobre la cabeza sobre la moqueta del museo.

–Apuesto a que tú también podrías hacer eso, papi, ¿a que sí? –dijo Jackson.

–Por supuesto –dijo Tucker.

Annie no podía despegarse del Amigo más fiel que había tenido jamás el museo, pero por el rabillo del ojo vio a una dama de edad a quien alguien sacaba una fotografía al lado de la vieja fotografía de los cuatro compañeros que disfrutaban de un día al aire libre. Annie se excusó y se acercó a ella para presentarse.

–Hola, Annie. Así que eres la directora del museo... –dijo la dama–. Yo soy Kathleen. Kath.

–¿Conoce a alguno de ellos?

–Ésa soy yo –dijo Kath–. Sabía que tenía los dientes mal, pero no sabía que los tuviera tan mal. No es extraño que se me cayeran.

Annie miró la fotografía, y volvió a mirar a la mujer. Calculó que ésta tendría unos setenta y cinco años, y que cuando se tomó aquella fotografía, en 1964, tendría unos sesenta.

–Apenas ha envejecido –dijo Annie–. En serio.

–Sé lo que quiere decir. Era vieja entonces y soy vieja ahora.

–No es cierto –dijo Annie–. ¿Mantiene alguna relación con sus amigos de la foto?

–Ésta es mi hermana. Murió. Los chicos... Habían venido a pasar el día. De Nottingham, creo. No volví a verlos nunca.

–Parece que se lo estaban pasando bien.

—Supongo que sí. Y me gustaría habérmelo pasado un poco mejor, si sabe a lo que me refiero.

Annie puso la cara de escándalo de rigor.

—Él quería. Me metía mano por todas partes. Me lo quité de encima a duras penas.

—Bueno —dijo Annie—. No puedes equivocarte si no haces nada. Es cuando haces algo cuando te metes en líos.

—Supongo que sí —dijo Kath—. ¿Y ahora qué?

—¿A qué se refiere?

—Me refiero a que tengo setenta y siete años, y que jamás me he metido en ningún lío. ¿Y ahora qué? ¿Tiene alguna medalla para mí? Usted es directora de un museo. Escríbale a la reina y cuéntele esto. Porque si no no habré hecho más que perder el tiempo, ¿no cree?

—No —dijo Annie—. No diga eso.

—¿Qué tendría que decir, entonces?

Annie sonrió inexpresivamente.

—¿Me disculpa un momento? —dijo.

Fue en busca de Ros, que parecía estar dando una conferencia improvisada sobre la tipografía del póster de los Rolling Stones propiedad de Terry Jackson, y le dijo que se llevara a Jackson a la otra punta de la sala para apartarlo de su padre, y que lo atiborrara de Twiglets.[21] Luego empujó a Tucker hasta una esquina, donde se exponían los viejos billetes de autobús de Terry Jackson, que no estaban atrayendo toda la atención que era deseable.

—¿Estás bien? —dijo Tucker—. Parece que está yendo bastante bien.

—Tucker, me estaba preguntando si..., si... si te podrías interesar.

21. *Twiglets* (literalmente, «ramitas»): bocados de aperitivo muy apreciados en el Reino Unido. (*N. del T.*)

—¿Por...?

—Oh, perdona. Por mí.

—Ya estoy interesado por ti. Ese condicional es innecesario.

—Gracias. Pero supongo que me refiero a sexualmente.

El rubor, que más o menos había conseguido mantener controlado en los últimos días, volvía a sus mejillas con la fuerza renovada de lo que ha estado reprimido. La sangre, frustrada, había ido represándose de forma patente en la zona de las orejas. Sí, ciertamente necesitaba que su cara hiciera algo distinto de aquello cuando estaba pidiéndole a un hombre que se acostara con ella. Tenía la impresión de que, con toda probabilidad, el hecho mismo de haberlo preguntado condenaba aquella petición a un irritante fracaso.

—¿Y qué hacemos con la inauguración?

—Me refería a después.

—Estaba bromeando.

—Oh, claro. Bueno. Me he dicho a mí misma que... iba a poner el asunto sobre la mesa. Y eso he hecho. Gracias por escucharme.

Se dio media vuelta para irse.

—No hay de qué. Y, por cierto, por supuesto que me interesas. Si es que no está fuera de lugar responder a tu pregunta.

—Oh, no. No lo está. Estupendo.

—Me habría echado ya en tus brazos si no hubiera sido por el pequeño susto del otro día. Es algo que aún me preocupa.

—Yo he consultado ese... aspecto de la cuestión en Internet.

Tucker se echó a reír.

—En eso consisten los «juegos preliminares» cuando te haces viejo: que una mujer se ponga a estudiar tu estado médico antes de acostarse contigo. Me gusta. Es sexy. ¿Qué dice Internet del asunto?

Annie vio que Ros se acercaba hacia ellos con Jackson.

–¿No te quedas sin aliento subiendo escaleras?

–No.

–Entonces debes de estar bien. Siempre que..., siempre que yo, bueno, que haga yo el trabajo.

Ahora estaba –podía sentirlo– como una berenjena, de una tonalidad negro-purpúrea. Puede que a Tucker le gustara.

–¡Así es como me ha gustado hacerlo siempre! ¡Será genial!

–Muy bien. Bueno. Genial, entonces. Te veré luego.

Y se fue a pronunciar su pequeño discurso de bienvenida a la flor y nata de Gooleness.

Más tarde, en casa, y ebria, sintió una especie de tristeza precoito. La mayoría de sus tristezas eran precoitales –pensó, sombría–. ¿Cómo no iba a ser así, si la mayor parte de su vida era precoital? Pero ésta le resultaba más punzante que la mayoría de ellas, tal vez porque aquel coito tenía muchas más probabilidades de hacerse realidad que la mayoría. Empezó con un ataque de nervios, una súbita falta de seguridad en sí misma: había visto la fotografía de Julie Beatty, y Julie Beatty había sido increíblemente bella. Bien es verdad que debía de tener unos veinticinco años cuando Tucker estuvo con ella, pero Annie no había sido en absoluto tan bella como ella cuando tenía su edad. Natalie seguía siendo muy guapa, y era mayor que Annie. Seguramente todas habían sido hermosas –cayó en la cuenta Annie–: aquellas de las que había oído hablar y las decenas y decenas –¿centenares?– de las que ni siquiera conocía su existencia. Luego trató de consolarse diciéndose que para entonces Tucker ya habría bajado el listón, y esa argucia –por supuesto– no le sirvió de consuelo alguno. No quería ser los rescoldos últimos de la vida sexual de Tucker, y ciertamente no quería que pudiera asociarla con un listón bajo. Mientras Tucker acostaba a Jackson, Annie hizo té y buscó algo de beber; y cuando Tucker bajó a la sala estaba sirviendo un licor muy añejo de plátano en un vaso, mientras trataba de no llorar. Cuando en su día aceptó el trabajo en el museo, no calibró bien cómo iba a ser éste. No imaginaba que iba a hacer que todo, absolutamente todo –hasta el encuentro amoroso de una noche–, pareciese como si ya hubiera pasado, como si sucediera detrás de un cristal, como si fuera una reliquia lacerante de un tiempo pasado y más dichoso.

–Oye –dijo Tucker–. He estado pensando... –Annie estaba segura de que había llegado a la misma conclusión que ella, y que estaba a punto de decirle que muy bien, que el listón no lo había situado a una altura olímpica, pero que tampoco lo había bajado hasta tal punto, y que volvería a buscarla dentro de una década o así–. Tendría que mirarlo yo mismo.

–¿Mirar qué?

–La página de Internet donde se dice si el sexo puede o no matarte.

–Oh, claro. Claro que puedes consultarlo.

–Es que... Si me quedo muerto, te ibas a sentir fatal.

–Puedes estar seguro.

–Te sentirías responsable. Pero iba a ser yo quien iba a cargar con una culpa post mórtem.

–¿Por qué ibas a sentirte culpable?

–Oh, ya veo que no eres madre... Casi lo único que yo siento es culpa.

Annie encontró la página web donde había visto lo de

los posibles riesgos mortales del sexo, y le mostró el apartado titulado «Convalecencia».

–¿Puedo fiarme de esto? –dijo Tucker.

–Es del Servicio Nacional de Salud. Normalmente no quieren tener que internarte en un hospital. El gobierno no puede permitírselo; aunque los hospitales te matan, de todas formas.

–Muy bien. Vaya, hay toda una sección dedicada al sexo: «Practicar el sexo no implica ningún riesgo de un nuevo ataque al corazón.» Listos, pues.

–Dice también que la mayoría de la gente se siente bien volviendo a la actividad sexual unas cuatro semanas después de haber padecido el ataque.

–Yo no soy la mayoría de la gente. Yo me siento bien ya.

–Y aquí tienes esto otro.

Señaló en la pantalla, y Tucker leyó:

–Hay un treinta por ciento de probabilidad de disfunción eréctil. Estupendo.

–¿Por qué?

–Porque en caso de que no haya «nada de nada», no tendrías por qué echarte la culpa.

–No habrá ninguna disfunción eréctil –dijo Annie, con una seguridad zumbona.

Estaba ruborizándose, por supuesto, pero miraban a la pantalla en la oscuridad del estudio, y Tucker no se percató de ello, así que durante unos segundos Annie sintió la tentación de subrayar el instante llamando la atención sobre ello –llevándose una mano a la boca, o haciendo una broma a su costa–, pero se contuvo, y..., bueno, ya habían creado una atmósfera, pensó. No sabía muy bien si en el pasado había creado alguna vez alguna atmósfera, y jamás habría imaginado que ésta pudiera lograrse hablando de la

335

disfunción eréctil con un hombre con problemas médicos. Y era mejor así, la verdad. Llevaba casi cuarenta años creyendo de buena fe que si uno no hacía cosas se evitaba tener que lamentarlas, cuando lo cierto era exactamente lo contrario. Había dejado atrás su juventud, pero aún podría haber algo de vida en su vida.

Y entonces se besaron por vez primera, mientras el Servicio Nacional de Salud bañaba sus semblantes con el fulgor de su página. Se besaron durante tanto tiempo que el ordenador pasó a modo «reposo». Annie ya no se sonrojaba, pero estaba tan embarazosamente emocionada que temía echarse a llorar, y que Tucker pensara que había puesto mucho en él, y pudiera cambiar de opinión acerca de la relación sexual en ciernes. Si llegaba a preguntarle cuál era el problema, le diría que siempre que había exposiciones tenía la lágrima fácil.

Subieron al dormitorio, se quitaron la ropa dándose la espalda, se metieron en la cama fría y empezaron a tocarse.

—Tenías razón —dijo Tucker.

—Hasta ahora, por lo menos —dijo Annie—. Pero también estaba el asunto del mantenimiento.

—Pues puedo asegurarte —dijo Tucker— que eso no me lo estás poniendo nada fácil.

—Lo siento.

—¿Tienes...? No he venido equipado. Por razones fácilmente comprensibles. ¿No tendrás por ahí...?

—Oh —dijo Annie—. Sí. Por supuesto. Pero no son condones. Tendrás que disculparme un momento.

Había pensado en este momento; había pensado en él desde su conversación con Kath. Fue al cuarto de baño, estuvo en él unos minutos y volvió a la cama a hacer el amor con Tucker. Annie no llegó a matarle, por mucho que sintiera que había partes en ella que llevaban tanto tiempo dormidas como la carrera musical de Tucker.

Al día siguiente, Jackson llamó a su madre por teléfono, y se quedó muy afectado, y Tucker reservó dos plazas para el vuelo de vuelta a casa. La última noche, Tucker y Annie compartieron lecho, pero no volvieron a hacer el amor.

—Volveré —dijo Tucker—. Me gusta esto.

—Nadie vuelve.

Annie no sabía si con estas últimas palabras se refería a la ciudad o a la cama, pero en cualquier caso había cierta amargura en ello, y ella no quería eso.

—O podrías venir tú —dijo Tucker.

—Ya casi no me quedan vacaciones.

—Hay otros trabajos.

—Sobre carreras alternativas no acepto clases de ti.

—Está bien. De acuerdo. Yo nunca voy a volver, tú nunca vas a ir... Es difícil encontrar el sitio donde poder fingir al menos que tenemos alguna forma de futuro.

—¿Es eso lo que normalmente haces después de un romance de una noche? —dijo Annie—. ¿Hacer como que existe un futuro? —Era como si no pudiera cambiar el tono de su voz, hiciera lo que hiciera. No quería sonar irónica ni recriminadora; quería encontrar una vía de esperanza, pero al parecer no era capaz de hablar sino un lenguaje. Típico de los británicos, pensó.

—No pienso hacer caso de lo que dices —dijo Tucker.

Annie lo rodeó con los brazos.

—Te echaré de menos. Y también a Jackson.

Ya estaba. No era mucho, y no reflejaba en absoluto la pena y el pánico que pugnaban ya por encontrar una vía de escape viable, pero esperaba que al menos él hubiera percibido en ello un amor sencillo.

–Me escribirás e-mails, ¿no? Muchos e-mails.

–Oh, no tengo nada que decir.

–Te diré si me aburre lo que me escribas.

–Oh, Dios –dijo Annie–. Ahora me dará miedo escribir cualquier cosa.

–Dios –dijo Tucker–. No estás poniendo las cosas fáciles.

–No –dijo Annie–. Porque no lo son. Por eso nada va bien. Por eso te has divorciado mil veces. Porque no es fácil.

Intentaba decir algo más; intentaba decir que la incapacidad para articular de un modo satisfactorio lo que uno siente es una de nuestras tragedias permanentes. No habría sido gran cosa, no habría sido ni siquiera útil, pero habría sido capaz de reflejar la pesantez y la tristeza que había en su interior. Y lo que había hecho en realidad era hablarle de mala manera por ser un perdedor. Era como si estuviera tratando de encontrar un hueco para los dedos en la roca lisa de sus sentimientos, y en lugar de hallar un asidero hubiera acabado con arenilla bajo las uñas.

Tucker se incorporó en la cama y la miró.

–Deberías hacer las paces con Duncan –dijo–. Él te acogería con los brazos abiertos. Sobre todo ahora. Tienes muchísimo material que a él le encantaría poder utilizar.

–¿Por qué? ¿Qué bien me haría eso a mí?

–Ninguno en absoluto –dijo Tucker–. Ahí está lo malo.

Annie lo intentó por última vez.

–Lo siento. No sé qué decir. Sé que... el amor tiene que ser algo capaz de transformarte. –Ahora que había utilizado la palabra, sintió que se le aflojaba la lengua–. Y así es como trato de ver esto. Así. Exactamente. Y a mí me ha transformado, y cómo haya sucedido no tiene mayor importancia. Puedes irte o quedarte, y esto no habrá dejado de suceder. He estado tratando de mirarte como a una metáfora de algo. Pero no funciona. Lo terrible es que, sin ti aquí, todo vuelve a ser como antes. No puede ser de otra manera. Y he de decir que los libros no me han ayudado mucho en esto. Porque cuando lees algo sobre el amor, cuando tratas de definirlo, siempre sale a relucir un estado, o un nombre abstracto, e intentas pensar en ello de esa forma. Cuando en realidad el amor es... Bueno, el amor es tú. Y cuando te vas, el amor se ha ido. No hay nada abstracto en ello.

–Papá.

Annie pareció desconcertada, pero Tucker supo enseguida quién era. Jackson estaba de pie junto a la cama, mojado y maloliente.

–¿Qué pasa, hijo mío?

–He vomitado en la cama.

–No pasa nada.

–Creo que ya no me gustan los Twiglets.

–Puede que hayas abusado de ellos. Vamos a limpiarte. ¿Tienes unas sábanas limpias, Annie?

Mientras lo lavaban y cambiaban las sábanas, Annie trataba de no sentirse infeliz, condenada, nacida en un mal signo. Sentirse malhadada –había caído en la cuenta– era su estado de ánimo habitual, y sin embargo era consciente de que existían interpretaciones alternativas a su difícil situación actual. Por ejemplo: si decides enamorarte de un norteamericano –un norteamericano con un hijo pequeño y un hogar en Norteamérica– que viene de visita un par de días, ¿cuánta mala suerte hay en el hecho de que se marche y te deje? ¿Alguien más sagaz que tú no lo habría visto venir? O veamos otro modo de abordar la cuestión: escribes en una página web anodina una reseña sobre cierto álbum de un artista que decidió recluirse hace más de veinte años. Dicho artista lee la reseña, se pone en contacto contigo y viene a visitarte. Es un hombre muy atractivo, y parece que tú también le atraes, y te acuestas con él. ¿Hay algún tipo de mala suerte en ello? O ¿alguien con una disposición más risueña no podría llegar a la conclusión de que en las últimas semanas habían tenido lugar unos diecisiete milagros independientes? Pues sí. Pero ella no tenía ninguna disposición risueña, así que mala suerte. Seguiría apegada a la idea de que era la mujer más desgraciada del planeta.

¿Cómo casaba eso con la noche anterior, en que había fingido introducirse un artilugio anticonceptivo con intención de quedarse embarazada? ¿Cuán más afortunada tenía que ser, a su edad, a la edad de él, en su estado de salud? Pero tal vez no existía contradicción alguna. Casi podía sentir la decepción que sentiría cuando volviera a venirle la regla, y quizá eso fuera lo que pretendía: una prueba final, incontrovertible, de que por mucho que intentara para conseguir ser más feliz, todo acabaría en un rotundo fracaso.

—¿Puedo meterme en vuestra cama? —dijo Jackson.

—Claro —dijo Tucker.

—¿Puede ser sólo contigo?

—Claro.

Tucker miró a Annie y se encogió de hombros.

—Gracias —dijo.

Durante las siguientes semanas, aquella palabra se vería sometida a un análisis más exhaustivo de lo que probablemente podría soportar.

—¿Qué le voy a decir a mamá del viaje? —dijo Jackson mientras esperaban el despegue del avión.

—Dile lo que quieras.

—¿Sabe que has estado enfermo?

—Creo que sí.

—¿Y sabe que no te has muerto?

—Sí.

—Muy bien. ¿Y cómo se escribe Gooleness?

Tucker se lo dijo.

—Es raro —dijo Jackson—. Es como si no hubiese visto a mamá en años y años. Pero cuando pienso en lo que hemos hecho... No ha sido tanto, ¿verdad?

—Lo siento.

—No importa.

—Si viera un montón de capítulos de *Bob Esponja* puede que me pareciera que hemos hecho más.

Tucker no habría sabido decir si acababa de oír una sofisticada argucia para conseguir cierta indulgencia paternal al respecto, o una idea compleja aunque expresada con sencillez de la relación existente entre el tiempo y la narración. Jackson había puesto el dedo en la llaga, sin embargo. En cierto modo, no había sucedido lo bastante. En el espacio de unos cuantos días había sufrido un ataque al corazón, hablado con todos sus hijos y con dos de sus ex esposas, viajado a una ciudad desconocida y hecho el amor con una mujer a quien acababa de ver por primera vez en la vida, de partido con un hombre que le había hecho ver su trabajo desde una óptica nueva, y nada de todo aquello había cambiado un ápice las cosas. No había aprendido nada. No había evolucionado nada.

Debía de haberse perdido algo. En los viejos tiempos, aquel viaje tal vez le habría inspirado un puñado de canciones: una buena letra, por ejemplo, sobre alguna de sus experiencias cotidianas, ajenas a todo pensamiento sobre la propia muerte. Y Annie... A Annie podría haberla convertido en una chica bonita y redentora de una ciudad del norte, que le había ayudado a sentir, y a sanar. Y quizá a robar, y, si fuera necesario, a arrodillarse. Le había preparado una comida, ciertamente. Y, si no llega a ser por ella, tal vez se habría congelado.[22] Pero si no podía escribirlo, ¿qué le quedaba?

Lo que sucedía con las canciones autobiográficas –se dio cuenta– era que, de alguna forma, tenías que hacer que el presente se convirtiera en pasado: tomabas un sentimiento de un amigo o de una mujer, por ejemplo, y tenías que hacer de él algo que ya había sucedido, a fin de poder mostrarte categórico al respecto. Tenías que ponerlo en una vitrina y contemplarlo y pensar en ello hasta que revelara su significado, y eso es lo que Tucker había hecho con casi todos los seres que había conocido o desposado o engendrado. Lo cierto de la vida era que nada terminaba nunca hasta que morías, e incluso entonces dejabas un buen montón de tramas sin resolver a tus espaldas. De un modo u otro, Tucker se las había arreglado para conservar los hábitos mentales de un escritor de canciones hasta mucho después de haber dejado de escribir canciones, y quizá era ya hora de renunciar a ellos.

–Bien –le oyó decir a Malcolm, y ella ya no siguió hablando: fue lo único que pudo hacer para no echarse a reír. Annie había hablado con rapidez, y sin interrumpirse, y sin proferir juramento alguno (se había acordado de la prohibición de decir tacos, y se había referido a Fake Tucker y no a su contracción)[23] durante quince minutos, y por mucho que fuera el silencio que Malcolm estuviera dispuesto a infligirles ahora a ambos, Annie no quería quebrarlo. Era el turno de Malcolm.

22. Referencias a canciones famosas: de Bob Dylan, de U2, etc. *(N. del T.)*

23. Su contracción sería *Fucker* (véanse notas 12 y 13). *(N. del T.)*

—¿Y aún puede comprarse su CD?

—Acabo de explicarlo. Malcolm. Ese último CD sólo lleva unas semanas en el mercado. Así es como nos conocimos, más o menos.

—Oh. Sí. Lo siento. ¿Debería comprarlo yo?

—No. También he explicado eso, Malcolm. No es su mejor álbum. En fin, no creo que el que usted escuche la música de Tucker vaya a ayudarnos mucho.

—Veremos. Podría sorprenderse.

—Este tipo de situación ya la hemos vivido antes, ¿no?

Malcolm pareció herido, y Annie sintió lástima. No tenía por qué ser cruel con él. De hecho le tenía afecto. Su desahogo de un cuarto de hora justificaba toda su dolorosa relación con él. Llevaba meses yendo a la consulta y contándole cómo Duncan no había comprado leche cuando ella le había pedido expresamente que lo hiciera, y habían hurgado en las cenizas de su vida íntima en un esfuerzo por encontrar algún débil rescoldo de sentimiento. Aquella mañana le había hablado de reclusos y de ataques al corazón y de fracasos matrimoniales y de encuentros amorosos de una noche y de maniobras arteras para lograr embarazos, y temió que Malcolm fuera a explotar por el esfuerzo de tratar de actuar como si llevara esperando desde siempre una historia como aquélla.

—¿Puedo preguntarle un par de cosas más? ¿Sólo para cerciorarme de haberlo entendido todo como es debido?

—Por supuesto.

—¿Qué pensó ese hombre que estaba usted haciendo en el cuarto de baño?

—Metiéndome un anticonceptivo.

Malcolm tomó nota de lo que acababa de oír —desde donde Annie estaba, podía leerse algo así como INSERCIÓN DE UN CONTRACEP.—, y lo subrayó con trazo enérgico.

—Ya veo. Y... ¿Cuándo terminó la última relación de él?

—Hace unas semanas.

—¿Y esa mujer es la madre de su hijo menor?

—Sí.

—¿Cómo se llama esa mujer?

—¿Necesita de veras saber eso?

—¿Le resulta violento mencionar su nombre, quizá?

—No mucho. Cat.

—¿Es la forma abreviada de algún nombre?

—¡Malcolm!

—Lo siento. Tiene razón. Iba cargado de intención. Estoy tratando de ver por dónde empezar. ¿Por dónde quiere empezar? ¿Cómo se siente?

—Desolada, más que nada. Y un poquito estimulada. ¿Cómo se siente usted?

Sabía que no debía preguntarle eso, pero sabía también que Malcolm lo había pasado muy mal durante los veinte minutos previos.

—Preocupado.

—¿De veras?

—No está en mis atribuciones hacer de juez. Como bien sabe. De hecho, tache eso que he dicho antes. Bórrelo del registro. Y también lo de mi «preocupación».

—¿Por qué?

—Porque quiero hacerle una pregunta y no quiero que piense que es para juzgarla.

—Me he borrado la memoria por completo.

—Estoy preocupado por la parte que puede haber jugado en la ruptura de la relación de ese hombre con su esposa. Y también por el hecho de querer traer un hijo al mundo sin padre.

—Creí que habíamos borrado «preocupado».

—Oh. Sí. De todas formas. ¿Cómo se siente al respecto?

–Malcolm. Esto no nos lleva a ninguna parte.

–¿Qué acabo de decir?

–A mí no me preocupa en absoluto la moralidad de todo esto.

–Ya lo veo.

–¿No podemos hablar de lo que me preocupa, entonces?

–Si tenemos que hacerlo... ¿Qué es lo que le preocupa?

–Quiero liarme la manta a la cabeza e irme a los Estados Unidos. Mañana. Vender la casa y largarme.

–¿Se lo ha pedido él?

–No.

–Bien, pues. Creo que será mejor que hablemos de cómo sacar el mejor partido de una mala situación.

–¿El mejor partido de una mala situación?

–Sé que piensa que soy un retrógrado, o como sea que me llame, pero no veo cómo podríamos definir todo esto como una «buena situación». Usted es infeliz, y podría convertirse en una madre soltera. Y... En fin. Y ahora está pensando en Jauja.

–¿Dónde está eso, exactamente?

–Los Estados Unidos. O sea, para los norteamericanos no es Jauja. Pero lo es para usted.

–¿Por qué?

–Porque usted vive aquí.

–Y punto. ¿Y no existe ninguna posibilidad de cambio, entonces?

–Por supuesto que sí. Por eso está aquí.

–Pero no muchas.

–No con lo que está ocurriendo con los precios de las casas últimamente, en todo caso. No sé cuánto pagó usted por la suya, pero no creo que vaya a poder recuperarlo en la situación actual del mercado. Ni siquiera los alquileres están bien. Tengo un amigo que está intentando alquilar su casa para el verano que viene. Y nunca había tenido ningún problema hasta ahora.

Annie siempre había oído hablar a Gooleness a través de Malcolm. Desde su primer día en la consulta. Pero ahora estaba escuchando la voz del país en el que había crecido: oía a los profesores y a los padres y a los colegas docentes y a los amigos. Así hablaba Inglaterra, y ella ya no podía escuchar lo que le decía.

Se levantó, fue hasta Malcolm, le besó en lo alto de la cabeza.

–Gracias –dijo–. Estoy mucho mejor.

Y se fue.

Asunto: «*So Where Was I?*»

<u>Duncan</u>
Socio
Correos: 1019 Caballeros:

Bien. Lo tengo. Lo tengo desde hace un par de días, en realidad; pero desde la debacle de *Naked* (mea culpa mea culpa mea maxima culpa) lo he dejado estar un par de días antes de comprometerme. Pero no puedo posponerlo más. Citando a otro crítico, que ha escrito en otro momento y en otro lugar, pero sobre un desastre artístico parecido: «¿PERO QUÉ ES ESTA MIERDA?» Tenemos una canción sobre los placeres de leer al sol de la tarde. Tenemos una canción sobre las judías verdes de la huerta de casa. Tenemos una carátula del «clásico» de Don Williams «You're My Best Friend». Tenemos una gran tragedia.

Re: «*So Where Was I?*»

<u>BetterthanBob</u>
Socio
Correos: 789 Gracias a Dios. Pensé que me estaba volviendo loco. Llegué a casa del trabajo, descargué el álbum, lo pasé a mi iPod y me encerré en mi estudio a pasar la noche; le dije a la Jefa que no podía entrar hasta las diez de la mañana. ¡Y estaba ya fuera a las nueve menos cuarto! ¡No pude aguantarlo más! ¡Me fui corriendo al pub! Me pasé la mayor parte de la noche tratando de pensar en una vuelta más decepcionante: no pude recordar ninguna. No hay ni un

tema que me gustaría escuchar por segunda vez... Oh, Tucker, ¿dónde estás?

Re: «*So Where Was I?*»
Julietlover
Socio
Correos: 881

Este álbum debería titularse *La felicidad es un veneno*. ¿A quién le importa un pimiento si Tucker Crowe ha encontrado la paz interior? Hablando de «tener cuidado con lo que se desea»... Llevo veinte años deseando casi diariamente que Tucker Crowe sacara un nuevo álbum, y ahora desearía que hubiera seguido en su lugar de reclusión. He oído que lo rechazaron las casas discográficas más importantes de Norteamérica. ¿Creéis que le importa haber defraudado a todo el mundo, además de a sí mismo? No da esa impresión. No dejéis que os timen otra vez. RIP Tucker Crowe.

Re: «*So Where Was I?*»
MrMozza7
Novato
Correos: 2

Jajajajajajajaja. Os dije que estaba sobrevalorado. Ahora venga, a escuchar todo lo que ha cantado en la vida MORRISSEY, so peleles...

Re: «*So Where Was I?*»
Uptown Girl
Socia junior
Correos: 1

¡Hola a todos! ¡La primera vez que intervengo, o como se diga en Internet! Mi marido y yo hemos conseguido hace poco el álbum *So Where*

Was I, de Tucker Crowe, ¡y nos vuelve locos a los dos! Hemos encontrado otro que se titula *Juliet*, ¡pero es un poco tristón para nuestro gusto! ¿Nos podríais recomendar otros discos suyos que puedan gustarnos?

Re: «*So Where Was I?*»
BetterthanBob
Socio
Correos: 790   Santo Dios.

AGRADECIMIENTOS

Mi agradecimiento a Tony Lacey, Geoff Kloske, Joanna Prior, Tom Weldon, Helen Fraser, Caroline Dawnay, Greil Marcus, Eli Horowitz y D. V. de Vincentis. Y gracias de modo muy especial a Helen Bones y a Sarah Geismar, sin las cuales este libro nunca habría llegado realmente a escribirse.